1781

Irina Korschunow

VON JUNI ZU JUNI

Roman

Hoffmann und Campe

Die Deutsche Bibliothek – CIP Einheitsaufnahme
Korschunow, Irina
Von Juni zu Juni: Roman/Irina Korschunow
– 1. Aufl. – Hamburg: Hoffmann und Campe, 1999
ISBN 3-455-04001-2

Lektorat: Jutta Siegmund-Schultze
Schutzumschlaggestaltung: Büro Hamburg
unter Verwendung eines Gemäldes von August Macke/Westfälisches
Landesmuseum für Kunst und Kunstgeschichte Münster/
Rudolf Wakonigg
Satz: Utesch GmbH, Hamburg
Druck und Bindung: Clausen & Bosse, Leck
Printed in Germany

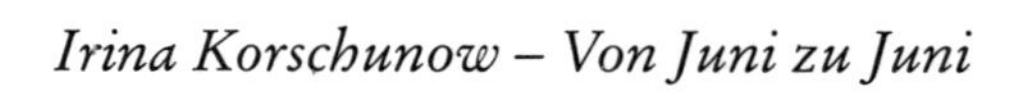
Irina Korschunow – Von Juni zu Juni

Sieh dir die Liebenden an,
wenn erst das Bekennen begann,
wie bald sie lügen.

Rainer Maria Rilke

Esther ist wieder da, verzeih mir, hat sie gesagt, beiläufig, als wäre nur ein Stück Porzellan zerbrochen. Sie schläft in ihrem Zimmer, geht wieder zur Schule, sitzt mittags und abends mit mir beim Essen wie vor ihrer Flucht. Doch nichts ist wie früher. Der Tisch steht jetzt in der Küche, auf Philipps Platz liegt kein Gedeck, die Zimmer sind kahl, nur die beiden Esther-Porträts von Goricka hängen noch über dem Kamin. Meine Vitrinen mit dem Nymphenburger Porzellan, die schönen alten Schränke und Empirestühle aus Klärchen Holzapfels Erbe gehören schon fremden Leuten, und oben im Studio, wo Philipp sich mit seinen Plänen und Entwürfen vergraben konnte, lärmen die Handwerker. Was noch übrig ist aus unserem gemeinsamen Leben, kommt demnächst zur Versteigerung, und dann muß ich das Haus verlassen. Juni, die Kletterrosen an der Gartenmauer haben zu blühen begonnen, eine Explosion in Weiß und Rot. Ich denke an das vorige Jahr. Ich kann die Rosen nicht mehr sehen.

Es sei ganz problemlos gewesen mit der Flucht, hat Esther mir erzählt, nein, nicht erzählt, nur mitgeteilt, es sind Mitteilungen, die aus ihrem verschlossenen Gesicht zu mir gelangen. Ein anderes Gesicht als das auf den Porträts. Ich stehe davor und frage mich, ob das offene Lächeln dort meiner Tochter gehört hat oder ein Produkt von Gorickas Kunstfertigkeit ist oder ob es eine Maske war, hinter der sie sich versteckt hielt, die muntere kleine Esther. Aber vielleicht ist ihre Erstarrung nur die Antwort auf meine. Ich möchte die Arme ausstrecken, rede mit mir. Doch ich schaffe es nicht, über den Schatten zu springen, und wenn ich mir ihre Geschichte zurechtdenken will aus den dürftigen Informationen, muß ich das wenige auffüllen mit meinen eigenen Phantasien von dem, was sie gefühlt und erfahren hat auf der fremden Insel. Ihre Geschichte, wie sie gewesen sein kann, vielleicht so, vielleicht auch ganz anders.

Problemlos also, Esthers Flucht nach Ibiza. Ich sehe sie aus der Disco stürzen und Holger hinterher. »Warte doch«, ruft er und bleibt dann stehen, hundertmal sei er ihr nachgerannt, wird er später zu Protokoll geben, das habe ihm gereicht, und es sei auch alles viel zu schnell gegangen. Eine kühle Juninacht wie oft bei uns im Alpenvorland. Es regnet, sie steckt das Haar unter die Mütze, lange blonde Haare, noch weiß sie nicht, daß es der erste Schritt in die Tarnung ist. Mit der S-Bahn fährt sie vom Rosenheimer Platz zum Hauptbahnhof, will umsteigen in Richtung Rotkreuzplatz, macht aber an der Rolltreppe kehrt, um irgendwen anzurufen, und in der Telefonzelle liegt der Umschlag mit dem Geld, braun, prall, unverschlossen. Sie wirft einen Blick auf die gebündelten Hunderter, läuft wieder zur Rolltreppe, zählt oben in der Schalterhalle die Scheine, fünftausend Mark. Es ist zehn Uhr dreißig. Viertel nach elf sitzt sie im Zug und fährt nach Hannover.

Ein schneller Entschluß, Esther war noch nie zögerlich.

Dennoch, vierzig Minuten liegen zwischen Idee und Tat, und der Münchner Hauptbahnhof war in vollem Betrieb. Sie hat eine Schere gekauft, sich im WC die Haare kurz geschnitten, Bananen und Käsebaguettes am Kiosk besorgt, den Fahrschein im Servicecenter. Aber niemand, so scheint es, hat etwas von ihr wahrgenommen, kein Passant oder Bahnpolizist, weder die Toilettenfrau noch ein Verkäufer oder Zugschaffner. Auch von der Kassiererin, bei der sie am nächsten Morgen das Tönungsshampoo bezahlt hat, die T-Shirts, die Slips, den Rucksack, gab es keine Reaktion auf spätere Presse- und Fernsehberichte, und danach, während der langen Fahrt von Hannover bis zur Fähre von Barcelona, quer durch Europa in Lastwagen, Limousinen, Cabrios, war das helle Haar schon dunkel, die Tarnung perfekt. Ein Mädchen verschwindet, und die Welt hinter ihr bricht zusammen.

»Warum hast du uns das angetan?« wollte ich nach ihrer Rückkehr wissen, denn ein Bündel Scheine kann nicht der Grund sein für den Entschluß, spurlos abzutauchen. »Warum also?« habe ich gefragt und etwas von Freiheit gehört, frei sein von Zwängen, selbstbestimmt leben oder was es sonst noch geben mag an Schlagworten aus jedermanns Mund, kaum zu glauben, daß sie uns deswegen in die Grube fallen ließ. Aber die Bösen, wer weiß das nicht, sind ohnehin immer die Eltern, und nur keine Vorwürfe, hat man mich gewarnt, suchen Sie die Schuld bei sich selbst. »Eine Nachricht von dir wäre die Rettung gewesen«, war folglich mein äußerstes an Tadel bisher, doch dann, so Esthers Argument, hätten wir sie ausfindig gemacht auf Biegen und Brechen und wieder einkassiert, das kenne man doch, und was die Katastrophe anbelange: Ich bin nicht verantwortlich für die Gespenster in eurem Schrank.

Meine Tochter, immun offenbar gegen Vorwürfe. In einem zumindest muß ich ihr zustimmen: Nur wo es Gespenster gibt, wird man Gespenster finden. Und trotzdem, ein Wort nach der Flucht hätte genügt. Wir hätten wissen sollen, daß sie lebt.

Philipp und ich waren an jenem verregneten Freitag spät von Ohlssons traditionellem Mittsommernachtsfest zurückgekommen, Max Ohlsson, der Bildhauer schwedischen Ursprungs, den nach seiner monumentalen Phase nun auch kleinere Formen interessierten, Köpfe vorzugsweise, in Bronze gegossen. Jeder, der auf sich hielt, ließ sich »von Ohlsson machen«, eine gesellschaftliche Pflichtübung gewissermaßen wie seinerzeit die Goricka-Porträts, und nicht besonders originell, sich darüber zu mokieren, wenn man ins Abseits gerutscht ist. Obwohl ich unsere Münchner Szene mit ihren Moden und Macken schon früher lächerlich genannt habe, hinter vorgehaltener Hand allerdings, schließlich lebten wir von diesen Leuten, und Philipp legte Wert aufs Dabeisein. Nun gut, wir waren dabei, und wer dort zu Fall kommt, wird getreten.

Ohlsson im übrigen lebte von uns. Seine ersten Erfolge waren Philipp zu verdanken, der als Architekt immer wieder Aufträge zu vermitteln hatte, »Kunst am Bau« für Banken, Kirchen, Verwaltungsgebäude, Einkaufszentren, und kaum eine von Philipps Wohnanlagen war denkbar ohne Ohlsson-Brunnen im Innenhof. Eine künstlerisch-geschäftliche Symbiose, und selbstverständlich war Ohlsson bereit gewesen, Esthers Kopf zu machen, gratis. Aber sie verweigerte sich, Teil der andauernden Reibereien mit ihrem Vater, seitdem sie begonnen hatte, die Barrikaden aufzurichten.

Auch vor dem Fest hatte es wieder Streit gegeben, so daß wir zu spät bei Ohlsson eintrafen und keinen Parkplatz mehr in der Nähe des Hauses fanden. Immer das gleiche, warum nahm er nicht hin, daß die Daddy-Tochter-Phase abgelaufen war? Im Winter noch hatte Esther beim Wiener Opernball in der Eröffnungspolonaise mitgetanzt, eine weiße Debütantin mit dem Krönchen im Haar. Jetzt nannte sie es Schickimickischeiß und wollte in die Disco statt zu Ohlssons Mittsommernacht, unfaßbar, diese Metamorphose. Seine kleine Puppe, so gefügig bisher. Sie hatte Ballett und Klavierstunden absolviert, sich durch Tennis und Golf gestöpselt und das Benimmstudio der Gräfin Türck ertragen, ihm zuliebe, ihrem Idol. Nun war sie seiner Welt entglitten, von heute auf morgen, ohne um Erlaubnis zu fragen.

»Was habe ich dir getan«, rief er, als sie ihn mitten in der Debatte stehen ließ, die Ursache wohl für seine vielen Whiskys an diesem Abend, woraus sich wiederum ergab, daß er mich nachts vor Ohlssons Grundstück am Wegrand zurückließ, die alkoholisierte Reaktion auf meinen Versuch, ihn am Fahren zu hindern. Ich hielt die Tür noch in der Hand, als der Wagen plötzlich davonschoß, mit einem Ruck, der mich zu Boden warf. Er hatte an einer Wiese gestanden, dort lag ich nun, rundherum Dunkelheit und rauschender Regen, der erste Schock in diesem Katastrophenjahr, das Vorspiel.

Ohlssons Haus, eine ausgebaute Scheune mit altem Gebälk und Mauerwerk, steht in völliger Einsamkeit am Murnauer Moos, umgeben von behauenen und unbehauenen Steinblöcken, zwischen denen er wie in jedem Jahr einen Holzstoß errichtet hatte zur Feier der Sonnenwende, diesmal umsonst. Das Fest ertrank in Wolkenbrüchen, und statt um das Feuer herumzutanzen, drängten sich die Gäste drinnen im Atelier um die eigens aus Stockholm herangeschafften Köstlichkeiten. Ich konnte zu ihnen zurückkehren, naß und gedemütigt, konnte auch hinauswandern in die Finsternis, auf der Suche nach Licht und einem Dach über dem Kopf, tat aber weder das eine noch das andere, sondern blieb liegen, triefend und mit einer Wut in mir wie ätzende Säure. Dieser Mensch, seit zwanzig Jahren mein Mann, was ging vor in seinem benebelten Hirn, daß er mich hier allein ließ in der Nacht in der Pampa, im Regen. Er haßt mich, dachte ich, er haßt mich schon lange, er will, daß ich mir hier den Tod hole und krepiere, ja, das war es, brodelnder Haß unter der Decke eines zivilisierten Ehelebens, und nun im Suff die Eruption.

Als ich aufhörte, in mich hineinzuwüten, beschloß ich, trotz der Schmach ins Atelier zurückzukehren, wurde aber davor bewahrt, weil Dr. Hollinger mir entgegenkam, bremste und mich in sein Auto lud. Heinrich Hollinger, Psychologe und Autor zahlreicher Bücher über die jeweils aktuellen Befindlichkeiten, »Der neue Weg zum Du« hieß das letzte. Er gab mir einen Wodka aus dem Handschuhfach, fuhr weiter, brachte den Wagen aber gleich wieder zum Stehen und zündete sich eine Zigarette an. Schweigend blies er den Rauch vor sich hin, bis ich ihm erzählte, daß Philipp, um in Murnau nach einer offenen Tankstelle zu suchen, die Party verlassen habe, weggefahren, weggeblieben, und ich schließlich voller Panik in den Regen hinausgestürzt sei, wirres Zeug, selbstverständlich nahm Hollinger nichts davon für bare Münze. »Ich verstehe schon«, sagte er nachsichtig, »eine andere Frau«, worauf ich zu weinen begann.

Hollinger legte den Arm um mich. »Lassen Sie sich gehen«, sagte er, »entspannen Sie sich«, und zog meinen Kopf an seine Schulter, ein warmer, tröstlicher Platz, und tröstlich auch, wie er mich streichelte, mit sanfter Eindringlichkeit oder Aufdringlichkeit, egal, er wußte, was guttat, und gut war es wirklich, aus Haß, Zorn, Verzweiflung in die Lust hinüberzutreiben, die süße Rache, kurz und kläglich.

»Besser?« fragte er, als es vorbei war, und küßte mich, ganz sanft wieder und ein bißchen gleichgültig. »Vergessen wir den ganzen Frust.«

»Bereits geschehen«, sagte ich, meinte aber ihn damit und dieses fadenscheinige Spiel. Nichts Besonderes im übrigen. Fadenscheinigkeit, mein Leben war voll davon, ich glitt hindurch wie ein Fisch durch das trübe Wasser eines Moorsees. Ob Esther es bemerkt hat?

Die Straße schlief im Licht der Bogenlampen, als ich endlich aus Hollingers Auto stieg. Eine stille Gegend, dicht am Nymphenburger Park, und wie immer, wenn ein Motorgeräusch die Nachtruhe störte, tauchte der schwarzuniformierte Wachmann auf, unser privater Sicherheitskommissar, von den Anwohnern gemeinsam finanziert. Damals waren wir noch ein Teil des Schutzbündnisses, und möglich, daß er jetzt gehalten ist, blind und taub an unserem Grundstück vorbeizugehen. Aber Sicherheit kann man ohnehin nicht kaufen, eine Lektion, die ich an diesem Abend gerade zu lernen begann.

Unser Haus war als einziges noch erleuchtet. Ich schloß die Tür auf, ging in die Halle, hörte Philipps Schritte. »Esther!« rief er, bemerkte den Irrtum und sagte: »Sie ist nicht da.«

Esther, sein Augapfel, und keine Frage danach, wie ich vom Murnauer Moos hierhergekommen war. »Hollinger hat mich mitgenommen«, sagte ich. »Falls dich das interessiert.«

Er wischte es beiseite, »wo ist sie?«

Sein sonst so frisches Gesicht, braungebrannt von Winter- und Frühlingssonne, war gelblich verfärbt, die betrunkene Schwerzüngigkeit verschwunden. Es war mir klar, was er fürchtete, das Schlimmste selbstverständlich, immer das Schlimmste, wenn es um Esther ging, Gefahren an jeder Ecke, Unfälle, Verführungen, Drogen, Aids oder was sonst auf Mädchen dieses Alters lauerte, auch Kidnapping in ihrem Fall, schließlich war bei uns einiges zu holen. Ich fand es übertrieben. Auch meine Angst lief hinter ihr her, seitdem sie angefangen hatte, sich uns zu entziehen. Aber ich sah sie nicht nur über Abgründen hängen, selbst jetzt nicht.

»Vermutlich ist sie bei Holger«, sagte ich.

Philipp fuhr herum, »doch nicht morgens um drei«, und wann sonst wohl, gab ich zurück, in einer Art tückischen Vergnügens an seiner Panik. Philipp, der an keiner Frau vorbeikam, zumindest nicht in Gedanken. Was glaubte er, in welcher Welt Esther lebte.

»Schläft sie mit dem Kerl?« fragte er flüsternd, so, als sei das etwas Obszönes, diese Sache und seine Tochter. Aber ich wußte es auch nicht, Esther hielt sich bedeckt, kein Wunder, denn Philipp versuchte, jeden Jungen, der bei uns auftauchte, zu vergraulen. Holger hatte ich gelegentlich zu Gesicht bekommen, aber sein Nachname war mir nur bruchstückhaft bekannt, etwas mit Berg oder Borg, worauf Philipp alle erreichbaren Berghammers, Berghauers, Bergmanns und so weiter telefonisch aus dem Schlaf riß und schließlich bei den dritten Berkhoffs fündig wurde. Ich hörte, wie er aufatmete und gleich darauf »alleingelassen, verdammter Idiot« ins Telefon brüllte. Dann rief er die Polizei an.

Die Reaktion klang gelassen. Ständig kämen irgendwelche jungen Leute nicht nach Hause, außerdem sei Freitag, Wochenende, man müsse abwarten, die meisten fänden sich bis zum Montag von selbst wieder ein.

»Meine Tochter wird gerade siebzehn«, sagte Philipp, »sie kommt nach Hause, wenn sie kann«, aber das, erklärte der Polizist, glaubten alle Väter. Im übrigen wollten Kinder ihren Eltern manchmal nur einen Denkzettel verpassen, ein Gedanke, den Philipp weit von sich wies. »Denkzettel? Weswegen? Dazu ist sie auch gar nicht fähig.«

»Wirklich?« fragte ich. »Und wozu warst du heute nacht fähig? Kannst du wissen, was in ihr vorgeht?«

Ich wollte ihn treffen, dort, wo es wehtat. Ich war sicher, daß sie bei einer ihrer Freundinnen schlief, Clarissa oder Nicole. Vielleicht hatte sie den Hausschlüssel verloren, vielleicht sogar versucht, bei uns anzurufen. »Oder nur mal wieder ein kleiner Tritt gegen das elterliche Schienbein«, sagte ich. »Und morgen kommt sie zurück.«

Vermutungen von damals. »Ich wollte weg« sagt Esther heute. »Ich habe an mich gedacht, nicht an euch,« und nutzlos, weiter zu fragen.

Es wurde schon hell, als Philipp und ich endlich zur Ruhe kamen. Er schlief gleich ein, während ich wach blieb bis zum Morgen, auch deshalb, weil mein Kopf nicht an seiner Schulter lag, eine Gewohnheit seit Jahren, falls er nicht andernorts beschäftigt war aus diesen oder jenen Gründen. Wie sollte man wissen, was gerade anstand. Ich hatte es aufgegeben, hinter ihm herzudenken, es war, wie es war, man konnte ihn lassen oder verlassen, ihm glauben oder nicht, wenn er versicherte, daß sie ohne Bedeutung seien, die Eskapaden hin und wieder. Wir gehörten zusammen, sagte er, sein Zuhause wäre bei mir, das müßte ich doch spüren. Aber selbst wenn wir uns liebten, diese längst vertrauten Variationen, blieb ich isoliert in mir selbst, und nur beim Einschlafen, mit dem Kopf an seiner Schulter, entstand manchmal die Symbiose von ehedem. Nun war auch das vorbei. Ob er es gemerkt hat? Er hat so wenig gemerkt in den letzten Jahren.

Philipp und ich, die große Liebe, wann hat mein Bewußtsein registriert, daß sie allmählich zerfiel? Als er mich immer wieder hinterging? Als ich es ihm heimzahlen wollte? Das Unbehagen sich festfraß? Aber vielleicht hat die Erkenntnis sich schon lange vorher eingeschlichen, ganz undramatisch, nur daß wir anfingen, auseinanderzudriften, auf Wegen, die sich immer seltener kreuzten. Es lag nicht nur an uns. Es lag auch an den fetten Jahren, in die wir hineintrieben, an dem schnellen Erfolg, den vielen Versuchungen. Gelegenheit macht Diebe, keine Rechtfertigung, ich weiß. Ich denke nur nach über uns und die Gespenster in den Schränken.

Am Morgen nach Ohlssons Fest, als weder Clarissa noch Nicole etwas von Esther vermelden konnten, als kein Anruf kam, keinerlei Nachricht, sprang Philipps Angst auf mich über. Entführung, vielleicht Schlimmeres, zum ersten Mal, daß ich den Gedanken an mich heranließ. Die Polizei freilich plädierte weiterhin für Geduld. Jedes Jahr, so erklärte man in aller Gelassenheit, würden aus der Stadt mehr als anderthalbtausend Menschen verschwinden, achtzig Prozent davon aber innerhalb einer Woche wiederauftauchen, »kein Grund also zu überzogener Panik, warten wir bis Montag«.

Abwarten, Geduld haben, absurd, wenn die Erde sich auftut. Andererseits, es stimmte ja, wo sollte man mit der Suche anfangen, auf welche Weise die Kidnapper, falls es sie gab, aus der Reserve locken. Ein grauer Sonnabend, Regen von morgens bis abends. Wir saßen am Fenster und starrten auf das Gartentor, doch niemand kam, und wenn das Telefon klingelte, war weder Esther in der Leitung noch die Stimme eines Erpressers, sondern irgend jemand aus unserem sogenannten Freundeskreis, den das leere Wochenende angähnte.

Am Sonntag schließlich, von wem immer in Gang gesetzt, fingen die Erkundigungen an, neugierig, lüstern auf Sensationen. Obwohl sich auch andere Stimmen meldeten,

Lydia und Paul Lobsam aus Starnberg etwa, die uns ihre Hilfe anboten, zum Beispiel bei der Beschaffung von Lösegeld. Aber das klang alles noch schrecklicher für mich, und wenn ich daran denke, daß Esther sich um diese Zeit Barcelona näherte, nach einer Nacht irgendwo südlich von Lyon, und daß sie, immer weiter von unserer Angst entfernt, in ihr Abenteuer hineinfuhr, die Küste entlang, vorbei an tausend Telefonen, dann fällt es mir schwer, ihr zu verzeihen. Ein Anruf, und man hätte uns nicht durch die Presse geschleift und vernichtet. Meine Tochter und ihre verdammte Freiheit.

Was die Presse betraf, so hatte Philipp schon am Sonntagmorgen beim Frühstück seine Besorgnis durchblicken lassen. Es war still im Haus, keine dröhnende Musik in Esthers Zimmer, und auch die sonst allgegenwärtige Frau Leimsieder fehlte. Sie hatte ihre Geschäftigkeit nach Miesbach verlegt, um am Wochenende das Haus von Sohn und Schwiegertochter gründlich durchzuputzen, und gut, daß wir diese beiden Tage ohne ihr wachsames Mitgefühl hinter uns bringen durften.

»Ruhe vor dem Sturm«, sagte Philipp. »Warte nur ab, wenn erst die Presse bei uns einfällt. Einerseits brauchen wir sie, schon wegen der Zeugen, irgend jemand muß doch etwas gesehen haben, aber andererseits sind wir natürlich ein gefundenes Fressen für die Meute«, absurde Bedenken. Auf Esther käme es an, rief ich, nur auf sie, alles andere sei egal, und ob wir etwa zu den Windsors gehörten, was er wiederum blauäugig nannte, mit Recht. Es stimmte ja, der Teufel fraß zur Not auch Fliegen. Als unergiebig galten wir keineswegs. Philipp war öffentlich durchaus präsent, der Name Matrei zudem ein fester Posten in den Stories vom süßen Leben an kalten Büfetts, und so, im Hin und Her der Überlegungen, kam Katja ins Gespräch: Katja Abenthin, Journalistin und freie Mitarbeiterin bei der MITTAGSPOST, unsere Katja sozusagen. Sie war nicht erreichbar an diesem Sonntag, doch der Anrufbeantworter nahm die Nachricht entgegen, und abends stand sie vor der Tür, zusammen mit ihrer Mutter Marion.

Marion Klessing, ich lasse den Namen auf der Zunge zergehen. Marion, meine Freundin, die einzige, der ich vertraut hatte, unter anderem deshalb, weil ihr Leben als Pharma-Vertreterin außerhalb unserer gesellschaftlichen Umtriebe stattfand. Auch auf ihrem Band hatte ich meine Hilferufe hinterlassen, mit einem Kurzbericht der Ereignisse von Freitagnacht. Nun war sie gekommen, umarmte mich und weinte mit mir, Judastränen, noch jetzt werden meine Hände feucht, wenn ich daran denke.

Marion hatte einmal Medizin studiert, war aber gleich nach dem Examen in die Ehe mit einem Apotheker geraten und trug nun ihre Musterkoffer von einer Praxis zur anderen, kein leichtes Brot, dazu noch das Gefühl der Degradierung. Immer wieder mußte ich sie aus schwarzen Löchern herausholen, ein festes Band für unsere Freundschaft, jedenfalls schien es mir so.

Wir hatten uns vor siebzehn Jahren im Krankenhaus kennengelernt, beide schwanger, beide in Gefahr, das Kind zu verlieren. Zu strikter Bettruhe verurteilt, warteten wir nebeneinander auf die Niederkunft, ein Wort, das jede von uns so gräßlich fand wie die ganze gynäkologische Station unter der Fuchtel von Oberschwester Adelgunde. Sechs lange Wochen, um miteinander vertraut zu werden, wobei Marion weit mehr an inneren und äußeren Mißhelligkeiten einzubringen hatte als ich, Unglück in der Liebe, Unglück im Spiel, wie sie es nannte. Ihr erster Mann, dem zu Gefallen sie die eigenen Pläne an den Nagel gehängt hatte, war samt seiner Apotheke zu einer anderen Frau übergelaufen, und nun, bei dem zweiten, schien sich Ähnliches anzubahnen, ohne Apotheke freilich im Hintergrund, eine Art Künstler, mit viel Charme und sonst nichts. Das Geld verdiente sie, er gab es aus, aber vielleicht, so die Hoffnung, würde sich durch das Baby manches ändern, das Baby, das nicht nur ihren Leib, sondern jeden Gedanken besetzt hielt. Sie sprach mit ihm, sang ihm Liedchen vor, wußte, ob es sich wohl fühlte oder nicht, zu meinem Unbehagen, weil mir so viel mütterliche Inbrunst ganz offensichtlich abging. Kaum vorstellbar, dieses Wesen, das immer drängender an meine Bauchdecke klopfte, dazu die Beschwernisse der Kinderkriegerei, und die Furcht, an der neuen Rolle zu scheitern, drückte zusätzlich auf Herz und Blase.

Unfug, versuchte Marion mir Mut zu machen. Wenn das Baby erst da sei, ändere sich das mit einem Schlag, und ich hoffte, daß sie recht behielt, erfahren wie sie war mit ihren zwei Kindern. Eins davon allerdings hatte die Geburt nur vier Tage überlebt, Marions toter Engel. Das andere aber wuchs heran, die kleine entzückende Katja, aus der die Journalistin Katja Abenthin werden sollte.

Sie war sieben damals, feingliedrig und zart, ein Elfchen

mit dunklem Strubbelkopf und federleicht, wenn sie in unser Krankenzimmer hüpfte, um sich, an ihre Mutter gekuschelt, Antworten auf die immer gleichen Fragen zu holen: »Du wirst doch bald gesund, Mama? Du kommst doch wieder zu mir nach Hause, Mama? Du hast mich doch lieb, Mama, lieber als das neue Baby?«

»Ich habe euch beide lieb«, sagte Marion dann, »und du bleibst meine beste kleine Große«, was Katja keineswegs zufriedenstellte.

»Du bist ganz allein meine Allerbeste«, rief sie beschwörend und hüpfte, wenn sie schon an der Tür stand, wieder zu Marion zurück, um es ihr noch einmal zu versichern. Sie sah reizend aus in ihrer überschäumenden Zärtlichkeit. Wie sollte ich ahnen, daß sie uns eines Tages ruinieren würde.

Die Wehen setzten bei Marion und mir fast gleichzeitig ein, nur daß ich zu einem guten Ende kam. Esther lag zwar im Brutkasten. Aber sie lebte und hatte meine Welt schon verändert, da brachte man Marion von der Intensivstation wieder in unser Zimmer zurück, steinern und stumm, verkrochen in ihr Unglück. Das Kind, ich wußte es, war bei der Geburt gestorben, »noch so ein Todesengelchen«, hatte Schwester Adelgunde geseufzt.

Am Nachmittag hüpfte Katja herein, »Mama, da bin ich«, ihr Freudenruf, und Marion schrie auf, »verschwinde, verdammt noch mal, verschwinde«, schreckliche Worte, ich sehe noch das erstarrende kleine Gesicht, die Verlorenheit, mit der sie auf ein Zeichen wartete, vergeblich, jetzt jedenfalls, und dann, als Marion wieder zu sich fand, war es zu spät. Ein schwieriges Mädchen, das da heranwuchs, süchtig nach Anerkennung, untröstlich bei der geringsten Niederlage, und Marion lud jede Enttäuschung und jede Träne auf ihr Gewissen. Zwecklos, dagegen anzureden. »Hör auf«, sagte sie, wenn ich ihren Schock nach der Geburt eine Krankheit nannte. »Krankheit oder nicht, nur das Ergebnis zählt«, Selbstvorwürfe ohne Ende und endlos auch die Wiedergutmachung. Katja, das unlösbare Problem, aber was hätten wir ohne Probleme angefangen.

Probleme nämlich, Marions und meine, waren die Basis unserer Beziehung, deren Beginn mit Philipps ungestümen Schritten auf dem Weg nach oben zusammentraf, Wechselschritte, einer nach vorn für ihn bedeutete einen zurück für mich. »Ein feste Burg ist unser Glück«, hatte er mit seinem fast bühnenreifen Tenor über die Hochzeitstafel geschmettert, zum Schrecken meiner frommen Mutter, die von Blasphemie sprach, und daß so etwas nicht gut enden könne. Jetzt bekam das Glück die ersten Sprünge, Zeit für eine beste Freundin. Sie brauchte mich, ich brauchte sie. Bekenntnisse gingen hin und her, mein Geheimnis, dein Geheimnis, Vertrauen gegen Vertrauen, die Hand hätte ich für Marion ins Feuer gelegt. Nun hat sie mich hineingestoßen, und nirgendwo gab es eine Warnung, keine innere Stimme, kein Zeichen an der Wand, als sie damals im Krankenhaus neben mir lag und auf ihr Todesengelchen wartete.

»Ich mußte es für Katja tun«, hat sie gesagt, als ich sie zur Rede stellte, Mutterliebe, die ewige Rechtfertigung. Aber um bei ihren eigenen Worten zu bleiben: Nur das Ergebnis zählt.

Katja also war es, Marions Tochter, nunmehr Katja Abenthin von der MITTAGSPOST, die, von Philipp und mir so dringend herbeigewünscht, uns jetzt versprach, noch eine Notiz in der Frühausgabe ihrer Zeitung unterzubringen, schwierig zwar angesichts der späten Stunde, aber beim Redakteur vom Dienst habe sie ein paar Steine im Brett.

Gleich ein paar, typisch. Aber gut, daß sie die Sache in die Hand nahm, unsere Katja, fast ein Familienmitglied. Während ihrer Schulzeit waren wir, wenn Marion mit Ärztemustern und Ärztepräsenten durchs Land zog, die Anlaufstelle für ihre Tochter gewesen. Sie hatte ein Bett gehabt im Haus, einen Platz am Tisch, hatte Ferien mit uns verbracht, Feste gefeiert, Verständnis gefunden für ihre vielen kleinen Macken und Hilfe im Notfall, obwohl Philipp meinte, daß sie wie eine Katze sei, erst würde geschnurrt, dann kämen die Krallen. Nicht ganz falsch, es gab Beispiele. Aber aus Kindern werden Leute, und da saß sie nun, reizend anzusehen wie eh und je, die Haare teuer verstrubbelt, das Outfit von edler Schäbigkeit, da saß sie und drängte zur Eile. Eine Beschreibung von Esthers Kleidung bitte, und was hat sie bei sich gehabt, wohin wollte sie und mit wem, und noch ein Foto, und Diskretion ist selbstverständlich, und ich rufe euch an. Doch der Anruf blieb aus, und später erfuhren wir, daß sie von uns zu Holger gefahren war, zu Clarissa und Nicole. Eine gründliche Recherche, das Ergebnis erfuhr man am Montag, allerdings nicht durch die MITTAGSPOST. Der Artikel stand auf der ersten Seite von HIT, dem neuen, inzwischen wieder eingegangenen Boulevardblatt, das sich nach dem Muster des englischen SUN aufs Sensationelle spezialisiert hatte, und dies nun war die neue Sensation:

PARTYGIRL VERSCHWUNDEN – SCHÖN, REICH, VERWÖHNT. WO IST ESTHER?

Die sechzehnjährige Esther, Tochter des Stararchitekten und Baulöwen Philipp M. (48), ist seit Freitag nicht in die Nymphenburger Villa ihrer Eltern zurückgekehrt. Nach Auskunft ihres Begleiters Holger B. (18) hat sie die Disco »Crazy Night« kurz nach 22 Uhr verlassen. Freundin Nicole S. (17) bestätigt, daß Esther häufig allein von Party zu Party zog, manchmal bis zum frühen Morgen. Ihre in der Münchner Society bekannten Eltern hatten offenbar nichts dagegen, sind jetzt aber in verständlicher Sorge. Beide glauben, daß ihre Tochter keinesfalls freiwillig verschwunden ist. Mutter Linda (44): »Ich kenne Esther, wenn sie könnte, würde sie sich melden.« Wie alle, bei denen mit hohem Lösegeld zu rechnen ist, muß sie als besonders gefährdet gelten. Warum hat die Polizei noch nichts unternommen? Esther ist 1,75 m groß, schlank, blond, blauäugig, auffallend hübsch. Sie trägt Jeans, schwarzes T-Shirt, schwarze Lackjacke, schwarze Ballerinas, goldene Armbanduhr, Marke Omega (DM 8000, Geschenk zum 16. Geburtstag). Wer hat sie gesehen? Wer weiß etwas von ihrem Verbleib? Helfen Sie, Esther zu finden. Melden Sie jede Beobachtung HIT, auch anonym.

Frühmorgens, ich hatte den Artikel noch nicht gelesen, klingelte das Telefon. Es war Lydia Lobsam, die mir ohne jede Vorrede »so eine Person müßte man steinigen« ins Ohr rief. Zunächst dachte ich, daß es wieder um einen beleidigten Maler ginge. Sie besaß eine Galerie am Promenadeplatz, Schwerpunkt Junge Moderne, wo Kräche zum Programm gehörten. Doch bei dem Namen Abenthin klärte der Irrtum sich auf, und gleich danach brachte Frau Leimsieder mir HIT.

Die Schlagzeile war ihr, als sie von dem Miesbacher Sohn zurückkam, am Bahnhof ins Auge gesprungen oder vielmehr ins Herz, denn was die Matreis betraf, betraf auch sie. Vier Jahre vor Esthers Geburt, wir wohnten noch in Schwabing, war sie uns sozusagen zugelaufen, irrtümlicherweise, eigentlich galt ihr Besuch den Leuten von nebenan. Aber sie hatte auf den falschen Klingelknopf gedrückt und war geblieben, zunächst nur Putzfrau, doch bald unentbehrlich. Ich arbeitete damals mit Philipp zusammen, und schon vor unserem Umzug in das Nymphenburger Haus hatte sie sich endgültig die Wirtschaft samt Familie einverleibt, nach Art der guten alten Großmütter, auch genauso lästig mitunter und argwöhnisch darauf bedacht, daß kein anderer in ihren Töpfen rührte. Ich ließ sie gewähren. Sie liebte uns, verwöhnte uns, ich merkte nicht, wieviel sie beitrug zu meiner Misere. Aber es war nicht ihre Schuld, und überhaupt, wozu das Puzzlespiel mit der Vergangenheit, es geht um den Montag, um den Artikel im HIT, um das, wohin er führte.

In dieser Nacht hatte das Wetter sich gewendet, Sonne statt Regen, ein weiß-blauer, hohnlachender Junihimmel. Ich saß allein zu Hause. Philipp hatte bis zum frühen Morgen Esthers Foto von Disco zu Disco getragen. Jetzt war er schon wieder unterwegs, um mit Hilfe eines einflußreichen Politikers aus seinem Rotary-Club die Ermittlungen in Gang zu setzen, und als ich schwankend zwischen Angst und Hoffnung das Telefon anstarrte, kam Frau Leimsieder. Ich hörte ihre Schritte in der Halle. Aber statt wie sonst erst die Küche zu inspizieren, stürzte sie sogleich ins Wohnzimmer, die Lippen nach innen gezogen, ein Signal für schlechte Nachrichten. Wortlos warf sie mir die Zeitung hin, holte Kirschwasser aus dem Schrank und füllte zwei Gläser, von denen sie eins hastig leerte, alles sehr seltsam angesichts ihrer sonstigen Enthaltsamkeit. Das andere Glas gab sie mir in die Hand, weiterhin stumm, bis ich den Artikel gelesen hatte. Dann, auch das entgegen jeder Gewohnheit, sank sie neben mich aufs Sofa, mit einem lauten Seufzer, »unsere Esther und Partygirl, Bagage. Aber ich habe es geahnt, doch bloß nicht aufregen, morgen werden die Fische drin eingewickelt, und was ist eigentlich passiert?«

Ich stocherte in Erklärungen herum, seit damals weiß ich, wie es ist, wenn es dir die Sprache verschlägt. Frau Leimsieder hielt den Kopf gesenkt. Zum erstenmal bemerkte ich zwei nackte Stellen zwischen den wohlgeordneten grauen Locken, ein Schock für mich, als wäre ihre beginnende Kahlköpfigkeit ein böses Omen.

»Bagage«, wiederholte sie, grimmigen Triumph in der Stimme, denn von Anfang an hatte sie Marions Tochter mißtraut, dieses gierige Ding, alles anfassen, alles beschnuppern, alles haben wollen, und die Mutter sei nicht besser, »aber hören Sie auf zu zittern, unserer Esther ist nichts passiert, sie ist bloß mal weggelaufen, kein Wunder, so verbiestert, wie das Kind zuletzt war, und hat die Uhr wirklich achttausend gekostet?«

»Mag sein«, sagte ich. »Mein Mann hat es mir nicht erzählt.«

Frau Leimsieder stand auf und legte mir eine Decke über die Schultern. »Und dieser Person, dieser Katja, der hat er es erzählt, wie?«

Es war still rundherum, nur so ein Summen in der Luft, ferne Autos vielleicht oder ein Flugzeug am Himmel, ich weiß es nicht. Ich merkte, wie mir flau wurde, der Mund trocken, die Haut kalt und gefühllos.

»Also wirklich achttausend?«

Noch einmal die Frage, und kein Zweifel, wohin sie zielte, der wunde Punkt, Frau Leimsieder traf immer den wunden Punkt, und das war es, was mir diese Übelkeit durch den Körper trieb. Denn wie alles und jedes hatte ich auch den Ärger über die Geburtstagsuhr zu Marion getragen, soviel Geld für eine Sechzehnjährige, aber Philipps Tochter-Tick kannte kein Maß. Nun stand es in der Zeitung, und eine neue Gefahr türmte sich auf hinter der Angst um Esther und schien in den Himmel zu wachsen. Ich konnte nicht auf Philipps Rückkehr warten. Ich lief zum Auto.

Undank sei der Welt Lohn, hatte Frau Leimsieder mir mit auf den Weg nach Schwabing gegeben, wo Marion in eins der Jugendstilhäuser am Elisabethplatz gezogen war, deren ehemals herrschaftliche Etagen Philipp in Eigentumswohnungen umgewandelt hatte, mit einigem Ärger und großem Erfolg. Schöne Fassaden, originelle Grundrisse, ein glänzendes Geschäft.

Altbausanierungen, versuchte er mir klarzumachen, würden ganz und gar zu Unrecht verteufelt, zumindest in seinem Fall. Bei ihm könnten betagte Mieter in Ruhe ihrem Ende entgegensehen, alle anderen würden entschädigt, und irgendwie müsse es ja weitergehen in der Stadt, bevor das alte Gemäuer total verrotte. Profit? Natürlich Profit, auch kein Metzger verschenke seine Wurst. Alles habe seinen Preis, und wenn das Wohnungsproblem in die Hände der roten und grünen Gutmenschen gerate, würden demnächst nur noch Container aufgestellt.

Vielleicht war es ja so. Aber ich hatte mich in den Architekten verliebt, nicht in einen Bauunternehmer, und meine Grundsätze aus der Zeit, als wir uns kennenlernten, ließen sich nicht so leicht entsorgen wie die IKEA-Möbel in unserem ersten Büro. Er könne mich nicht korrumpieren, schrie ich ihn an, ein Streit, der die Substanz berührte, vielleicht der Moment, sich zu trennen, wenn es nur um diese oder jene Auffassung vom Leben und wie es sein sollte gegangen wäre. Aber es ging um ihn und mich und Esther, und korrumpiert war ich schon längst. Das Haus am Park gefiel mir, auch Frau Leimsieders Schalten und Walten, überhaupt das Geld und was man damit machen konnte, und mir zuliebe hatte er Marion die Eigentumswohnung am Elisabethplatz fast zum Selbstkostenpreis gegeben.

Früher hatte sie draußen in Trudering gewohnt, am östlichen Stadtrand. Jetzt war es nur noch ein Katzensprung von ihr zu mir, und ich mit meinem Überfluß an Zeit. Zuviel vielleicht für Marion, ich hätte spüren müssen, wie die dauernden Besuche sie nervten, dies und anderes. Mein rasches Einverständnis zum Beispiel mit ihrem Vorschlag, unsere Freundschaft aus dem herauszuhalten, was sie als gesellschaftlichen Hokuspokus verhöhnte. »Danke, der

Zirkus interessiert mich nicht«, hatte sie die anfänglichen Einladungen zu unseren Gastereien abgelehnt, so entschieden, daß ich es dabei beließ. Von meinen Stories und Klatschereien aus der Glitzerwelt indessen konnte sie nicht genug bekommen. Ich hätte schweigen sollen. Aber sie verlangte immer mehr, goß ihren Spott darüber, lachte manchmal Tränen, und ich, taub für die Zwischentöne, glaubte, es sei ihr ein Vergnügen, sich die Nase an diesem Schaufenster platt zu drücken. Ich auf meinem hohen Roß, von dem man mich nun herunterholte.

Eine hübsche Frau, meine Freundin Marion, Ende Vierzig, ein paar Jahre älter als ich, aber zart und leichtfüßig wie ihre Tochter und das Gesicht fast noch kindlich mit den runden, erstaunten Augen, der kleinen Nase, der gewölbten Stirn. Es hatte mich immer gerührt, wenn sie, die Arme gegen den Körper gepreßt, im Sofa kauerte, ratlos, was zu tun sei mit dem Kind, dem Liebhaber, den Schulden, dem ganzen Durcheinander des Lebens. Es machte mir Freude, ihr beizuspringen, und warum auch nicht, es ging aufwärts mit Philipps Firma, besser von Jahr zu Jahr, genau umgekehrt wie in Marions Fall. Frau Leimsieder hatte es wieder einmal auf den Punkt gebracht: Aus nichts wird immer weniger, aus viel immer mehr, wobei die Kritik keineswegs dem Matreischen Wohlstand galt. Im Gegenteil, sie warf mißbilligende Blicke um sich, wenn etwas von dem, was sie »unsere Sachen« nannte, zu Marion wanderte, und gut, daß ihr wenigstens die Schecks entgangen waren. Sonst hätte sie wohl noch öfter Reden auf den Undank der Welt gehalten, immer vergeblich, kein Thema für mich. Doch jetzt, während der Fahrt zum Elisabethplatz, wurde ein Thema daraus, ein Dauerton im Kopf. Plötzlich hatte ich Angst.

Marion, noch im Morgenrock, öffnete die Tür nur einen Spaltbreit. »Ach, du bist es«, sagte sie, Abwehr in den Augen.

Ich schob meinen Fuß auf die Schwelle. »Ist es erlaubt?«, und sie löste die Kette, »natürlich, entschuldige«, aber nichts war natürlich, weder die Stimme noch wie sie mir gegenübersaß, steif und straff, die Hände im Schoß gefaltet. Auf dem Tisch lag HIT.

Sie folgte meinem Blick, »ich habe ein Abonnement«.

»Warum?« fragte ich.

»Katja kriegt so was gratis«, sagte sie, und ich rief: »Was soll der Unsinn, du verstehst mich genau, warum habt ihr diesen Mist geschrieben?«

»Ich habe es nicht geschrieben«, sagte sie.

»Natürlich nicht«, sagte ich. »Deine Katja hat es zusammengeschmiert.«

Marions Rücken versteifte sich noch mehr. »Was stimmt denn da nicht?«

»Klar, das mit der Uhr stimmt«, sagte ich. »Achttausend, auf Heller und Pfennig, das hast du korrekt weitergegeben.«

Sie stand auf, nahm eine Zigarette aus dem silbernen Kästchen, zündete sie an. Das Kästchen war von mir, auch das Feuerzeug, Perlmutt und Gold mit ihren Initialen, ein Trostgeschenk nach der Scheidung von dem Künstler.

»Bitte, Marion«, sagte ich, »tu das nicht noch mal. Ich habe dir doch vertraut, du weißt soviel, bitte.«

Sie wandte das Gesicht ab, rauchte weiter, schwieg.

»Bitte, versprich es mir«, sagte ich. »Wir machen soviel durch zur Zeit, das reicht doch.«

Dreimal bitte und dann die Antwort: »Katja ist Journalistin, das mußt du verstehen.«

Ich begriff es noch nicht. Sie war meine Freundin, sie hatte gestern mit mir geweint, nein, ich begriff es nicht und rief, daß dies ja wohl die größte Chuzpe sei, »meine Tochter ist verschwunden, ihr schlagt Kapital aus dem Unglück, und ich soll es auch noch verstehen«.

Marion ließ die Zigarette in den Aschenbecher fallen. »Klar, Kapital herausschlagen war bis jetzt ja eure Sache, aber Katja hat es schwer genug gehabt im Leben«, und ich sagte, daß sie aufhören solle mit ihrer verkorksten Katja, was der denn gefehlt habe, Wohnung, Schule, Ferienreisen, alles vom Feinsten. »Und alles von euch«, fuhr Marion dazwischen, »ich weiß, alles von euch, vielleicht denkst du, es macht Spaß, ewig dieses verfluchte Dankeschön für die Krümel vom Tisch.« Worauf ich nach dem billigsten Argument griff, nämlich daß sie ja nichts hätte zu nehmen brauchen, »und so was«, schrie die neue, die völlig veränderte Marion, »kann nur eine wie du sagen, die oben auf ihrem Geldsack sitzt, Linda Matrei mit ihrer Wohltätigkeit, aber ich habe genug von deinem Krempel, nimm ihn wieder mit.«

Sie warf mir das Feuerzeug vor die Füße und das silberne Kästchen, der große Showdown. Ein Jahr ist vergangen seitdem, wahrscheinlich stimmt der Text nicht mehr, aber ein paar Worte mehr oder weniger, was hat es zu sagen. Auf den Haß kommt es an, diesen Drachen, von dem ich nicht weiß, wie lange er schon Feuer gespeichert hatte für den passenden Moment. Geben, verkündet die Bibel, sei seliger denn Nehmen, schweigt sich aber aus über den Gegenpart, und kann sein, daß Nehmen ganz und gar unselig ist auf die Dauer, denn was sonst zwang Marion, Vasen und Gläser zu zerschmettern, italienische Fayencen, Marionetten aus Bali, sogar die Jugendstillampe, mein letztes Weihnachtsgeschenk. Erst als auch noch die Mokkatassen zu Bruch gegangen waren, sackte ihre Raserei in sich zusammen.

»Schluß«, sagte sie. »Du brauchst mir keine Täßchen mehr mitzubringen«, das Ende der Freundschaft. Ich lief aus der Wohnung, die Treppen hinunter auf die Straße. Die Sonne stach mir in die Augen. Ich wußte, was bevorstand.

Zu Hause wartete Philipp in Gesellschaft von zwei Herren in Zivil, schon fast eine Stunde, wie mir Frau Leimsieder zuflüsterte, auch Esthers Zimmer hätten sie bereits inspiziert. Der jüngere von beiden erhob sich, »Moosacher, Kriminalkommissar Moosacher«, während der andere, Chef einer eiligst gebildeten Sonderkommission, im Sessel sitzen blieb, der Bandscheiben wegen, aber das hörte ich erst später.

»Wie konntest du vom Telefon weggehen«, fuhr Philipp mich an. Ich sah, wie er die Hände verkrampfte, weil der linke Daumen zu zucken begann, immer ein Alarmzeichen.

»Frau Leimsieder war doch hier«, sagte ich, und nach drei Nächten und zwei Tagen würde sich wohl ohnehin kein Erpresser mehr melden, oder ob man das noch für möglich hielte. Die Frage galt den Kriminalbeamten. Aber statt zu antworten, erkundigte sich Kommissar Moosacher, wo ich gewesen sei.

»Bei einer Freundin«, sagte ich, und Philipp fügte den Namen hinzu, Frau Klessing, Mutter der Journalistin, die diesen Artikel verfaßt habe, infame Verdrehungen, er würde Klage erheben gegen HIT, der Anwalt wäre bereits eingeschaltet.

Moosacher zuckte mit den Schultern, »schwierig mit der Presse«.

Keine Sorge, er finde schon Mittel und Wege, erklärte Philipp, worauf Moosacher sich Marions Adresse notierte und sein Kollege fragte: »Warum war der Besuch bei Frau Klessing so dringend?«

Er hieß Müller, einfach Müller, und so sah er auch aus auf den ersten Blick: mittleres Alter, mittlere Größe und alles Grau in Grau, Anzug, Haare, Gesicht, einer, den man heute kennenlernt und morgen vergessen hat.

»Wegen des Zeitungsartikels«, sagte ich. »Sie hat vertrauliche Dinge an ihre Tochter weitergegeben.«

»Welche vertraulichen Dinge?«

Ich nannte den Preis von Esthers Uhr, und ob das denn so schlimm sei, wollte er wissen. Es klang gelangweilt, bloße Routine offenbar. Trotzdem begann ich Gefahr zu wittern, suchte nach Erklärungen, sprach von meinem Zorn über die Indiskretion und daß ich Marion zur Rede stellen wollte, kam aber nicht weiter, denn Hauptkommissar Müller hob den Kopf und sah mich an.

»Deshalb haben Sie das Telefon verlassen?«

Ich wußte, worauf er hinauswollte und war froh, daß Philipp aufsprang und »Ich denke, Sie sollen unsere Tochter suchen«, rief. »Fangen Sie doch endlich damit an.«

»Haben wir bereits.« Müllers Ton verschärfte sich um

eine Nuance. »Wann genau sind Sie in der fraglichen Nacht nach Hause gekommen?«

»Dreiviertel zwei«, sagte Philipp ohne jede Spur von Unsicherheit. »Esthers Jacke hing nicht in der Garderobe. Meine Frau hat oben im Zimmer nachgesehen, das Bett war unberührt. Zwanzig nach drei habe ich bei dem Freund angerufen, danach bei der Polizei. Aber das dürfte Ihnen bekannt sein.«

»Warum so spät?«

»Großer Gott, wir haben gewartet«, sagte Philipp. »Wir haben gedacht, daß sie noch kommt. Und dann ist meiner Frau der Name von diesem Holger nicht eingefallen. Sie wissen doch, wie die jungen Leute sind, die kennen bloß Vornamen«, ein Kartenhaus, das er aufbaute, eins von seinen Kartenhäusern, immer schnell bei der Hand mit kleinen oder größeren Schwindeleien, meisterhaft geradezu, und unvergeßlich meine erste Begegnung mit diesem Talent.

Es war bei einer Verabredung vor dem Marmorhaus-Kino, kurz nachdem wir uns kennengelernt hatten, und er kam zu spät. Kein Drama, ich war nicht pingelig in solchen Dingen. Doch atemlos stürzte er auf mich zu: Klärchen Holzapfel sei schuld, seine Zimmerwirtin in der Ainmillerstraße, uralt und gebrechlich, der er unbedingt eine neue Birne in die Küchenlampe schrauben mußte, und die Birne sei defekt gewesen und die Sicherung durchgebrannt und der Hocker umgekippt und die Wirtin in Tränen ausgebrochen, weil er nicht auch noch mit ihr Kaffee trinken wollte, alles sehr ulkig, nur daß wir nach dem Kino auf jenen Freund stießen, mit dem er sich bei Tchibo festgeredet hatte.

Für Philipp klang meine Empörung kleinkariert. Daß Ehrlichkeit am längsten währe, erläuterte er mir, sei die Ideologie der Erbsenzähler, wohingegen eine nette Lüge zur rechten Zeit die Freundschaft erhalte. Statt mich wegen der Verspätung zu grämen, hätte ich gelacht, ob das nicht viel angenehmer sei, und trotz meines Ärgers leuchtete es mir ein. Schließlich war ich nicht umsonst vor der Rigorosität meiner Mutter davongelaufen, die es als fromme Pflicht erachtete, anderen Leuten die Wahrheit um die Ohren zu hauen, ein Teil dessen, was sie den »Weg Gottes« nannte. Es fiel mir leicht, auf Philipps soviel menschlichere Tour einzuschwenken, und nun saß die Polizei bei uns, und er errichtete ein Kartenhaus für sie, und ich ließ es zu.

Moosacher steckte das Notizbuch ein, Müller, das Gesicht schmerzhaft verzogen, arbeitete sich aus seinem Sessel heraus. Ich wollte sie zum Gartentor begleiten, wurde jedoch abgewiesen, »wir kennen den Weg«. Man besuchte uns nicht. Man ermittelte.

»Du hättest nicht lügen sollen«, sagte ich, aber Philipp schob meine Bedenken beiseite. Wozu der Polizei den nächtlichen Ehekrach beichten. Die interessiere das nicht. Esther sei wichtig, nicht das Wie oder Wann unserer Heimkehr. Im übrigen kenne außer uns nur Hollinger die Wahrheit, und mit Hollinger ließe sich reden.

»Marion weiß es auch«, sagte ich, verschwieg indessen, was ich ihrem Anrufbeantworter sonst noch mitgeteilt hatte. Vielleicht stimmte es ja, daß Müller und Moosacher sich nicht dafür interessierten.

Wir saßen beim Mittagessen, als sie wieder auftauchten, Lammcurry mit Mango, Ingwer und Kardamom, eine neue euro-indische Kreation von Frau Leimsieder, die, sonst konservativ bis auf die Knochen, so verwegen mit Rezepten aus allen Himmelsrichtungen herumexperimentierte, daß schon mancher unserer Gäste versucht hatte, sie abzuwerben. Auch das Lammcurry war sicher vorzüglich. Aber mein Magen sperrte sich an diesem Tag, und nur die sekundenkurze Selbstvergessenheit in Hauptkommissar Müllers Gesicht hat mir eingeprägt, was auf dem Teller lag.

Moosacher im Schlepptau, war er zu uns an den Tisch vorgedrungen, ohne Umstände, mir nichts dir nichts oder wie immer es heißt, wenn jemand mit der Tür ins Haus fällt.

»Die Herrschaften essen noch«, protestierte Frau Leimsieder, und von ihm aus könnten die Herrschaften weiteressen, gab er zurück, der Moment, in dem das exotische Aroma ihn überwältigte.

»Riecht gut bei Ihnen«, murmelte er eher unwirsch. Seine Augen streiften das Wedgwoodgeschirr, die Gläser, das Silber, der gleiche Blick, mit dem ich seinerzeit den Luxus jener Seesener Schulfreundin taxiert hatte, deren Mutter mich nur widerwillig duldete. Ein Blitz aus der Erinnerung, »Lammcurry, nichts Besonderes«, sagte ich entschuldigend.

»Das wollen wir nicht wissen.« Moosachers Ton war ohne jede Verbindlichkeit. »Wir wollen wissen, warum Sie uns belogen haben.«

Philipp schob seinen Stuhl zurück. Er ging durch die offene Schiebetür ins Wohnzimmer und wies auf die Sessel am Kamin, »gleich kommt Kaffee, und ich weiß, was Sie meinen, aber diese private Angelegenheit hat doch nichts mit dem Verschwinden unserer Tochter zu tun«.

Ein verwunderter Blick von Müller. »Sehen Sie hin und wieder Krimis? Nein? Schade. Dann wüßten Sie nämlich auch, daß in einem Fall wie diesem rundherum ermittelt werden muß. Bei Holger Berkhoff. Bei den anderen Freunden. In der Disco. In der Schule. Bei Ihnen.«

»Weil zunächst jeder verdächtig ist«, ergänzte Moosacher mit einem Unterton von Häme, und ich merkte, wie Philipps Daumen zu zucken begann. »Sie sollten lieber nach unserer Tochter suchen«, sagte er.

Müller beugte sich vor. »Jetzt hören Sie mir mal zu. Ihre Tochter ist verschwunden, ohne Gepäck, ohne alles, sogar das Bargeld liegt in der Schublade, fast dreihundert Mark. Kein Hinweis auf Flucht oder Entführung, und ihre Frau ist überzeugt, daß sie sich gemeldet hätte, wenn es irgend möglich gewesen wäre. Folglich muß man zumindest in Erwägung ziehen, daß sie Opfer eines Verbrechens geworden ist.«

»Seien Sie still«, schrie Philipp.

»Tut mir leid«, sagte Müller. »Ich bin hier, um Licht in die Sache zu bringen. Wir wissen inzwischen, daß Sie und Ihre Frau sich in der fraglichen Nacht getrennt haben. Also bitte, warum die falschen Auskünfte?«

»Die Sache war uns peinlich«, sagte ich. »Mein Mann wollte sich betrunken ans Steuer setzen, es hat Streit gegeben, da ist er ohne mich weggefahren.«

Moosacher griff nach dem Notizbuch. »Wann war das?«

»Kurz vor eins«, sagte ich. »Gleich, nachdem wir die Party verlassen haben.«

»Und wer hat Sie nach Hause gebracht?«

Hollinger also, sein Name mußte genannt werden, und kein Zweifel, was als nächstes bevorstand. Ich vermied es, Philipp anzusehen, erhielt aber noch eine Atempause, weil Frau Leimsieder mit dem Kaffee kam.

»Danke, ich nicht«, sagte Müller.

»Ich auch nicht.« Moosacher wartete, bis sie wieder gegangen war. »Wann sind Sie in Hollingers Auto gestiegen?« fragte er dann.

»Ziemlich spät«, sagte ich. »Sicher später als zwei. Ich war völlig außer mir und kann mich nicht so genau erinnern«, ein Vabanquespiel, vielleicht hatte Marion das Band gelöscht, vielleicht hatte ich ihr die Zeit nicht genannt, vielleicht hatte ich Glück mit der Lüge.

»Merkwürdig.« Moosacher überprüfte seine Notizen. »Als sie auf Frau Klessings Anrufbeantworter gesprochen haben, konnten Sie sich noch sehr genau erinnern. Kurz nach eins. Korrekt?«

Ja, korrekt. Philipp hatte mich nicht danach gefragt. Jetzt wußte er Bescheid.

»Und wann sind Sie hier eingetroffen?«

Gegen drei, fast zwei Stunden für einen Weg, den man nachts in fünfundvierzig Minuten bewältigen konnte. Moosacher lächelte, ein kleines geiles Lächeln, kaum merklich, am liebsten hätte ich hineingeschlagen, sagte ihm aber, daß der Mann vom Sicherheitsdienst den Zeitpunkt meiner Rückkehr bezeugen könne.

»Und Ihr Mann war schon eingetroffen?«

Ich nickte, worauf Müller von Philipp wissen wollte, wann er das Haus betreten habe.

»Zwanzig vor zwei präzise«, sagte Philipp. »Ich bin sehr schnell gefahren.«

»Obwohl Sie betrunken waren?«

»Wahrscheinlich gerade deshalb.«

»Und trotzdem haben Sie zur Uhr gesehen?«

»Meine Tochter war nicht da, das hat mich nüchtern gemacht.«

»Und der Wachmann könnte Ihre Ankunft ebenfalls bestätigen?«

»Ich weiß nicht, verdammt noch mal«, sagte Philipp. »Er patrouilliert durch mehrere Straßen. Keine Ahnung, ob er mich bemerkt hat.«

»Sonst jemand? Haben Sie unterwegs getankt? Irgendwo angehalten?«

»Was soll das?« fragte ich, obwohl es auf der Hand lag, und Philipp verlor die Beherrschung. »Wahnsinn«, rief er, »sind Sie wahnsinnig geworden, glauben Sie etwa, ich hätte meine Tochter umgebracht? Esther?«

Ein Aufschrei, sogar Müller schien die Qual darin zu spüren. Schweigend knöpfte er seine Jacke zu, und der harte Pingpongton war verschwunden, als er jede Voreiligkeit von sich wies, nein, man glaube noch gar nichts, man habe ja gerade erst angefangen mit diesem Fall.

Vom Fenster aus sah ich, wie er Moosacher zum Gartentor folgte, schwerfällig, den Rücken gebeugt. Auf halbem Weg machte er halt und ließ die Augen über unseren makellosen Rasen wandern, die Rosenbeete, den von Geißblatt umwucherten Pavillon. Dann, nach einem Versuch, das Kreuz durchzudrücken, setzte er sich wieder in Bewegung.

Ich lief aus dem Haus, holte ihn ein und fragte, was eigentlich los wäre, von der Suche nach Esther sei kaum die Rede gewesen, und ob er noch davon ausgehe, sie zu finden, sie sei doch ein Mensch, nicht nur ein Fall, und was seine Erfahrung ihm sage und sein Instinkt, und ob man denn wirklich alles täte.

»Jetzt beruhigen Sie sich mal«, unterbrach er mich. »Selbstverständlich wird alles getan. Mir geht so etwas immer noch nahe, da können Sie sicher sein. Ich würde sofort einen Suchtrupp losschicken, wenn ich wüßte, wohin. Aber ohne irgendeinen Anhaltspunkt?«

Also glauben Sie doch, daß sie tot ist? wollte ich sagen, brachte es aber nicht heraus und fing an zu husten. »Durchatmen«, sagte Müller, »tief durchatmen, es wird schon gut enden, alles noch offen, wenn Sie mich fragen.«

Er legte mir die Hand auf den Arm, zu hastig offenbar, denn er fuhr stöhnend zusammen, »Bandscheibe, schon seit drei Wochen, und ehrlich, es macht mir keinen Spaß, bei Ihnen einzufallen und Ihr Lammcurry zu riechen«.

Mit steifen Schritten folgte er dem wartenden Moosacher, und während das Gartentor zuschlug, meinte ich plötzlich, Esther zu sehen. Sie lehnte an der Mauer, in ihren alten Bluejeans und dem langen weißen Flatterhemd, war da und nicht mehr da. »Projektionen deiner überdrehten Gefühle«, versucht sie mir jetzt nach ihrer Rückkehr einzureden. Aber wie auch immer, etwas war anders geworden. Meine Panik, daß sie tot sein könnte und irgendwo verscharrt, dieser Knoten, der den Atem blockierte, das Denken, den Hunger, hatte sich gelöst. Ich war sicher, sie lebt, sie kommt wieder, und immer noch glaube ich, Esther habe sich zu mir hingedacht in dem vorüberzukkenden Moment.

Sie war an jenem Tag auf Ibiza angekommen, mit der Fähre von Barcelona, eine lange Fahrt im kühlen Nachtwind, war durch das Hafenviertel geschlendert, hatte an der Mole ein Baguette gegessen, müde, immer müder im Dunst der Mittagshitze, bis die Augen zufielen. So jedenfalls ihr Kurzbericht und von Angst keine Rede, aber wie ist es möglich, ohne Angst auf einer Bank am Hafen zu liegen, allein, den Rucksack unterm Kopf, ausgesetzt in der Fremde. Vielleicht war es im Halbschlaf, daß sie, schwebend durchs Niemandsland, Signale ausgeschickt hat, die auf meine trafen, und unbeschreiblich mein Glück in diesem Bruchteil einer Sekunde. Nichts für die Dauer, das nicht. Doch ein Rest blieb haften, ein Rest wenigstens, wie sonst hätte ich die Monate nach ihrer Flucht überstehen sollen.

Als ich ins Haus zurückkam, saß Philipp noch am selben Platz.

»Ich bin ein Verdächtiger«, sagte er. »Verdächtig der Ermordung meiner Tochter. Du und deine Marion«, der Streit am Rand des Abgrunds. Warum konntest du den Mund nicht halten. Warum mußtest du lügen. Warum hast du mich in der Nacht stehenlassen. Warum bist du solange ausgeblieben.

Ich wollte ihm die Sache mit Hollinger erzählen, kam aber nicht dazu, weil er plötzlich die Hände vors Gesicht preßte. Philipp, kein Mann der Tränen. Nur zweimal hatte ich ihn weinen sehen, am Grab seines Vaters und dann, als man ihm die winzige Esther brachte. Jetzt weinte er zum dritten Mal, laut und verzweifelt wie ein Kind.

Ich setzte mich auf die Sessellehne und legte meinen Kopf an seine Schulter.

Philipp war vierundzwanzig, als wir in der Mensa aufeinandertrafen, er Architekturstudent kurz vor dem Abschluß und ich seit ein paar Tagen eingeschrieben für Soziologie, das Modefach zu Beginn der siebziger Jahre, jeder, der die Welt verbessern wollte, hoffte, dort das passende Rezept zu finden. Eine Karikatur von damals zeigt zwei Chemiestudenten, die vom Laborfenster aus eine Demonstration beobachten. »Soziologie müßte man studieren«, sagte der eine zum anderen, »dann könnte man sein Praktikum auf der Straße machen«, ein Jux mehr oder minder, Philipp ließ mir keine Zeit, es zu überprüfen.

Ich stand in der mittäglichen Essensschlange, immer noch verloren in dem Getriebe, wo jeder jeden zu kennen schien, da schob er sich zwischen mich und meine Vorderfrau, gänzlich unbekümmert, ein Musterbeispiel maskuliner Dreistigkeit. Es ärgerte mich. »Typisch Mann, sich hier einfach vorzudrängeln«, teilte ich, beflügelt vom feministischen Gedankengut, dem Rücken vor mir mit, worauf Philipp nach einer Wendung des Kopfes seine Augen gemächlich an mir entlangwandern ließ, und »Alter geht vor Schönheit« sagte. Dann lachte er, und ich lachte auch, verwirrt von seiner selbstverständlichen Lässigkeit, umwerfend für eine wie mich, neunzehn gerade und aufgewachsen in Seesen am Harz, von wo meine achtundsechziger Träume mich nach München getragen hatten, Träume, die soeben, noch wußte ich es nicht, um alle Chancen gebracht wurden.

»Heißen Sie Carmen?« fragte er, wieder mit diesem Blick über mein dunkles Haar in die ebenfalls dunklen Augen, sein unnachahmlicher Blick, so oft mußte ich später sehen, daß er anderen galt. Jetzt aber, da er mir gehörte, sagte ich, »nein, Linda«, drauf und dran, ihm gleich noch den Rest zu erzählen. Aber erst nachmittags, beim Eiskaffee draußen auf der Leopoldstraße, erfuhr er, daß ich amtlicherseits mit dem Namen Sieglinde geschlagen war, Zeichen der Nibelungentreue meines Vaters zum tausendjährigen Reich, Linda dagegen der Hartnäkkigkeit meiner Mutter verdankte, ihrem Haß auf ihn, seine Taten, seine Reuelosigkeit, diese ganze finstere Geschichte, und seltsam, wie leichtherzig ich die Scham beiseite schob, mit der ich sonst meine Kindheit abschottete. Wir saßen vor dem Venezia, ein Föhntag im Mai, warm wie der Sommer, in den Obstkarren am Straßenrand leuchteten spanische Erdbeeren. Ein langmähniger Hippietyp malte die Mona Lisa aufs Pflaster, Jeans und Flatterröcke zogen vorüber, Nadelstreifen auf dem Weg in ihre Büros, schlurfende Penner, amerikanische Witwen mit Blumenhütchen, und Philipp, den Strohhalm zwischen den Lippen, fragte, warum in aller Welt ich mir die Schuld der vorigen Generation aufladen wolle. »Sippenhaft« sagte er. »Das stammt doch aus dem Nazikatalog. Frau haftet für den Mann, Kind haftet für den Vater – willst du dich etwa selbst ins KZ stecken? Linda, mit den schwarzen Augen, zieh das Büßerhemd aus«, und angesichts der Leichtigkeit, mit der er sprach, schien mir alle

Last von der Seele zu fallen, so überraschend, wie der Mann neben mir aufgetaucht war.

In der Tat seltsam, mein Vertrauen zu ihm, dem Fremden. War er wirklich das, was ich sah? Oder habe ich mir mein eigenes Bild von ihm gemacht, eins, das ich brauchte? Wer kann es noch sagen nach so langer Zeit. Den Philipp von damals gibt es nicht mehr, genausowenig wie das Mädchen, das sich beim Eiskaffee im Venezia von der Vergangenheit zu lösen begann, nur weil er da war.

Liebe auf den ersten Blick, kaum in den Mund zu nehmen, dieses Klischee, ich weiß. Aber wie sonst soll man ein Ereignis benennen, das deckungsgleich ist mit dem abgedroschenen Wort, es sei denn, das Ereignis würde ebenfalls zum Klischee erklärt, obwohl es uns überwältigt hat, mich und Philipp, den Frauenmann mit seinem Hang zum fliegenden Wechsel, damals schon. Bei mir jedoch wollte er bleiben, immer und allezeit, Irrtum ausgeschlossen, und wenn er auch lächelte, sein halbes ironisches Lächeln, er glaubte es, und ich glaubte ihm, egal, wie viele Frauen vor mir Ähnliches von ihm gehört hatten.

Was mich anbelangte, so war Philipp der erste, unfaßbar für Mädchen aus Esthers Generation, fast zwanzig und noch nie mit einem Mann geschlafen. Aber die Thesen der sexuellen Revolte hatten Seesen vorerst nur als Theorie erreicht, Stoff für Diskussionen mit heftigem Pro und Contra, wobei meine Sympathien durchaus dem Pro gehörten, dem Fortschritt, der Befreiung oder wie wir es nannten, auch das einer der Gründe, die halbe Bundesrepublik zwischen mich und den heimatlichen Mief zu legen. Und dann, kaum angekommen am neuen Ufer, mußte ich der

Liebe in die Arme fallen, mitten hinein in ein falsches Leben.

Ich stelle mir das richtige vor, jenes, das vielleicht auf mich gewartet hätte, wenn ich nicht in die Mensa geraten wäre an jenem Tag, nicht in die Schlange vor der Essensausgabe, nicht hinter Philipps Rücken. Ich mit meinem Einser-Abitur und alle Türen offen. München, hatte ich gedacht, Oxford, vielleicht Harvard, die Sorbonne. Karriere machen an der Universität oder durch die Welt reisen und Bücher schreiben, Linda Seiberg, ihr wißt doch, die Schriftstellerin. Luftballons, nichts als Luftballons, sonst wäre mir dies alles nicht so leicht davongeflogen. Denn was du wirklich willst, das holst du dir auch.

Vielleicht also habe ich doch das richtige Leben gewählt und nur etwas Falsches daraus gemacht, meine Schuld, nicht Philipp anzulasten und der Liebe, die schön war am Anfang, zu schön, um sie schlechtzureden des schlechten Endes wegen. Was hat das Ende mit dem Anfang zu tun, dem Nachmittag vor dem Venezia, der Dämmerung am Isarufer, wo das Wasser gurgelnd an uns vorüberzog und sich allmählich mit dem Himmel verdunkelte, und dann die Nächte bei ihm in der Ainmillerstraße, unsere langen Nächte, in denen die Seesener Theorien Flügel bekamen, und mehr sage ich nicht. Tausendmal schon ist es gesagt worden und zur Schau gestellt, immer wieder reden und rammeln sie die Liebe zu Tode und lassen die Geier darüber kreisen, es reicht, ich sage nur, daß es schön war mit Philipp und mir.

Ich blicke zurück und sehe, wie schnell mein Leben zu seinem wurde. Anfangs hatte ich noch Vorlesungen besucht, Versammlungen, Sit-ins und war demonstrierend durch die Stadt getrabt, Ho-Ho-Ho-Chi-Minh auf den Lippen, alles sehr wichtig zunächst und dann immer weniger. Philipp hatte die mündlichen Prüfungen und Klausuren fürs Examen schon fast hinter sich. Aber das Pensum für Baugeschichte war noch zu repetieren, und dann begann er mit seiner Diplomarbeit, dem Entwurf eines Kinos mit Büros und Wohnungen in den oberen Geschossen. Pläne mußten gezeichnet, die Statik berechnet, Texte verfaßt, Modelle gebaut werden, und während ich tippte und sägte und hämmerte, Striche zog und Zahlen über- und untereinander schichtete, kam mir das Interesse am eigenen Studium mehr und mehr abhanden. Moderne Architektur, ein fremdes Terrain für mich, im Gymnasium waren wir bei den gotischen Domen hängengeblieben. Doch jetzt gehörte sie zu Philipp, und wunderbar, seine Gedanken mitzudenken, viel spannender als Soziologie. Er war kein Linker. Er träumte nicht von einer neuen Gesellschaft, er träumte von Häusern, großen, modernen Häusern, und die, sagte er, würden mit großem Geld gebaut, also könne er nicht die Partei der kleinen Leute wählen, ein Bekenntnis, für das ich jeden anderen als Kapitalistenknecht abgeschrieben hätte. Ihn aber liebte ich mitsamt seinem Kosmos aus Stein, Glas, Stahl, Beton, »und du«, sagte er, »kannst von mir aus Ho-Ho-Ho-Chi-Minh schreien, soviel du willst, ich bin tolerant«.

Aber auch Ho Chi Minh war mir entglitten, schon aus Zeitmangel. Meine Zeit brauchte ich für Philipps Arbeit, für die Sommerabende mit seinen Freunden im Biergarten oder am Starnberger See, wo wir unter den alten Kastanien aßen und tranken, diskutierten, stritten und einer Zukunft entgegenfieberten, in der wir, die Leute von morgen, es denen von gestern zeigen würden, jeder auf seine Weise, und meine war die von Philipp. Und keine Frage, daß ich angesichts des faden Mensa-Essens auch zu kochen begann, wobei Philipps Zimmerwirtin in der Ainmillerstraße mir beratend zur Seite stand, mich zum reichlichen Gebrauch von Fett und Eiern anhielt und schließlich meine Küchen- und sonstigen Dienste in legale Bahnen lenkte.

Sie hieß Klara Holzapfel, Fräulein, darauf legte sie Wert, aber Philipp und ich sprachen von ihr nur als Klärchen. Ein zartes, etwas krummes Fräulein, uralt, an die Neunzig schon und verschrumpelt wie ein Schimpansenkind, jedoch keineswegs so gebrechlich, wie er es mir seinerzeit vor dem Marmorhaus-Kino aufgetischt hatte. Im Gegenteil, zu jeder Tages- und bisweilen auch Nachtstunde konnte man ihre flinken kleinen Schritte über die Flure der Schwabinger Wohnung wieseln hören, in der sie geboren und aufgewachsen und nun als Letzte noch vorhanden war. Acht Zimmer, von denen sie nur noch drei selbst benutzte, ein winziges zum Schlafen sowie die beiden vorderen Salons, wo Stuckdecken und Erker, der prächtige Frankfurter Wellenschrank, Vitrinen voller Meißner und Nymphenburger Porzellan, Spiegel in vergoldeten Rahmen und zwölf wacklige Empirestühle vom Wohlstand vergangener Tage erzählten, unter dem strengen Blick ihres Vaters, Sanitätsrat Holzapfel in Öl, mit Gehrock, Spitzbart und goldener Uhrkette über der Weste. Alle anderen Räume waren an Studenten vermietet, ausnahmslos männlich, denn Damen, erklärte sie, wollten kochen und waschen und machten nur Ärger.

Auch ihren Herren blieb die Küche verschlossen, erbarmungslos, allein Philipp hatte Zutritt. Ihn nämlich, der seit fünf Jahren die Einkaufstaschen für sie in den zweiten Stock trug, Wasserhähne dichtete, Glühbirnen einschraubte und immer bereitstand, wenn Hilfe nötig war, ihn liebte sie ohne Vorbehalt und Einschränkungen.

Etwas lästig bisweilen, diese fordernde Zuneigung. Aber er hatte ein Herz für so alte Leute, auch später noch bei seinen Umwandlungs- und Sanierungsgeschäften, und die Zähigkeit, mit der Klärchen sich ans Leben klammerte, rührte ihn. In der Ainmillerstraße gehörte sie zu den Übriggebliebenen, kaum jemand grüßte sie noch. Auch die Verwandten schienen ausgestorben, »da gibt's nix«, sagte sie unwirsch, wenn man fragte. Nur ihr Anwalt tauchte gelegentlich auf, um renitente Mieter zur Ordnung zu rufen. Er hatte, erzählte er uns, diese Klientin von seinem Vater übernommen, und so eine bejahrte, schutzlose Dame geriete leicht unter die Räder, da müsse man achtgeben, daß die Grenzen nicht verletzt würden. Es war wohl als Warnung gedacht, denn für Philipp hatte Klärchen die Grenzen geöffnet. Küchenbenutzung, Damenbesuche, alles erlaubt, zum Neid der Mitbewohner.

»Kochens' nur was Gscheits, Dirndl«, ermunterte sie mich, »der Herr Philipp is eh so a Krischperl, der muß die Nerven geschmiert kriegen vorm Examen«, und kein Zeichen der Mißbilligung, wenn ich am Wochenende über Nacht geblieben war, was ihr weder entging noch behagte. Aber sie ließ es zu, vorerst, bis zum Semesterende.

Es war der letzte Samstag vor den Ferien, als sie plötzlich in Philipps Zimmer stand, ein Tablett in den Händen, auf dem eine gefüllte Karaffe und drei Gläser funkelten, ihr schönstes Kristall, was auf einen feierlichen Anlaß deutete.

»Ich würde, wenn es genehm wäre, gern mit Ihnen reden«, sagte sie, streng nach der Schrift statt im kommoden Münchner Dialekt, und auch der lange schwarze Rock war feierlich und die Seidenbluse mit Rüschen, Stehkragen und Spitzenjabot aus der Hinterlassenschaft ihrer vier ebenfalls ledigen Schwestern. Sie war die jüngste gewesen, hatte das Leben und die Wohnung mit ihnen geteilt, eine nach der anderen gepflegt und begraben, nun trug sie ihre Kleider auf, ehrwürdige Stücke voller Patina.

Ein warmer Abend, Biergartenwetter, wir wollten uns mit Freunden beim Augustiner treffen, wagten aber nicht, Klärchen abzuweisen. Außerdem saß sie bereits am Tisch und stellte die Gläser zurecht, »alter Port, noch von unserem Vater, nachher können wir ein Schluckerl trinken«.

»Aber Ihr Geburtstag ist doch erst nächste Woche«, sagte Philipp.

»Geburtstag?« Sie ließ ihr kleines, keckerndes Lachen hören. »Wozu braucht's alten Port, wenn man einundneunzig wird. Nein, Herr Philipp, wir stoßen auf etwas Besseres an. Der Herr Winterscheid« – es folgte eine Pause, in der sie vielsagend vor sich hinnickte –, »der Herr Winterscheid will ausziehen.«

Wir wußten es bereits, aber Philipp, um ihr eine Freude zu machen, fragte erstaunt nach dem Warum und Wohin.

»Eine Wohngemeinschaft«, sagte sie, jede Silbe auskostend. »Wohngemeinschaft. Vier Herren und ein Fräulein, gewiß a rechter Saustall, aber sein Zimmer wird frei, das große mit dem Balkon, und das kriegen Sie und das Fräulein Linda, dann können Sie heiraten, und wenn was Kleines kommt, sehen wir weiter«, worauf sie den roten, fast schon bräunlichen Port einschenkte, ihr Glas hob und uns Glück wünschte.

Doch, so hat es sich abgespielt, genau so, Linda und Philipp, von der Zimmerwirtin zum Standesamt getrieben. Dabei hatte Klärchen nur das Stichwort gegeben zu einem längst vertrauten Text.

»Darauf hätten wir auch selbst kommen können«, sagte er, als sie samt Portwein aus dem Zimmer gewieselt war. »Linda mit den schwarzen Augen, heirate mich, bevor sich was Besseres findet«, und zwei Monate später setzte ich meinen neuen Namen unter die Urkunde beim Standesamt. Zu schnell, alles zu schnell, hinterher ist man klüger. Und trotzdem, damals war es gut so und schön und richtig.

Klärchen freilich konnte sich an dem, was sie »unser junges Glück« nannte, nur kurz ergötzen, und auch zu geborgten Großmutterfreuden kam es nicht mehr. Sie hatte darauf gewartet, mit einer Unruhe, die uns nicht geheuer schien. Philipp hatte gleich nach dem Examen bei einem Architekten in der Prinzregentenstraße angefangen und ich ebenfalls, als Mädchen für alles, meine Lehrzeit, denn über kurz oder lang wollten wir zusammen in seinem eigenen Architekturbüro arbeiten. An ein Kind war noch nicht zu denken. Doch um das immer mehr verschrumpelnde Klärchen nicht zu enttäuschen, nickten wir jedesmal kummervoll, wenn sie »Wieder nix, heilige Jungfrau, wieder nix«, klagte, bis das Dilemma im April durch ihren Tod gelöst wurde. Ein schnelles, friedliches Ende. Den Kopf zurückgelegt, saß sie auf dem zerfransten Erkersessel, ohne ein Zeichen des Schreckens im Gesicht. Philipp strich ihr über die Augenlider, so sanft, daß ich es nicht vergessen will, auch jetzt nicht.

Ihr Anwalt ließ die Türen versiegeln, zum Zorn einiger bis dahin nie gesichteter Urneffen, die alsbald anrückten, um den Nachlaß zu taxieren. Unwillig machten sie wieder kehrt, alte Eule nannte einer von ihnen das noch nicht begrabene Klärchen. Und dann stellte sich heraus, daß sie ihre gesamte Hinterlassenschaft Philipp vermacht hatte. Unbeschreiblich, dieser hundertfünfzigjährige Haushalt, voller Mottenfraß und Kostbarkeiten, schönes altes Silber darunter, ein Meißner Weinlaubservice für vierundzwanzig Personen, der mächtige Eßzimmertisch, zwölf Empirestühle, die Vitrine mit den Nymphenburger Bustelli-Figuren. Auch Klärchens angesammelte Ersparnisse gehörten zum Erbe, und als wir den Frankfurter Wellenschrank ausräumten, fand sich eine zwischen Wäschestapeln ruhende Schatulle mit Goldstücken, unangetastet offenbar seit jenen fernen Tagen, da Sanitätsrat Holzapfel in Gehrock und Zylinder seine Bank betrat, um die Münzen zu erwerben. Ein Sterntalerregen, der auf uns niederging und nun verpufft ist wie das andere auch. Gut, daß seine Tochter es nicht mehr erfahren kann.

Das Holzapfel-Kapitel, immer wieder amüsant für Marion. Ich höre ihr Lachen, ihre laute Bewunderung für

Klärchens Schätze und die Seufzer dazwischen, »Sterntalerregen, so was würde mir nie passieren«. Vor allem die Empirestühle hatten ihr Entzücken hervorgerufen, vielleicht auch die Hoffnung, etwas abzubekommen von dem Segen, und nun stand es im HIT, das Märchen von dem Millionenerbe, als dritter Teil der Esther-Story, die sich zur Serie auswachsen sollte mit allem, was den Leuten gefiel, crime, sex, money, aufgepeppt durch Prominentenklatsch und Politaffären nebst einer Prise moralischer Entrüstung. Das richtige Gemenge zur Auflagensteigerung, Katja Abenthin hatte ihren Knüller gefunden.

Schon die zweite Folge war aufs Ganze gegangen. WAS VERSCHWEIGEN ESTHERS ELTERN? rief die fette Schlagzeile der Dienstagausgabe, in der zunächst Ohlssons Mittsommernachtsparty abgehandelt wurde, unser Streit draußen im Regen, Philipps betrunkene Reaktion, sodann meine Hollinger-Affäre, *ein intimes Zusammensein, wie HIT aus sicherer Quelle weiß, im BMW des bekannten Schriftstellers H.*, und alles mündend in der Frage, wie Philipp die Stunden zwischen seinem plötzlichen Aufbruch und der späten Heimkehr seiner Frau verbracht haben könnte. *HIT verfügt über Informationen, daß Porschefahrer Philipp M. bei einer ersten polizeilichen Vernehmung gelogen hat. Weiß er mehr? Was verschweigt er? Fest steht, daß hier einiges im dunkeln liegt. Warum? HIT fordert: Keine Rücksichtnahme auf Prominenz. Wessen Opfer ist Esther geworden?*

Frau Leimsieder hatte den Artikel mit dem Frühstück serviert, und Philipp fegte seine Tasse vom Tisch, »fest steht, daß die Mutter ein Flittchen ist«.

»Das weißt du doch bereits«, sagte ich.

»Jetzt wissen es alle«, sagte er.

»Von dir wissen sie noch mehr«, sagte ich.

Wortlos verließ er das Zimmer. Ich hörte, wie das Garagentor sich öffnete und schloß und nahm an, daß er zu der neuen Baustelle fuhr, einem ehemaligen Schrottplatz aus städtischem Besitz, wo nun eine Wohnanlage entstehen sollte, mit verspielten Fassaden, reichlich Glas und schnell wachsenden Bäumen auf den Grünflächen, um den Namen Parkresidenz zu rechtfertigen. Nördlicher Stadtrand, nicht gerade die beste Gegend, doch die guten Lagen, sagte Philipp, seien ausgereizt, also müsse man schlechte zu guten machen. Um das Grundstück war wie immer heftig gerangelt worden. Daß gerade er den Zuschlag erhalten hatte, ist eine Geschichte für sich, eine, die Katja gebrauchen konnte.

Frau Leimsieder kam herein, um den Frühstückstisch abzuräumen. Sie sah die zerbrochene Tasse, sammelte die Scherben ein und begann, die Kaffeeflecken auf dem hellen Teppich zu bearbeiten.

»Gern ist der Herr Matrei heute wohl nicht aus dem Haus gegangen«, sagte sie.

Ich stand am Blumenfenster, fasziniert von den gerade aufgegangenen Kamelienblüten, tat zumindest so.

»Wenn dies alles nicht wahr ist«, sagte Frau Leimsieder, »dürfen die in der Zeitung dann so was behaupten?«

»Die behaupten nichts, die vermuten nur«, sagte ich. Obwohl sie mir den Rücken zuwandte, spürte ich, wie es in ihr gärte und ging zur Tür, um den nächsten Worten auszuweichen, doch da waren sie schon: »Und das mit der Intimität?«

Ich drehte mich um, »so etwas dürfen Sie mich nicht fragen«.

»Wenn es aber doch in der Zeitung steht?«

Ich zuckte mit den Schultern. »Jeder kann glauben, was er will. Es ist Ihre Sache.«

Sie griff nach dem Tischbein und begann sich aufzurichten, mühsam, die Knie taten ihr weh. Dann stand sie mir gegenüber, seit zwanzig Jahren unbeirrbar in ihrer Loyalität, nun aber voller Zweifel an sich, an mir, an der Welt, und sagte: »Ich war immer stolz darauf, in einem so guten Haus zu arbeiten, bei ehrbaren Leuten.«

»Wenn Sie uns nicht mehr dafür halten, müssen Sie sich andere suchen«, fuhr ich sie an, verdammte Arroganz, es stimmte ja, was hier ausgesprochen wurde, wir waren keine ehrbaren Leute mehr, nicht nach Frau Leimsieders Maßstäben. Aber auch jene Freunde, mit denen wir gegessen und gefeiert hatten, Geschäfte gemacht, uns dies und das gegenseitig zugeschoben, begannen auf Distanz zu gehen, allen voran Winfried Lüttich, Philipps Banker und Gefährte bei vielerlei Unternehmungen, dessen Position, wie er durchblicken ließ, ihm die Nähe zu jeglicher Art von Skandalen verbot. Wir wurden storniert gewissermaßen, von der Liste gestrichen, in kühler Geschäftsmäßigkeit. Allein Lydia Lobsam blieb uns erhalten, die einzige von allen. Denn selbst für Frau Leimsieder, obwohl sie diesmal noch ihre Treue bekundete, unter Tränen, »ich lasse Sie doch nicht im Stich«, war der Abgang nur eine Frage dessen, was Marions Katja demnächst aus dem Ärmel holte.

Es war ein rasender Prozeß. Schon in der kommenden Nummer brachte HIT die Holzapfel-Geschichte, bebildert mit Fotos der Urneffen und -nichten sowie dem zehnjährigen Klärchen im Kommunionsgewand. WO IST ESTHER?, Folge drei, handelnd von Philipp M., dem Baulöwen, von Klärchens Geld als Starthilfe auf seinem Weg zum Erfolg, und wie er sich seinerzeit in das Vertrauen der alten, hilflosen Frau eingeschlichen hatte, um ihre Hinterlassenschaft zu ergattern, *vielleicht sogar unter Drohungen, wie die besorgte Familie fürchtet. Außerdem war es Philipp M., der die Leiche der greisen Klara Holzapfel im Erker fand und ihr Ableben meldete. Seit über zwanzig Jahren ruht sie nun im Familiengrab auf dem Nordfriedhof. Niemand wird je erfahren, was sich damals abgespielt hat zwischen den dunklen Wänden in der Ainmillerstraße. Das Haus hat inzwischen einen neuen Besitzer, Philipp M., Vater von Esther, nach der immer noch gesucht wird.*

Jeder wußte inzwischen, wer Philipp M. war. »Verdammtes Schwein«, sagte ein anonymer Anrufer, »man sollte dich einen Kopf kürzer machen, bevor du noch mehr unschuldige Menschen umbringst«, ein Wunsch, den wir in Zukunft öfter hören mußten. Von dem Schreiben indessen, das Klärchens alter Anwalt sowohl der Polizei als auch HIT schickte, erfuhr die Öffentlichkeit nichts. In sorgsamem Juristendeutsch gab er davon Kenntnis, daß seine einstige Klientin Fräulein Klara Holzapfel wenige Stunden vor ihrem Ableben bei ihm in der Kanzlei erschienen war, um ihr Testament zum neunten Male zu ändern, endgültig, wie sie versicherte. Sie sei ihm schwächlicher vorgekommen als sonst, folglich habe er sie nach Hause begleitet und im Erker plaziert, woselbst Herr Philipp Matrei und seine

Ehefrau nach der Rückkehr von ihrer gemeinsamen Arbeitsstätte die Tote gefunden und ihn umgehend benachrichtigt hätten, beide den Umständen entsprechend ohne Kenntnis vom Inhalt des Testaments, weshalb HIT wohlberaten wäre, die infame Verdächtigung zu widerrufen.

Widerruf aber stand nicht zur Debatte, so wenig wie das Ende von Katjas Knüller. Man verhalte sich presserechtlich korrekt, fertigte sie mich ab, als ich noch am selben Abend bei ihr um Gnade bat, fatalerweise, doch was blieb mir übrig nach den Besuchen an diesem Nachmittag.

Als erster hatte Kommissar Müller sich wieder einmal gezeigt, völlig unerwartet und zum Ärger von Philipp, der gerade aus dem Haus gehen wollte.

»Ich habe auch keine Zeit«, sagte Müller, teilte uns dann aber durchaus gemächlich mit, daß es bis heute, obwohl Esthers Personenbeschreibung inzwischen in jedem Polizeicomputer gespeichert sei und HIT für Publicity sorge, noch keinen einzigen brauchbaren Hinweis aus der Bevölkerung gebe.

»RTL will eine Suchmeldung bringen«, sagte Philipp. »Etwas dagegen?«

Müller schüttelte den Kopf, nein, keineswegs, und schlug vor, noch eine Belohnung auszusetzen, nicht zu wenig, aber auch nicht zuviel, das bringe nur sämtliche Spinner zwischen Garmisch und Flensburg auf den Plan. Fünftausend vielleicht.

»Zehn«, sagte Philipp.

»Wenn Sie meinen, von mir aus, ich kümmere mich darum, und fällt Ihnen vielleicht auch noch ein, wo Sie sich vor einer Woche aufgehalten haben?«

Es kam wie ein Schuß aus dem Dunkeln. »In Hamburg«, sagte Philipp. »Wieso?«

»Nicht in Frankfurt?«

»Was soll denn das schon wieder?« fragte Philipp gereizt. Ich warf einen Blick auf seinen Daumen, nein, er zitterte nicht. Aber Müllers »kein Grund zur Aufregung« klang so beiläufig, daß ich wachsam blieb, »kein Grund zur Aufregung, wirklich nicht. Da ist nur so ein Mensch, der will Sie Mittwochnacht in einer Frankfurter Bar gesehen haben, mit Ihrer Tochter, intim«, worauf ich erleichtert klarstellte, daß Esther am vorigen Mittwoch zu Hause gewesen sei und im übrigen nicht mit ihrem Vater in Bars herumzusitzen pflege, schon gar nicht in solcher Weise.

»Jetzt sehen Sie mal, was alles so erzählt wird«, sagte Müller. »Der Mensch will die Sache doch glatt beschwören. Hoffentlich rennt er nicht zu der Abenthin.«

Dann ging er, und nachdem auch Philipp das Haus verlassen hatte, hörte ich von Holger Berkhoff, daß Katja die Spur bereits aufgenommen hatte.

Holger, Esthers unglückseliger Begleiter an dem Discoabend und Philipps Sündenbock. Gleich nach ihrem Verschwinden war er mit Vorwürfen über ihn hergefallen, und der Bursche, sagte er, habe geheult wie ein Schloßhund, kein Wunder, daß so einer sein Mädchen schutzlos in die Dunkelheit hineinlaufen lasse, und vielleicht sei er ja auch mitgegangen, wer könne das so genau wissen bei diesen dubiosen Zeugen.

Nun stand er vor mir, ein verstörter Junge, voller Schuldgefühle und Verlangen nach Absolution. Er könne doch nichts dafür, rief er, und wie hätte man so etwas ahnen sollen. Esther sei doch seine Freundin gewesen, alles ganz toll, nur zuletzt habe sie sich zickig verhalten, besonders an dem Abend in der Disco. Dann sei sie plötzlich weggerannt, einfach so, und er habe total blöd dagestanden, der Türsteher hätte das bezeugt, und man dürfe ihn nicht wie einen Mörder behandeln.

Niemand denke so etwas, wollte ich ihn beruhigen, doch er beharrte darauf, »Sie vielleicht nicht, aber Ihr Mann«.

Er weinte fast vor Verzweiflung, »Softie« hatte Esther ihn genannt und mir erzählt, daß er statt Tennis Geige spielte und Schach. Man sah es ihm an. Er war keiner von den durchtrainierten Typen, ein bißchen langsam eher, nachdenklich und sensibel. Es tat mir leid, daß auch er zum Opfer der Ereignisse geworden war, der einzige, der Esther nicht in aller Eile wie die anderen Freunde, Clarissa und Nicole zum Beispiel, ausgemustert hatte und weggeworfen.

Clarissa und Nicole im übrigen lieferten den Anlaß, daß er jetzt, fast eine Woche nach dem schwarzen Freitag, in unserer Straße auf der Lauer gelegen hatte, bis Philipp weggefahren war. Mit seiner Hiobsbotschaft stürmte er zu mir ins Haus, vorbei an der zeternden Frau Leimsieder, und so erfuhr ich, was Philipp und mir bevorstand, Katjas nächster Schlag.

»Sie hat uns vor der Schule abgefangen«, berichtete Holger. »Sie hat uns ins Bistro geschleppt und gefragt, warum Esther so verquer gewesen ist, und ob es vielleicht etwas mit ihrem Vater zu tun haben könnte, das enge Verhältnis zwischen den beiden sei doch bekannt, und diese teuren Geschenke, und wie er sie immer umarmt habe, da müßte man doch mißtrauisch werden. Und nun, nach allem was passiert sei, dürften wir nicht länger schweigen. Die Abenthin«, sagte er, »die ist wie Scientology. Die starrt dich an und redet auf dich ein, bis du sie für Isis und Osiris hältst. Clarissa ist voll darauf abgefahren, ja, genau, Esther und ihr Daddy. Sie hat ganze Romane erzählt, und Nicole hat dazu genickt, und die Abenthin hat alles mitgeschrieben.«

Eine Rede über Stock und Stein. »Die will Sie fertigmachen«, sagte Holger, »Sie müssen etwas dagegen tun.« Und ich bin in die Redaktion gegangen und habe womöglich alles noch schlimmer gemacht.

Katja saß am Computer, als ich in ihr Zimmer kam, ein Zimmerchen, ein Verlies, es lag auf der Hand, daß eine ihres Kalibers nicht vorhatte, hier steckenzubleiben.

»Wir verhalten uns presserechtlich vollkommen korrekt«, erklärte sie, ohne den Blick vom Bildschirm zu nehmen. »Wir recherchieren und ziehen unsere Schlüsse aus den Tatsachen, das sind wir der Öffentlichkeit schuldig in so einem Fall.«

»Willst du uns ganz und gar vernichten?« fragte ich.

»Vernichten?« Sie sah mich an mit ihren blanken Augen. »Wir wollen niemanden vernichten, wir wollen unsere Arbeit tun«, und ich, von allen guten Geistern verlassen, sagte: »Damals bei der schlimmen Darminfektion habe ich dir den Hintern abgewischt. Schade, du hättest krepieren sollen.«

»Pech gehabt«, sagte sie und schrieb weiter. Offenbar hatte sie schon einen festen Platz bei HIT.

Draußen war es schwül, der Marienplatz noch voller Menschen, die sich um Clowns, chilenische Musikanten, Zauberkünstler, Pantomimen drängten. Vor einem Jahr war ich mit Esther hiergewesen. Wir hatten ein Kleid für das Sommerfest im Schleißheimer Schloß gekauft, weißer Organza, am rechten Träger eine Rosenranke. Meine Tochter in diesem Kleid und Philipp, der den Blick nicht von ihr wenden kann, das fiel mir ein, als ich ins Taxi stieg.

»Wohin?« wollte der Fahrer wissen.

Meine Zunge war taub und schwer. Ich legte den Kopf aufs Polster, erschöpft wie am Ende einer durchwachten Nacht, und hinter den verschwimmenden Gedanken begann die Frage zu kreisen, die Philipp mir nicht verzeihen konnte, mit Recht, es gibt Fragen, die sind nur erlaubt, wenn man der Antwort sicher ist. Doch andererseits: Das Mißtrauen, einmal unterwegs, kennt keine Grenzen.

Er kam erst gegen Morgen nach Hause, zu spät, vielleicht hätte die Frage sich sonst nicht so aufgebläht in der schlaflosen Hölle mit ihren Bildern und Geräuschen, die aus dem Dunkel krochen, Philipp und Esther, immer wieder Philipp und Esther, und wie er nach ihr greift und sie um Erbarmen bettelt, vergeblich. Ein innerer Tumult, nicht zu glätten, durch kein Buch, keine Beschwichtigungsformel, auch nicht durch die Flucht zum Kühlschrank.

Das Blut dreht sich, hatte meine Mutter ihre häufigen Zustände dieser Art genannt, Strafe für etwas, das mir lange unbekannt blieb, bis ich eines Tages erfuhr, daß mein Vater dahintersteckte, mein Vater und seine Sünden, die sie zu ihren gemacht hatte und abzubüßen suchte durch ein karges, gottgefälliges Leben. Namenlose Sünden zunächst. Nur daß sie neben ihm am Tisch der braunen Teufel gepraßt hätte, hörte ich sie klagen, und ihre Schuld deshalb genauso groß wie seine wäre, »denn mit dem Mann, den du heiratest, heiratest du alles, was er hat, darum laß es lieber bleiben«.

Philipp hatte gleich zu Anfang ihr Mißtrauen geweckt, damals im August, als ich ihn in Seesen präsentierte, nach langem Zögern. Es war immer ein Fiasko, meine Eltern und ich. Auch davor war ich weggelaufen, doch jetzt saßen wir wieder zusammen beim Abendbrot, und im Vorgarten blühten Hortensien.

Das graue Holzhaus meiner Kindheit mit den niedrigen Stuben, den knarzenden Dielen, den eisernen, ewig rauchenden Öfen. Mein Vater war, nachdem man ihn als Kriegsverbrecher verurteilt hatte und dann, niemand wußte genau warum, vier Jahre später wieder laufen ließ, vom Netzwerk der alten Kameraden in die Seesener Dosenfabrik eingeschleust worden, Lagerverwalter, kein Job fürs Wohlleben. Aber Wohlleben, erklärte meine Mutter, stehe unsereinem ohnehin nicht zu nach der Nazischande, womit sie ihre ersten Ehejahre in der beschlagnahmten Villa am Wannsee meinte, die die Partei meinem Vater zugesprochen hatte, mit dem gesamten Inventar der auf immer verschwundenen Familie des Dr. Nathan Rosenzweig. Eines Tages war ihr ein Fotoalbum in die Hände gefallen, Vater, Mutter, Großeltern, Kinder, »und wir haben in ihren Betten geschlafen und von ihren Tellern gegessen, möge der Herr uns gnädig sein«. Der einzige Luxus, den sie zuließ, war das Gymnasium für mich. Lernen, studieren,

Geld verdienen. »Wer etwas gelernt hat«, gab sie mir mit auf den Weg, »kann sich später auch allein durchbringen.«

Allein, das hieß ohne Mann. Nun war Philipp bei mir, und trotzdem hatte sie die Gardinen gewaschen, das gute Geschirr aus dem Schrank geholt, Wurst und Schinken bereitgestellt. Nur ihretwegen war ich mit ihm hergekommen.

»Lieber Herrgott, habe Dank für diese Speise, diesen Trank«, begann sie zu beten, wobei mein Vater geräuschvoll auf dem Teller herumkratzte, sein allabendlicher, je nach Jahreszeit wechselnder Protest gegen die frommen Verse. Heute war es ein Rettich, den er in Scheiben schnitt und mittels Salz zum Schwitzen brachte, und dann, gleich nach dem Amen, kam das Unausweichliche: Ob der junge Mann Soldat gewesen sei, wollte er wissen.

Philipp wehrte ab, Gott sei Dank nein, er habe verweigert, schließlich aber Gelbsucht bekommen und zu Hause bleiben können.

Das feindselige Gesicht meines Vaters: »Und warum wollten Sie unserem Vaterland nicht mit der Waffe dienen?«

»Ach, Vaterland«, sagte Philipp, während er sein Brot mit Butter bestrich, »ich weiß ja nicht mal, was das ist. Als mein Großvater in den Krieg zog, hat es dem Kaiser gehört, später diesem gräßlichen Adolf und wem jetzt? Den Schwarzen? Den Roten? Den Amis? Dem Papst? Keine Ahnung, wirklich nicht. Und außerdem ...«

»Hör doch auf«, unterbrach ich ihn. Es ärgerte mich, wie er vor sich hinschwatzte, wozu das bei meinem Vater mit seiner Welt von vorgestern, in der er aufgestiegen und gefallen war, erst ein Herr, dann ein Dreck. Ich war zwölf, als meine Mutter mir eröffnete, welche Art von Sünden ihr den Schlaf raubten, mein Schock fürs Leben, schließlich hatte ich es einmal schön gefunden, wenn er abends nach Hause kam, mich umarmte, mir Kosenamen gab und Geschichten erzählte, die falschen, denn jedesmal ging sie dazwischen und schrie, er solle das Kind nicht vergiften. Nun, da ich wußte warum, sah ich neben ihm immer den anderen, den in Hitlers Sicherheitshauptamt, wie er makellos uniformiert Geschäfte mit dem Tod besorgte. Mein Vater, der Schreibtischtäter, durchs Netz gerutscht und unbelehrbar, hier saß er jetzt und schnitt Rettich, und wenn er etwas bedauerte, dann seine Machtlosigkeit angesichts vaterlandsloser Gesellen, was nützte es, ihm mit Ironie zu kommen.

»Und außerdem«, fuhr Philipp fort, »hat mein Vater so einen Spruch gehabt: Gebt ihnen Waffen und sie werden schießen, gebt ihnen Steine, und sie werden bauen. Das habe ich mir gemerkt.«

»Wahrscheinlich war er auch kein Soldat«, sagte mein Vater.

Philipp hörte auf zu lächeln, »doch, und man hat ihm sogar ein Bein abgeschossen, aber er war kein Killer, und die Hortensien da draußen sind wirklich prachtvoll, diese Fülle, erstaunlich hier am Harzrand«.

Mein Vater fuhr hoch, doch meine Mutter schnitt ihm das Wort ab. »Nichts Besonderes, die Hortensien, die gibt es überall in dieser Gegend, und das mit den Steinen gefällt mir, und hat Ihr Vater Ihnen auch beigebracht, an Gott zu glauben?«

Warum konnte sie nicht still sein, wenigstens an diesem ersten Abend. Einfach darüber hinweghören, hatte ich Philipp eingeschärft, sie aber bohrte weiter, gnadenlos, und so sagte er schließlich, sein Vater habe nach allem, was damals in Deutschland passiert sei, an nichts mehr geglaubt, höchstens noch an sich selbst und die eigene Moral.

»Und das hat er seinem Sohn eingeimpft?« Meine Mutter warf den Kopf zurück, weiß vor Erregung, die Augen aufgerissen, ihr Verkündigungsgesicht. »Es gibt keine größere Verblendung als menschlichen Hochmut. Der Herr wird ihn strafen am jüngsten Tag«, worauf Philipp sich vor seinen Vater stellte wie sie sich vor ihren Gott und »kann sein« sagte, er habe mit dem Herrn noch nicht zusammen gefrühstückt und hielte es lieber mit einem Glaubenssatz seiner Großmutter, nämlich daß zwei Pfund Rindfleisch eine gute Suppe gäben, wenn der Topf nicht zu groß sei.

Meine Mutter stand auf und nahm die Wurstplatte vom Tisch. »Des Herrn soll man nicht spotten«, sagte sie, einer ihrer bevorzugten Sätze, den sie später in der Küche für mich wiederholte, und wer des Herrn spotte, der spotte aller Dinge, und einem Menschen, dem nichts heilig sei, dürfe man nicht trauen und ihn erst recht nicht heiraten.

»Du und dein heilig«, sagte ich.

»Sieh deinen Vater an«, sagte sie. »Mach nicht denselben Fehler wie ich.«

»Dein Fehler ist, daß du bei ihm geblieben bist«, sagte ich. Ihre Antwort war dieselbe wie jedesmal: »Ich habe es so versprochen.« Sie nahm mich in den Arm und weinte. Sie hatte Angst um mich.

Fünfundzwanzig Jahre liegen zwischen damals und heute. Meinen Vater habe ich nicht wiedergesehen seit jenem Abend im August 1970. Warum mußtest du dem Kind einen jüdischen Namen geben, schrieb er nach Esthers Geburt unter die Glückwünsche meiner Mutter, seine letzte Botschaft, bevor er starb. Auch sie lebt nicht mehr, und das Seesener Haus hat man abgerissen. Doch in der schrecklichen Nacht, als ich anfing, Philipp zu verdächtigen, hörte ich wieder ihre Stimme: Einem Menschen, dem nichts heilig ist, darf man nicht trauen, und was war Philipp noch heilig? Seine in Eigentumswohnungen umgewandelten Träume aus Stein und Glas? Die gegen Geschäftsbeziehungen eingetauschten Freunde? Die Ehe mit mir? Die Moral seines Vaters? Esther? Mein Blut drehte sich, die Frage wurde drängender, sie mußte gestellt werden.

Ich hörte Philipps Schritte auf der Treppe, die Tür öffnete sich, »ich dachte, du schläfst schon«, sagte er.

Da stand er, groß, braungebrannt, die Lederjacke über den Schultern, und ich fragte, wo er gewesen sei am vorigen Mittwoch. »In Hamburg? Oder in Frankfurt? Hat Kommissar Müller recht?«

»Hör doch auf damit«, sagte er, aber ich redete weiter, »die Wahrheit, Philipp. Einmal die Wahrheit«, und er sagte: »Also gut, Frankfurt. Ich wollte nicht, daß du es erfährst.«

»Und das blonde Mädchen in der Bar? Wer war das?«

»Esther bestimmt nicht«, sagte er.

»Nein, nicht Esther«, sagte ich. »Aber eine, die aussieht wie sie. Jung und blond.«

»Zufall«, sagte er.
»Aber du magst es«, sagte ich.
Er antwortete nicht.
»Und Esther? Magst du Esther auch?«
»Wie bitte?« Seine Stimme klang heiser. »Glaubst du etwa …?«
»Morgen steht es in der Zeitung«, sagte ich.
»Glaubst du es etwa?« wiederholte er.
»Ich glaube, daß zwei Pfund Rindfleisch eine gute Suppe geben, wenn der Topf nicht zu groß ist«, sagte ich, sah sein Entsetzen und wußte, daß er mir nie verzeihen würde.
Ich hätte meine Worte gern zurückgerufen. Aber gesagt war gesagt, und das Schlimmste: Es waren nicht nur Worte.

Katjas neuer Artikel erschien am Freitag, eine Woche nach Esthers Verschwinden, doch es hätte auch ein Monat sein können oder ein Jahr, so zeitlos war die Zeit geworden zwischen Angst, Verzweiflung, Zuversicht. Und wenn ich daran denke, daß Esther, während unser Leben in die Brüche ging, auf Ibiza an der Töpferscheibe saß, bei der Frau, die sie am Abend nach ihrer Ankunft mitgenommen hatte, bin ich weit entfernt vom Verzeihen.
Dennoch, für Esther war es ein Glücksfall. Früher Abend in Ibiza-Stadt. Die Straßen füllen sich, die Tische vor den Restaurants sind gedeckt, Musik dröhnt aus allen Fenstern und Türen, da bleibt sie neben ihr stehen, »sei vorsichtig, sonst wird dir dein Zeug gestohlen«, sagt sie, Brenda aus Birmingham, vor Jahren hängengeblieben auf der Insel und nun Töpferin oben über dem Meer, zwischen

Geröll, Strauchwerk und Pinien. Sie ist groß und hager, stelle ich mir vor, ein gealtertes Hippiemädchen mit flatternden Röcken. »Komm«, sagt sie zu Esther, »das hier ist nichts für dich«, und nimmt sie mit in die Berge, weit weg von der Glitzerstadt, die wach wird, wenn es zu dämmern beginnt und Opfer braucht für Dealer, Diebe und Aufreißer, die schnelle Lust, den langen Frust. So zumindest stand es in HIT nach Esthers Heimkehr, viel mehr weiß auch ich nicht. Die Werkstatt in dem alten Schafstall, der Schuppen für die Nacht, der Herd vor der Tür, das ist es, was ich weiß, und daß sie Esther beibringt, wie man Vasen und Krüge formt, Töpferscheibe und Brennofen handhabt und mit ihr auf die Touristenmärkte der Umgebung fährt. Warum durften wir nicht erfahren, daß sie in Sicherheit war, dies eine wenigstens. Sieben Tage reichten doch, wenn sie Philipp und mich bestrafen wollte, für irgend etwas, das im Dunkel liegt. Sieben Tage Angst und kein Ende abzusehen, warum.

Nach sieben Tagen noch immer keine Spur von Esther, begann auch Katjas Story, die vierte Folge, und ich hatte mich geirrt. Denn nicht Philipps mutmaßliches Verbrechen stand zur Debatte, sondern meine Unmoral, Rache für den Auftritt in der Redaktion.

MUSSTE ESTHER FLIEHEN? fragte die Schlagzeile, und sogleich folgte die Antwort: *Weshalb? Die Polizei glaubt immer noch an Flucht. Aber Esther hatte alles, wovon andere Mädchen träumen. Schön und reich, Villa im Park, eigenes Pferd, teure Klamotten, tolle Parties, Reisen. Warum sollte so ein Luxusgirl fliehen?* Und dann, nach diesem und jenem Detail vom Matreischen Wohlleben, ging es los: *Doch Geld ist nicht alles. Auch kein Ersatz für Zuwendung. Mutter Linda hatte zwischen Golf, Glamour und Affären nicht viel Zeit für ihr Kind. So bestand, wie HIT aus informierten Kreisen weiß, ein längeres Verhältnis mit dem Arzt Dr. Hannes Qu. Im Sommer 1986 verbrachte das Paar einen Liebesurlaub in einem Luxushotel auf der Trauminsel Bali, während die damals erst sechsjährige Esther der griesgrämigen Haushälterin überlassen wurde. Und ihrem Daddy. Also doch Flucht? Und wovor? HIT bleibt dran.*

Wieder war es Lydia Lobsam, die mich telefonisch auf die Attacke vorbereitete.

»Stimmt es?« fragte sie. »Das, was in der Zeitung steht? Mit Hannes Quart?«

»Ich habe es noch nicht gelesen«, sagte ich.

Sie seufzte. »O Gott, Paul wird außer sich sein.«

»Ich habe es noch nicht gelesen«, wiederholte ich. »Aber ihr könnt mich jederzeit von der Liste streichen«, worauf sie »Unsinn!« rief, »ich bin deine Freundin, das weißt du doch«, und fügte »auf immer und ewig« hinzu, ein Schwur aus der Kleinmädchenkiste, der mich zum Heulen gebracht hätte, wäre nicht Frau Leimsieder erschienen. Stumm, die Lippen nach innen gezogen, warf sie die Zeitung auf den Tisch und verschwand. Die Tür fiel lauter denn je ins Schloß. Aber vielleicht schien es nur so.

Ich saß allein beim Frühstück, allein mit Katja Abenthins ganzen und halben Wahrheiten, ganzen und halben Lügen. Philipp, der in seinem Studio geschlafen hatte, war schon unterwegs, zu meiner Erleichterung, obgleich es nach unserem nächtlichen Finale keine Rolle mehr spielte, daß die Geschichte mit Hannes Quart nun auch noch zu ihm kam.

Eine Liebesgeschichte, hatte ich damals geglaubt, und vielleicht war es auch so, jede Liebe hat ihr eigenes Gewicht, was zählt, ist nicht die Dauer, auch nicht das Ende. Nun wurde sie dem Publikum zum Fraß vorgeworfen, ein längeres Verhältnis nach Art des HIT, banal wie bei Kreti und Pleti, jedoch mit Luxusvilla und Luxushotel, Luxusgirl, Luxusmutter, anrüchig also und wider die guten Sitten, und wenn es keine guten Sitten mehr gab, so doch die Entrüstung.

Mit Hannes hatte es drei Monate gedauert, neunzig Tage, zwölf davon auf Bali. Zuerst, als wir uns in der Galerie von Lydia Lobsam kennenlernten, hatte mir der Name gefallen, warum auch immer, Hannes Quart, nichts Besonderes. Aber kann sein, daß ich schon gleich den Mann meinte und nur einen Anlauf brauchte, unerfahren wie ich war in außerehelichen Eskapaden, und dies mein erster Sündenfall nach sechzehn Jahren mit Philipp.

Sündenfall, ein Wort aus dem Repertoire meiner Mutter, so antiquiert inzwischen wie Treue. Daß die Bindung an einen Partner dem Bedürfnis nach sexueller Selbstverwirklichung nicht im Wege stehen sollte, gehörte schon seit den Seesener Diskussionsrunden zu meinen festgefügten Theorien, nur hatte mir bisher das Bedürfnis gefehlt, sie in die Praxis umzusetzen, mir und auch Philipp, dachte ich. Es war zu schön, um daran zu zweifeln, fremde Betten überflüssig, eine Gewißheit, die sich nicht so leicht erschüttern ließ, auch nicht durch Philipps ersten Seitensprung, dem ersten zumindest, der ans Licht kam, zufälligerweise, dank seines achtlosen Umgangs mit Kleingeld. Es klimperte in allen Jackentaschen, eine verläßliche Reserve im Notfall, und so, bei der Suche nach einem Markstück für den Eilboten, fand ich den zärtlichen Brief einer Manuela, in Erinnerung an die glücklichen Wiener Tage.

Philipp war gerade wieder nach Wien gefahren. Als er zurückkam, holte ich ihn nicht wie sonst vom Flughafen ab und legte zum Empfang den Brief auf sein Kopfkissen. Doch er, nur kurz aus dem Takt geraten, redete von einer flüchtigen Beziehung, ein Ausrutscher ohne jede Bedeutung für uns, »denn daß Liebe und Sex zwei Paar Schuhe sind, ist ja wohl bekannt, aber verzeih mir, falls es etwas zu verzeihen gibt, nur du bist wichtig«, und ich, wahrhaftig, ich glaubte ihm.

Wir waren fünf Jahre verheiratet, ein Kopf und ein Herz, sagten die Freunde von früher, mit denen wir nun immer seltener zusammentrafen. Jeder baute an seiner Zukunft, kein Problem damals, Arbeit gab es reichlich in den siebziger Jahren, nur die Zeit schien zu schrumpfen. Auch Philipp und mir liefen die Tage davon, seitdem er sich selbständig gemacht hatte, mit soviel Erfolg, daß uns kaum Muße blieb für Biergartengemütlichkeit. Ein eigenes Architekturbüro am Kurfürstenplatz, die ersten Preise, die ersten größeren Aufträge, und ich war seine rechte Hand, Hilfsdienste nach wie vor, aber längst der höheren Art. Wir dachten, planten und rechneten zusammen, entwickelten und verwarfen Ideen auch noch abends am Küchentisch, und seins war meins bei Tag und Nacht, abgesehen von jenen Tagen und Nächten, die er andernorts verbrachte, in Düsseldorf zum Beispiel oder in Wien, wo Hotels einer luxemburgischen Kette nach seinen Plänen entstanden. Aber noch stimmte es, ein Herz und ein Kopf, und selbstverständlich verzieh ich ihm. Wäre Hannes Quart damals schon aufgetaucht, hätten weder der Name noch der Mann etwas in mir zum Klingeln gebracht, obwohl bei den neuen Freunden, an die wir mit wachsendem Wohlstand gerieten, Wechselspiele zum Programm gehörten. Der mit der, die mit dem, halbwegs diskrete Affären, die man diskret betuschelte, sofern der Spaß nicht zum Skandal ausartete. Lydia Lobsam, mein stets wachsamer Schutzengel in den noch fremden Bezirken, hatte mir größte Vorsicht angeraten, unnötigerweise zunächst. Es dauerte lange bis zu dem ersten Sündenfall, und wäre nicht Hannes Quart gekommen, dann eben ein anderer, behauptete Marion, mit der ich auch dieses Problem hin- und herwendete. So lägen die Dinge nun mal, und ein reifer Apfel bleibe nicht am Baum.

Esther ging schon zur Schule, da war es soweit. Alles hatte sich verändert seit ihrer Geburt, ein Wechsel, der sich schon sehr viel früher angekündigt hatte, mit der Gründung nämlich unserer Philipp-Matrei-Bau GmbH, der PHIMA. Kein ganz korrekter Name. Im Handelsregister fungierte Linda Matrei als Hauptgesellschafterin, weil sich auf diese Weise das damals noch strikte Verbot einer Personalunion von Architekt und Unternehmer umgehen ließ. LIMA also wäre richtiger gewesen. Aber Lima, meinte Philipp, würde man mit Peru verbinden, die falsche Message, und mir lag an dem Namen so wenig wie an dem ganzen Unternehmen. Ich hatte es nicht gewollt, nicht dieses Immergrößer, Immermehr, und daß Philipps Träume von Stein und Stahl die Farbe des Geldes bekamen und Profite von Jahr zu Jahr eine wichtigere Rolle spielten. Jahre, in denen alles wuchs und wucherte, Auftragsvolumen, Kredite, die Größe der Projekte, die Zahl der Mitarbeiter, und ich mich zum Störfaktor entwickelte mit meinen kritischen Blicken und der Skepsis angesichts gewagter Transaktionen mit der Lüttich-Bank. Gespräche verstummten, wenn ich auftauchte, Telefonate wurden abgebrochen, Briefe an mir vorbeigeschleust. Und dann kam Taufkirchen.

Es gibt Vergangenheitsbilder, die nie verblassen, in keiner Nuance von Farben und Formen, von Licht und Schatten und Gefühlen. Sie hängen in der Erinnerung, allgegenwärtig und abrufbereit, ein Codewort genügt. Taufkirchen, klick, und ich stehe wieder in Philipps Büro, Spätsommer, Dunst und Nieselregen, bald ist Herbst. Ich habe in Akten geblättert, lege sie zur Seite, greife zur Kaffeekanne.

Philipp sitzt am Schreibtisch, den Kopf zurückgelegt, die Augen sind geschlossen. »Woran denkst du?« frage ich, bekomme keine Antwort und stelle ihm die Tasse hin. Er schiebt sie beiseite, so hastig, daß der Kaffee überschwappt, und dann höre ich es, Taufkirchen, »ich habe eine Wiese in Taufkirchen gekauft«. Es klingt aggressiv. Es beunruhigt mich.

Was ist damit? will ich fragen, aber er spricht schon weiter, »ein größeres Projekt, acht Häuser, sechsundachtzig Wohnungen, und bitte keine Diskussion, die Pläne sind schon genehmigt, alles unter Dach und Fach«.

Er steht auf und geht ans Fenster, und unvergeßlich

dieser Moment: Philipps Büro, das wir gemeinsam eingerichtet hatten in der ersten Euphorie, billige IKEA-Möbel, und dazwischen wir beide, und etwas wie eine Ära geht für uns zu Ende. Bisher war er mit seinen Vorhaben, so kritisch ich sie sah, noch im Rahmen geblieben. Modernisieren und umwandeln, die Bebauung von Gärten und Hinterhöfen, Abriß alter Häuser, um Platz für neue zu schaffen, alles halbwegs überschaubar. Taufkirchen führte in andere Dimensionen.

»Hinter meinem Rücken«, sagte ich.

Philipp drehte sich um, das Gesicht angespannt und entschlossen. »Wenn ich dich eingeweiht hätte, was wäre passiert? Es hätte Krieg gegeben, sinnlos, völlig umsonst. Die Biedermeierei haben wir nun mal überholt, wer nicht mitläuft, bleibt stecken. Du kannst mich nicht festhalten. Ich will dabeisein, wenn es weitergeht.«

»Und in Schulden ertrinken«, sagte ich, aber Philipp lachte, Schulden seien nichts Ehrenrühriges, im Gegenteil, nur solide und solvente Kunden bekämen Kredite, da sei die Lüttich-Bank äußerst penibel, und warum bitte keine Wohnungen bauen und Geld damit verdienen? »Gute Wohnungen«, sagte er. »Gute Wohnungen in guten Häusern. Ein großartiges Gefühl, wenn so was auf der grünen Wiese wächst und allmählich fertig wird und die Leute stolz sind auf ihre Arbeit, und dann ziehen Familien ein, Eltern mit ihren Kindern, und ich bin es, der das alles in Gang setzt. Aber du mit deinen 68er Ideen verstehst das natürlich nicht.«

»Ich dachte immer, du wärst Architekt«, sagte ich, und das, entgegnete Philipp, brauche ihm niemand zu erzählen. Jeder Grundriß in der Wohnanlage werde von ihm entworfen, jede Mauer nach seinen Plänen hochgezogen, »warum willst du mir in den Arm fallen«.

Bald nach diesem Streit wurden die IKEA-Möbel durch andere ersetzt, edles Design, auch zwei weitere Büroetagen kamen hinzu, und als Philipp dem Finanzministerium einen smarten jungen Steuerexperten abwarb, um ihn zu seinem persönlichen Assistenten zu machen, wußte ich, daß meine Zeit in der PHIMA endgültig vorbei war.

Ein liebevoller, zärtlicher Rausschmiß, mit Rosen am Abend, Champagner und der Versicherung, daß ich immer seine wichtigste Beraterin bleiben werde, auch wenn man den Laden nicht mehr vom Küchentisch aus managen könne. »Wahrscheinlich kriege ich noch mehr Grund in Taufkirchen«, sagte er, den Kopf an meiner Schulter, »dann geht es erst richtig los, und überhaupt, du wirst achtundzwanzig, wäre doch Zeit für eine kleine Linda«, und so, nachdem wir uns endlich ohne Pille und Vorbehalte lieben durften, wurde Esther geboren.

Nicht gleich freilich, nicht von heute auf morgen. Unser Entschluß, hatten wir geglaubt, wäre eine Art Simsalabim, hier der Wunsch, da das Kind. Aber es dauerte fast zwei Jahre, bis Esther mit ihrer winzigen Allgegenwart die Leere füllte, in der ich zu versacken drohte nach dem Verlust dessen, was nicht nur Gemeinsamkeit mit Philipp bedeutet hatte. Es war auch ein Beruf gewesen, nach Tarif bezahlt und abgesichert, und der offizielle Status als Sachbearbeiterin hatte mir mindestens soviel Befriedigung verschafft wie das bürointerne »Chefin«.

Jetzt war ich zur Hausfrau heruntergestuft worden, Hausfrau ohne Geschäftsbereich, denn bereits in Schwabing hatte Frau Leimsieder sich unserer Wirtschaft bemächtigt, kompromißlos, entweder alles oder nichts. »Stimmt was nicht?« fragte sie, wenn ich ihrem Revier nahe kam, und entriß mir blitzschnell Lappen, Besen oder woran sonst ich mich zu vergreifen wagte.

Allerdings war ich auch nicht scharf darauf, die Sache auszufechten. Schon meine Mutter, die, damit ich das Abitur machen konnte, in einer Reinigung arbeitete, hatte meine Lustlosigkeit bei Haus- und Küchendiensten beklagt und von Ausbeutung gesprochen, wenn sie abends noch das schmutzige Geschirr vorfand, »du beutest mich aus«. Ein schlimmer Vorwurf, Ausbeutung gehörte zu den Parolen, mit denen wir in unserer Schüler-Politgruppe gegen den Kapitalismus agitierten. Frau Leimsieder indessen wurde nicht ausgebeutet. Im Gegenteil, sie bangte um ihre Besitzstände, und was, sagte ich mir, sollte falsch daran sein, endlich Zeit zu haben nach dem jahrelangen Streß. Ein ausgiebiges Frühstück, Bücher, Schaufensterbummel, Sonnenbäder im Englischen Garten, warum eigentlich nicht. Die meisten Frauen in unserem sich gerade neu formierenden Bekanntenkreis lebten so dahin, beneidenswert, hatte ich manchmal gedacht. Doch nun hielt ich es nicht aus mit diesem Meer an Zeit, ohne festes Ziel am Morgen, ohne Druck, Verantwortung, Pflichten, und auch daß ich mein Französisch aufzufrischen begann, später sogar noch Spanisch dazunahm, half mir nicht weiter.

»Ist doch toll, so ein Hobby«, befand Philipp, »und wenn ein Baby kommt, hast du bestimmt genug zu tun, streng dich an«, was ich schofel nannte, er wußte doch, wie sehr auch ich wartete, und zynisch außerdem, mich bei Mißerfolg auf Hobbys zu reduzieren. Ich wollte keine singende Hausfrau sein, sagte ich, keine Darstellerin im Laientheater. Ich wollte wieder eine Arbeit haben, eine sinnvolle, die ihr Geld wert sei, hier die Leistung, da der Lohn, von mir aus auch bei einem anderen Architekten, falls er mich nicht gebrauchen könnte. »Geh hin«, sagte er, »und nimm auch gleich unsere Akten mit«, und während der Streit weiter brodelte und selbst die Nächte unter dem Zeugungszwang etwas Verbissenes bekamen, begann Esther sich einzunisten.

Philipp wußte vom ersten Moment an, daß es ein Mädchen sein würde, ein Mädchen, was sonst. Und da das Haus, in dem diese Tochter heranwachsen sollte, nicht auf Anhieb gebaut werden konnte, begann er, sein Arbeitszimmer für sie umzurüsten, mit rosa Wolken aus Tüll und Spitze, mit Blümchen und Bärchen, Schäfchen und Häschen. Die arme Kleine, sagte ich, würde auf Kitsch programmiert werden. Philipp dagegen behauptete, daß ein Mensch, der die erste Lebensphase in Weichheit und Wärme verbringe, später um so leichter zu den reinen Linien der Ästhetik fände, blieb aber zum Glück nicht bei dieser Meinung, und so wurde Esther, als ich mit ihr aus der Klinik nach Hause kam, von einem blaugrauen Ambiente empfangen, kühl und edel, ohne Schnickschnack, das sie schon bald voller Eifer beschmierte und zerfranste.

Wie schnell es ging. Eben hatte ich sie noch von einem Tag in den nächsten getragen, das erste Lächeln bestaunt, die kleinen fuchtelnden Hände, da griff sie bereits nach der

Kette an meinem Hals, versuchte Laute zu formen, zu krabbeln, sich aufzurichten, hartnäckig, bis es gelang. »Irgendwann wird sie uns davonlaufen«, sagte ich zu Philipp, als sie darum kämpfte, von meiner Hand loszukommen, unter gellendem »leine, leine«, alleine nämlich, das dritte Wort in ihrem Sprachschatz, Mama, Papa, leine. Zu Philipps Entzücken, alles an ihr entzückte ihn, wunderbar, dieses »leine«, andere Kinder würden »Auto, Auto« brabbeln, seine Tochter aber rufe nach Freiheit. »Und rennt vor die nächste Kühlerhaube«, sagte ich, worauf er von Kompromissen sprach, von festhalten und loslassen, und wie wichtig es sei, daß ein so eigenwilliges Kind unter Geschwistern aufwachse.

Doch die Geschwister wollten nicht kommen. Esther blieb die Einzige, unsere Liebe ungeteilt, auch die Angst vor dem Verlust. Schon jetzt sah ich, wie mein Kind jeden Tag ein Stück weiter von mir abrückte, kleine Schritte, die sich summierten, bis es, statt um mich herumzukreisen, stundenlang in der Küche mit Töpfen, Sieben und Löffeln spielte, unter den Augen von Frau Leimsieder, für die kein Getöse zu laut, keine Frage zuviel war.

»Unsere Esther«, sagte sie in einem Ton, der mich irritierte. Doch andererseits war es gut, sie zu haben, eine Art Großmutter, immer verfügbar, selbst abends, wenn wir ausgehen wollten. Denn auch ich fing an, mich zu entfernen, und Esther, vor kurzem noch voller Protest gegen solche Zumutungen, nahm es hin. »Mama tommt wieder«, verkündete sie neuerdings ohne Abschiedsschmerz, aß Topfenknödel mit Zucker, Zimt und brauner Butter und lauschte danach Frau Leimsieders Erzählungen von Pferdemüttern und Fohlen, von Katzen- und Hundekindern, Ernte- und Schlachtefesten und wie es war, wenn man Weihnachten mit dem Schlitten vierspännig zur Kirche fuhr. Bauernhofgeschichten aus einer fernen ostpreußischen Heimat. »Will ich hin«, sagte Esther, und weil diese Heimat unerreichbar geworden war, nahm Frau Leimsieder sie mit in den Chiemgau, wo ihr Schwager so etwas noch besaß, Pferde, Kühe, Katzen, Hunde und sogar eine Kutsche.

Philipp und ich wollten um diese Zeit zu einem Kongreß nach Hongkong fliegen, der Bauernhof also kam zupaß. Trotzdem, Esthers ungehemmte Vorfreude angesichts unserer ersten Trennung gab mir einen Stich, und daß sie, als doch noch Tränen flossen, rief: »Hab ja Leimi und die Pferdl.« Meine kleine Tochter, die sich zu trösten wußte. Es war Sommer, Juli 1982. Wir hatten gerade angefangen, unser Haus zu bauen. Ein Jahr später, kurz nach ihrem vierten Geburtstag, zogen wir ein.

Die protzige Villa, hieß es im HIT, nicht das richtige Wort für eine so schnörkellose Fassade aus Stein und Glas. Aber Katja Abenthin, die bei uns ein- und ausgegangen war, hatte wohl die vollkommenen Proportionen damit gemeint, die Größe und Weitläufigkeit. Allein in der Halle hätte das Seesener Holzhaus leicht Platz gefunden, von den Wohnräumen, die sich zum Garten öffnen lassen, nicht zu reden. »Bei euch könnte notfalls der FC Bayern trainieren«, lästerte Marion, liebevoll, wie es mir schien, und meine Mutter, wäre sie noch am Leben gewesen, hätte zweifellos die Sünde aufs Tapet gebracht.

Also doch protzig für normal behauste Menschen. Ob

es mir damals bewußt wurde? Kann sein, schließlich bin ich zwischen engen Wänden großgeworden. Aber das, was man in den bunten Blättern Villa nannte, war längst alltäglich für uns geworden. Die Maßstäbe hatten sich verschoben, und das eigene Haus, ein Lieblingsspielzeug unserer Phantasie seit den Anfängen bei Klärchen Holzapfel, veränderte sich, wie wir uns veränderten, wuchs mit Philipps wachsendem Erfolg, wollte immer größer werden, größer, schöner, kostbarer, ein gemeinsamer Traum, der nun seine Form erhielt, zu einer Zeit, in der unsere Träume eigentlich schon verkauft waren. Der letzte also, könnte man sagen, das letzte, was wir zusammen dachten und realisierten. Unser viel zu teuer bezahltes Haus. Als es fertig war, lief ich so ziellos umher, als sei jemand gestorben. Vielleicht wußte ich schon, daß ein Haus, wie schön auch immer, nicht genug ist für den Rest des Lebens.

»Bist du taubrich, Mama?« fragte Esther, die jeden Morgen in den Kindergarten ging, aber immer noch an Resten ihrer Babysprache festhielt, taubrich, Trizitrone, Twatsch und dergleichen. Ich wünschte mir, daß es so bleiben sollte, meine kleine Esther mit der Frage, ob ich taubrich sei.

Die Kinder dürften nicht größer werden, fand auch Lydia Lobsam, mit der ich mich in den Jahren vor Esthers Geburt angefreundet hatte. Eine Beziehung auf Gegenseitigkeit: Die Kunstgalerie, ohne die sie voraussichtlich in Depressionen versackt wäre, konnte nur dank meines Eingreifens zustande kommen, und dort, bei einer Vernissage, traf ich Hannes Quart, wodurch wiederum mein Leben sich veränderte.

Es war nicht vorgesehen, daß ich ihn kennenlernte, nur ein Zufall, obwohl er zu den Assistenten von Lydias Ehemann gehörte. Aber so mindere Chargen saßen kaum am Tisch des berühmten Professor Lobsam, der auch als Koch und Gastgeber gefeiert wurde, allerdings nur auf lokaler Ebene, während seine chirurgischen Künste Patienten aus aller Welt anlockten. Unter Ärzten hieß er Mister Fifethousandpercent, weil die Scheichs vom Persischen Golf sich angeblich mit Koffern voller Dollars zur Operation bei ihm einfanden, nicht nur ein Gerücht offenbar. Allein das Geld, das er in Lydias Galerie investierte, sprach dafür und noch mehr die Villa oberhalb des Starnberger Sees, die Philipp entworfen hatte. Seine erste in dieser Nobelgegend und ein Türöffner zu weiteren Aufträgen, weil Paul Lobsam uns in das einführte, was er als »die Gesellschaft« bezeichnete, »lauter potente Leute, die muß man kennen, wenn das Brünnlein fließen soll«.

Damals, als ich noch nicht wußte, wie verläßlich er war in der Not, fand ich ihn widerlich, seine Sprüche, sein Gedröhne und Schulterklopfen, den ganzen bulligen Menschen. Nur Lydia zuliebe nahm ich an den Gastereien im Hause Lobsam teil und konnte, nachdem Hannes Quart mir erzählt hatte, unter welchen Redensarten er das Skalpell durch weibliches Fleisch zog, kaum noch hinsehen, wenn die goldenen Hände sich ans Zerlegen der niederbayerischen Martinsgänse machten, um die herum Jahr für Jahr ein ausgewählter Kreis versammelt wurde.

Die Liebe zu seiner Frau indessen konnte als Pluspunkt gelten, eine hingebungsvolle, besorgte Liebe, jeder Blick, jede Geste sprach davon, nur hatte er ihr immer die falschen Wünsche von den Augen abgelesen. Bei unserer ersten Begegnung saß sie so verschüchtert neben ihm, als wären die Zeichen seiner Zuneigung ihr nicht geheuer. Doch mit der Galerie kam die Wende, und ohne mich, behauptete Lydia, wäre sie völlig geschrumpft, vielleicht sogar nicht mehr vorhanden.

Nach dem Auszug ihrer Söhne nämlich war sie vor ihren Melancholien in die Malerei geflüchtet, stürmisch zunächst, voller Hoffnungen, die schnell wieder zusammenfielen. Und da auch der Professor trotz aller Verbindungen keinen der Münchner Galeristen für die Bilder erwärmen konnte, wollte er seiner Frau kurzerhand einen eigenen Laden eröffnen, erst recht zu ihrem Schrecken, wie ich bei unserem ersten Besuch in dem Starnberger Haus erfuhr.

Die Einladung hatte mir im Magen gelegen. Lydia war zweiundvierzig damals, fünfzehn Jahre älter als ich, Mutter von erwachsenen Söhnen, mit einer Koryphäe verheiratet, damenhaft vermutlich von Kopf bis Fuß, während ich die Seesener Haut noch immer nicht ganz abzustreifen vermochte. Doch beim Tee unter dem großen Sonnenschirm kam sie mir geradezu kindisch vor in ihrer Piepsigkeit, kaum daß sie drei Worte herausbrachte, und wenn, dann klang es wie mit dem Daumen im Mund. Ich hatte nach ihren Söhnen gefragt, nach ihren Bildern, dem letzten Urlaub und was sie gern kochte und wohin sie gern reiste und meine eigenen Antworten dazugegeben, alles umsonst, und die Augen ihres Mannes wurden immer unruhiger.

Es war August, ein heißer Nachmittag. Wir saßen auf der Terrasse, weiße Segel zogen über den See. Der Föhn hatte die Luft so klar gefegt, daß die Berge aus dem Wasser herauszuwachsen schienen, und dahinter standen graue Wolkenbänke.

»Sie haben den schönsten Blick, den man sich denken kann«, sagte ich.

»Es gibt Regen«, sagte sie.

»Muntern sie meine Frau doch ein bißchen auf«, dröhnte der Professor. »Der See da unten wartet schon, ein kleiner Marsch, sagt der Barsch.«

Sie zuckte zusammen, »ach nein«.

»Nun mal los«, befahl er und beugte sich vor, um ihre Wange zu tätscheln, »tut dir gut.«

Gehorsam stand sie auf und ging vor mir her den schmalen Treppenweg zum See hinunter, so daß ein Gespräch sich erübrigte. Am Ufer jedoch, als wir aufs Wasser starrten, wurde mir das Schweigen unheimlich. Aber weder der Hinweis auf das nahende Gewitter noch die Frage, ob sie sich eventuell unwohl fühle, konnte es brechen, und so, weil mir nichts anderes einfiel, erzählte ich von Philipp und unserer Symbiose, mit glänzenden Augen, obwohl der Countdown für mich bereits lief. In Taufkirchen wurden die ersten Baugruben ausgehoben, der junge Mann vom Finanzministerium stand vor der Tür, meine Euphorie war wie ein Pfeifen im Wald. Doch während ich beschwor, was es schon nicht mehr gab, brach Lydia plötzlich in Tränen aus. »Von meinem Mann weiß ich nur, daß er fabelhafte neue Speiseröhren macht«, rief sie unter Schluchzen, »aber gesehen habe ich noch keine, und die Kinder sind weg, und meine Bilder verrotten auf dem Speicher«, und auch die Galerie sei wieder nur so eine Idee von ihm, immer gehe er aufs Ganze, immer drauflos mit Gewalt, ihr würde schlecht vor Angst, wenn sie daran denke, und am liebsten würde sie sterben.

Wir standen noch am Ufer, allein zum Glück, denn die fremde verzweifelte Frau geriet aus den Fugen. Das Schluchzen wurde lauter, und in meiner Hilflosigkeit begann ich, ein Preislied auf das Leben als Galeristin zu singen, auf Kunst, Kommunikation, kulturelle Einflußnahme und was mir sonst noch in den Kopf kam, bloße Floskeln, ich kannte sie ja nicht, weder sie noch ihre Möglichkeiten.

Lydia hörte auf zu weinen. Ob man ihr denn so etwas zutrauen könne, wollte sie wissen, und ich redete weiter, aber ja, ganz gewiß, sie sei Malerin, sie habe ein Gefühl für Bilder. Kunstverstand, darauf käme es an, das andere ließe sich lernen, learning by doing, niemand würde als Galerist geboren.

Es war alles höchst fragwürdig. Aber ihr Gesicht veränderte sich, die Stimme, die Haltung, die ganze Person. »Ich glaube Ihnen«, sagte sie, »doch, ich glaube Ihnen«, so, als habe sie auf diesen Moment gewartet, auf einen Menschen, der ihr Mut machte zum eigenen Glück, irgend jemand, nur nicht ihr Mann.

Lydia Lobsams Rettung. Schon auf dem Heimweg begann sie, Pläne zu machen, ein Wunder, erklärte der Professor, führte Philipp und mich zum Dank in seine Gesellschaft ein und gab uns einen Stammplatz bei den Martinsgänsen. Lydia hingegen schenkte mir ihre durch nichts zu beirrende Freundschaft, ungeachtet der Halbherzigkeit, mit der ich sie damals erwiderte.

Die Galerie wurde im Winter eröffnet. Promenadeplatz, das teuerste Pflaster, auch sonst war alles vom Feinsten, und dort, im Dunstkreis des noblen Bayerischen Hofs, präsentierte sie fortan nicht nur ihre eigenen Bilder, sondern auch andere Künstler, mit Leidenschaft und sogar finanziellem Erfolg, weil das, was bei ihr an den Wänden hing, sich auf gefällige Weise modern gab und in jedes gehobene Wohnzimmer paßte. So zumindest äußerte sich ein Kritiker, »Genuß ohne Reue«, hatte er gehöhnt und den Begriff »Lifestyle Art« geprägt, das bisher einzige Echo der Münchner Feuilletons. Professor Lobsam jedoch sorgte hinter den Kulissen für Ausgleich. Mehrere der großen bunten Blätter jubelten die Vernissagen regelmäßig zum gesellschaftlichen Event hoch, mit Fotos der ausgestellten Werke und ihrer Betrachter, ein Muß also, sich dort sehen zu lassen, ein Treffpunkt, und das Büfett von »Käfer« war exzellent.

Auch ich versuchte dabeizusein, Lydia zuliebe, die sich hin und wieder an mir festhalten mußte. Ich mochte sie mitsamt ihrer Begeisterung fürs vermutlich falsche Objekt, obwohl, wer konnte wissen, was man morgen als große Kunst handeln würde. Außerdem, Kunst hin oder her, unter unseren neuen Bekannten, »den Geldigen« in Frau Leimsieders Klassifizierung, war sie meine einzige Freundin. Fraglich, ob ich mich ohne ihren Beistand zurechtgefunden hätte in dem Kreis, den ihr Mann für uns öffnete. Sie weihte mich in die Bräuche und Tücken ein, erklärte mir, was man sagen durfte und was nicht, wann ein falsches Lächeln die beste Antwort war, empfahl Vorsicht und Mißtrauen und begann rechtzeitig, mich für meine Rolle als künftige Gastgeberin aufzupolieren, so daß in unserem Nymphenburger Haus niemand über die falsche Sitzordnung, den falschen Wein oder irgendeinen anderen Fauxpas stolpern konnte, »denn darauf«, sagte sie, »lauern die nur, und glaube mir, nicht umsonst bin ich unter meinen Künstlern so glücklich«.

Um auf Hannes Quart zurückzukommen: Als wir bei Lydias Vernissage zum zehnjährigen Jubiläum ihrer Galerie in unsere Affäre hineingerieten, fing ich gerade an, die Defizite in meinem Leben wahrzunehmen. Das Haus stand fertig hinter der Mauer, drinnen regierte Frau Leimsieder, und Esther, beinahe acht inzwischen, suchte immer häufiger ihre eigenen kleinen Wege. Für mich blieb nur übrig, was Katja Abenthin ein Dasein zwischen Golf und Glamour nannte, Philipp hingegen die Pflicht seiner Frau, ihn beim Umgang mit wichtigen Leuten zu unterstützen, denn wer dort dazugehöre, gelte ebenfalls als wichtig, ein Bonus, den man keinesfalls verspielen dürfe. Ich wußte, was er meinte: Wohlwollen und Informationen, wenn es um Ausschreibungen ging, um Bauland, Mauscheleien im Hintergrund oder günstige Kredite, ein Tip hier, ein Wink da, und daß sich Türen öffneten und Plätze freigehalten wurden in der ersten Reihe und daß man ganz oben auf der Liste stand. Der magische Bonus. Wer ihn behalten wollte, mußte sich zeigen.

Empfänge also im Wechselschritt, Party bei dir, Party bei mir, Essen, Premieren, Sommerfeste, Winterfeste, Kleider, Friseur, Tusch, Auftritt, man gewöhnte sich daran, und es machte ja auch Spaß, hin und wieder jedenfalls. Aber alles war Spaß, auch die Reisen und Besichtigungen, die Vorträge, in die ich lief, die Sprachen, die ich lernte, die Seminare, Kurse, Wohltätigkeitskomitees, ein endloses Unterhaltungsprogramm, aber Spaß war nicht alles, und mein Einzelkind nicht genug an Gegengewicht. Ein Mißbehagen, das vor sich hinschwelte, bis es bei der Vernissage zur Explosion kam, ausgerechnet vor einem neuen Bild von Lydia.

Ich war erst spät eingetroffen, müde und abgehetzt, weil wir auf Philipp gewartet hatten, vergeblich, so daß auch Esther, die ohne seinen Gute-Nacht-Kuß nicht einschlafen wollte, noch getröstet werden mußte. Ein tränenreiches Drama, und danach das Gedränge in der Galerie, das Hallo und Ciao und Küßchen rechts, Küßchen links. Paul Lobsam trieb mich ans Büfett, hinein in die Fülle gutbetuchter Menschen, die so hemmungslos Rehpastete, Garnelen und Entenbrust auf ihre Teller häuften, als lebten sie sonst von Sonderangeboten. »Zehn Jahre Galerie der Moderne« verkündete ein Transparent über den Platten voller Köstlichkeiten, und der Lachs, dröhnte er, sei noch besser als sonst, einfach superb, den sollte ich probieren, keine glückliche Empfehlung, seitdem »Monitor« erst kürzlich verbreitet hatte, durch welche chemischen Tricks die Tiere so fett und rosig wurden. Auch zu den Garnelen und Jakobsmuscheln fiel mir Übles ein, überhaupt war mir übel, eine Folge des Föhns, meinte der Professor, dagegen sei essen gut. Gehorsam nahm ich von jedem etwas, ließ aber, als er sich neuen Gästen widmete, den Teller stehen, um nach einem freien Stuhl zu suchen. »Sieh nach, wie meine Bilder ankommen«, raunte die vorüberflatternde Lydia mir zu, »sie hängen nebenan«, und dort, vis-à-vis von dem, was sie »Gelb und Blau mit Augen« betitelt hatte, begann mir der Boden unter den Füßen wegzurutschen.

»Sie sind ja weiß wie die Wand«, sagte Hannes Quart, als er mich auffing, und schob es ebenfalls dem Föhn zu, der nach einem längeren Mairegen auf die Stadt drückte. Kann sein, daß der Föhn eine Rolle spielte, aber hauptsächlich hing es mit Philipp zusammen und dem Mädchen, das von mir verlangt hatte, ihr meinen Mann zu überlassen. Plötzlich hatte sie auf der Straße vor mir gestanden, ein Mädchen mit langen blonden Haaren, sehr hübsch, sehr jung, viel zu jung, um bei ihrem Anblick an Philipp zu denken. »Geben Sie ihn frei«, sagte sie, »wir lieben uns, er ist doch nicht Ihr Gefangener.«

Ein Text wie aus der Seifenoper. Es war lächerlich, wie es mich traf, lächerlich wie meine bisherige Sorglosigkeit angesichts seiner Tändeleien mit anderen Frauen, den Blicken und kleinen Berührungen, alles so verführerisch, ich kannte es doch. Aber das halbe Lächeln, das er dabei zu mir herüberschickte, schien die Gefahr zu entschärfen, und ein Flirt dann und wann, versuchte ich mir einzureden, zählte gleich null, gemessen an der Zärtlichkeit und Leidenschaft in unserem wunderbaren breiten Bett.

Lächerlich, dieses Vertrauen. Ich hatte sie doch aufgesogen, die Theorien und Leitfäden in puncto Sexualität, hatte Kolle intus, Marcuse, Wilhelm Reich, den ganzen neuen Katechismus nebst sämtlicher Gebote. Aber wenn auch alle Welt sich kreuz und quer durch die Gegend liebte, Seitensprünge öffentlich zelebriert wurden, Treue als eine Tugend der Greise galt und die Ehe als Unternehmen auf Zeit: Für uns beide gab es andere Gesetze. Das jedenfalls glaubte ich, und selbst der Manuela-Brief in seiner Jackentasche konnte meine Illusionen auf Dauer nicht beschädigen. Doch da stand sie nun, die junge, fordernde Geliebte, und was hatte er vor ihr aufgebaut? Ein Kartenhaus? Womöglich mehr?

Gar nichts, behauptete Philipp. Alles nur Wunschdenken einer simplen Seele. Aber seine Beteuerungen und Argumente machten die Sache nicht besser, zumal das Wort Kick darin auftauchte, hin und wieder brauche man einen Kick. Und was er mir von Sozialtreue erzählte, dieser tiefsten, weit über das Sexuelle hinausgehenden Bindung in einer Ehe, und daß es Zeiten gebe, in denen nebeneinander schlafen wichtiger sei als miteinander, war zwar ein alter Schuh, aber für mich unfaßbar in dieser Situation.

»Du siehst das falsch«, erklärte er mit Inbrunst. »Und wenn du unsere Ehe nur vom Bett her definierst, tut es mir leid. Für mich jedenfalls bedeutet sie mehr, die Basis schlechthin, ein paar Seitensprünge können das nicht erschüttern, da müßte ein Erdbeben her, begreife das doch.«

Ein paar, hieß es jetzt schon. Wie oft er mich betrogen hätte, wollte ich wissen und ob Betrug inzwischen Teil unseres Programms sei, große Worte, die er mit Erheiterung quittierte. »Typisch Linda assoluta. Du bist nicht mehr zwanzig, hör auf, die Dinge schwerer zu nehmen, als sie sind, sonst komme ich noch auf dumme Gedanken.«

Er umarmte mich, wir liebten uns, den Kopf an seiner Schulter schlief ich ein. Doch es nützte nichts. Es war, als hätte man mich schon wieder aus einem gemeinsamen Teil unseres Lebens vertrieben, so wie damals im Büro. Und nun, vor Lydias Gelb und Blau, aus dessen Mitte mir zwei traurige Tieraugen entgegenstarrten, schien mich eine Art Blitz zu streifen, eine Schrecksekunde, in der ich nicht mehr wußte, wo ich war, weshalb ich hier stand und was dies alles sollte.

Ein Blitz der Erkenntnis ohne sonderliche Folgen. Blitze, die einschlagen, fackeln das Haus ab. Ich dagegen fuhr mit Hannes Quart nach Bali.

Weshalb gerade er, frage ich mich heute. Der Sommer mit ihm geistert durch meine Erinnerung, ein alter Film, irgendwann gesehen und nicht vergessen. Zwei Leute, die sich begegnen, lieben, wieder trennen, bittersüß, sagt man wohl, dazu die Farben der Tropen, alles noch gegenwärtig, aber der schwarzgelockte, etwas zu dicke Hauptdarsteller nur noch verschwommen sichtbar. Nicht mein Typ außerdem, normalerweise wäre ich auch in der Galerie an Hannes Quart vorbeigegangen. Aber nun, nach dem kurzen Blackout, hielt er mich im Arm, und die Worte »weiß wie die Wand« kamen von ihm.

»Es liegt in der Familie«, sagte ich.

Er griff nach meiner Hand. »Der Puls ist nicht überwältigend. Möchten Sie etwas essen?«

»Um Himmels willen«, rief ich laut, um zu verhindern, daß man mich wieder ans Büfett schleppte, »doch nicht hier«, und der Fremde, der seinen Namen noch nicht genannt hatte, nahm meinen Arm und steuerte auf die Tür zu, vorbei an der erstaunten Lydia. »Arm in Arm!« rügte sie mich beim Anruf am nächsten Morgen, »nur gut, daß Paul es nicht gesehen hat«, ihr Mann, der auch das Privatleben seiner Assistenzärzte im Auge behielt.

Draußen war es immer noch schwül. Unaufhörlich rollten die Lichterketten der Autos vorbei, Taxen brachten Smokings und Abendkleider zum Bayerischen Hof, hinter den Dächern glänzten die Türme der Frauenkirche.

»Tief durchatmen«, befahl mein Begleiter. »Die Luft tut Ihnen gut.«

»Die guten Abgase«, sagte ich. »Sind Sie Arzt?«

Er nickte, nannte seinen Namen, der mir gefiel, und dirigierte mich ohne weitere Worte durch die Maffei- und Theatinerstraße zum Spatenhaus. Ein autoritärer Mensch, dachte ich. Doch oben im Restaurant, das Fenster weit geöffnet und gegenüber die in Licht getauchte Oper, begann auch er mir zu gefallen, trotz Bauchansatz und Lokkenkopf. Kann sein, daß es an seiner Beharrlichkeit lag und an der tiefen, beruhigenden Stimme, mit der er sich zu den Gründen meines plötzlichen Farbwechsels vortastete, vom Föhn über den niedrigen Blutdruck, die Hetze, die schlechte Luft in Lydias Galerie und was sich sonst noch an Bemäntelungen bot bis hin zum Kern der Dinge. Noch nie hatte ich mich so rückhaltlos geöffnet, auch nicht bei den endlosen Palavern mit Marion, wo immer nur Symptome von hier nach da geschoben wurden, Teile eines vielfältigen Puzzles, die sich jetzt unter dem Wohlklang der Quartschen Vokale und Konsonanten zum Bild fügten.

»Was soll ich tun?« fragte ich.

Er fuhr fort, seinen Fisch zu zerlegen, konzentriert und behutsam. Chirurgenhände wie die von Professor Lobsam, nur daß deren Anblick nie den Wunsch nach Berührungen in mir geweckt hatte.

»Was Sie tun sollen?« Endlich, die Mittelgräte war säuberlich herauspräpariert, hob er den Kopf. »Wie kann ich das jetzt schon wissen? Wenn ein schwieriger Fall zu uns auf die Station kommt, wird er tagelang durch den Wolf gedreht, Blutanalysen, Röntgen, Ultraschall, CT vor und zurück, die ganze Palette. Ohne Diagnose keine Entscheidung. Sie müssen mir Zeit geben.«

Er hatte sehr dunkle Augen, genau wie ich. Aber meine, hieß es, würden funkeln, während seine eher verhangen blickten. Weiche, orientalische Augen, doch die Frage nach einschlägigen Vorfahren schien ihn zu irritieren. Keine Spur, erklärte er mit Nachdruck, die Mutter sei Holsteinerin, der Vater aus Bayern, und ein Verhängnis geradezu, dieses Äußere. »Kanake«, hätte man schon hinter ihm hergerufen, und vielleicht wäre es weise, wenigstens die Haare zu germanisieren.

Dann müßte man mich ja ebenfalls bleichen, mitsamt den Augen, sagte ich, worauf er die Hände hob, »bitte nicht, um die wäre es schade«, worauf mir »um Ihre auch« entfuhr, spontan, ohne Umweg über den Kopf. Gleichzeitig wurde ich rot, wie eine Klosterschülerin, sagte er später, wenn wir unsere kurze Geschichte rekapitulierten, immer wieder in allen Verästelungen der Gefühle. Ein unerschöpfliches Thema, und kein Zweifel, schon an diesem Abend im Spatenhaus spürte ich, daß sich gerade das erste Kapitel ankündigte, Grund genug zum Erröten für eine bis dahin unbescholtene Ehefrau.

»Sind Sie verheiratet?« fragte ich trotzdem.

Er nickte, »mit einer Kollegin von der Inneren. Wir sehen uns kaum, einer von uns hat immer Dienst.« Es klang eher beiläufig, und meine Frage, ob sich das nicht ändern ließe, schien ihn zu erheitern. »Wie denn? Etwa Job-Sharing wie bei Lehrern und grünen Pfarrern? Wir sind beide Vollmediziner, beide ehrgeizig, halbieren geht da nicht. Also sitzt jeder für sich stumm vor dem Kühlschrank, mit Ausnahmen natürlich, und dann sind wir das ideale Ehepaar. Falls wir uns nicht darüber streiten, wer die Spülmaschine ein- oder ausräumen soll.«

»Seien Sie froh«, sagte ich. »Bei uns gibt es nicht mal das.«

»Der Segen des Abwaschs.« Er lachte. »Vielleicht sollte sich der nächste Feministinnenkongreß mal mit dem Thema befassen.«

Ich lachte ebenfalls, etwas verquer offenbar, denn er legte seine Hand kurz auf meine. »Löpt sik alls t'recht, pflegte meine plattdeutsche Oma zu sagen, wird schon werden, und im übrigen könnten Sie doch arbeiten, vielleicht die Lösung des Problems«, ein Vorschlag, der mich aufbrachte. Denn welche Arbeit gab es für jemanden wie mich? Etwa eine Boutique eröffnen wie die Frau von Philipps Banker, die lauthals verkündete, daß sie mit Fummeln und Klamotten handele, womit sie einerseits ihr Sortiment ausgesuchter Designerstücke meinte, andererseits jedoch diese Betätigung herunterredete, nicht ernstzunehmen, der Kram, keine Brot- und Butterangelegenheit, hauptsächlich eine Sache fürs Selbstgefühl. Auch Lydia Lobsam hätte sich trotz ihres Eifers so ausdrücken können oder jene Gattin mit dem Spitznamen Börsenwally, die ihr Heil in Aktien suchte, Kurse verglich, Analysen hinterherjagte, kaufte, verkaufte und Geld zusammenspekulierte, das niemand brauchte, man hatte ja genug. Spielgeld also, und genau das war es, was ich nicht wollte, kein Selbstgefühl via Klamotten und Spielgeld. Wenn es nach mir ginge, erklärte ich Hannes Quart, würde ich noch einmal an der Uni anfangen, mit sechsunddreißig sei es nicht zu spät. Doch ein ernsthaftes Studium könne man nicht mit links erledigen. Da bliebe mir kaum Zeit für Philipp und seine gesellschaftlichen Aktivitäten, und sollte ich es dahin kommen lassen?

Hannes Quart knüllte seine Serviette zusammen. »Ein bißchen anachronistisch, wie?«

Ich stimmte ihm zu, ja, er hätte recht, theoretisch wenigstens, aber die Dinge liefen manchmal anders als in den schönen langen Analysen der Zeitgeistspezialisten. Sicher, Philipp hätte mich belogen und betrogen, keine Ahnung, ob ich ihn noch liebte oder nicht, doch was auch immer, er sei wie mein rechter Arm und mein linkes Auge, und genau da liege das Problem.

Hannes Quart schien den Worten nachzulauschen. »Klingt großartig. Aber es genügt Ihnen doch nicht so, wie es ist.«

Wir waren beim Nachtisch angelangt, braune Apfelküchle, in Schmalz ausgebacken und dick mit Zucker bestreut. Er spießte ein Stück auf die Gabel und kaute bedächtig, ein langsamer Genießer.

»Was denken Sie?« fragte ich.

Weit vorgebeugt, die Arme auf dem Tisch, sah er mich an. »Ich denke, daß es schön ist, mit Ihnen hier zu sitzen, und daß ich keinen Mann und keine Frau kenne, die ohne Affären über die Runden kommen. Vielleicht irgendwo hinterm Berg, wo man die Kirche im Dorf läßt und den Feiertag heiligt ...«

»Ich weiß das alles«, unterbrach ich ihn.

»Klar wissen Sie es. Und fallen in Ohnmacht. Wie Dornröschen beim Spindelstich.«

»Sie werden zu direkt«, sagte ich.

Den Ellbogen aufgestützt, drehte er die Locke hinter seinem Ohr um den Zeigefinger und sah mich immer noch an, ein Blick, den ich wegreden mußte, und was mir einfiel, war die Internistin, »Ihre Internistin, läßt sie die Kirche im Dorf?«

Die Antwort verzögerte sich. »Auch sehr direkt«, sagte er dann. »Aber wenn Sie es wissen wollen, das Thema ist bei uns tabu.«

Der Kellner brachte den Espresso, es war spät geworden, Zeit zu gehen. Hannes Quart hob sein fast leeres Glas, »auf die Lösung der Probleme«.

»Welche?« fragte ich.

»Ihre und meine«, sagte er, »vielleicht finden wir sie«, und da die große Lösung außer Sicht lag, begann unser Versuch mit der kleinen, gleich in dieser Nacht, als wir durch die föhnwarme Stadt trieben, vorbei an der Theatinerkirche zum Marienplatz. Immer noch Leben in der Fußgängerzone, vielsprachige Touristengruppen, die das Rathaus bestaunten, fröhliche und traurige Trinker vor den Wirtschaften, dazwischen die pakistanischen Zeitungsverkäufer, die streunenden Einzelgänger, die Schnorrer und Penner, und unter den Arkaden am Stachus saßen grünhaarige Punker neben stumm ineinander verschlungenen Liebespaaren. Unsere Hände trafen sich, und dann, im Dunkel des Alten Botanischen Gartens, fielen jene Sperren, die Philipp längst hinter sich hatte, auch für mich zusammen. Die steinerne Bank neben dem Springbrunnen. Ich höre das Wasser und den Wind in den Bäumen, spüre den fremden Atem, den Wirbel aus Glück und Triumph und Rache – war es so? Oder will ich nur, daß es so war? Hannes Quart, meine Liebe auf Zeit, nun hatte HIT ihn noch einmal zurückgeholt.

Das Telefon klingelte, ich erkannte die Stimme, »Linda, ich muß mit dir sprechen«.

Wir trafen uns in seiner Praxis am Sendlinger Tor, mitten im Zentrum, wohin mir die Reporter, die seit zwei Tagen wieder um unser Haus strichen, nicht so leicht folgen konnten. Doch als ich unser Grundstück verließ, war die Straße leer. Unbehelligt fuhr ich zum Rotkreuzplatz, parkte das Auto und nahm ein Taxi. »Ich weiß schon, das Ärztehaus«, sagte die Fahrerin.

Sein Name war der vierte auf einem Messingschild neben der Haustür, Dr.med. Hannes Quart, Chirurg. Daß er seit zwei Jahren hier praktizierte, wußte ich von Lydia, die mich seit der Vernissage mit Neuigkeiten wie seiner Beförderung zum Oberarzt und der Scheidung von der Internistin versorgt hatte. Auch daß er mit einer Operationsschwester zusammengezogen war, erfuhr ich von ihr, »und stell dir vor«, so die letzte Nachricht, »jetzt hat er sich selbständig gemacht und sie geheiratet, sehr praktisch«.

Es war Mittagszeit, er öffnete selbst die Tür, im weißen Kittel, vermutlich eine Maßnahme, um Abstand zu schaffen. Die Stimme jedoch klang vertraut, und auch sonst gab es nur geringe Veränderungen. Etwas mehr Bauch vielleicht, tiefere Kerben zwischen Nase und Kinn, aber die Haare waren schwarz und dicht und die Augen immer noch von orientalischer Melancholie. Dieselben Augen wie damals im Spatenhaus und dann in der Ferienwohnung bei Garmisch, die seinem Freund gehörte, unser halbwegs sicherer Unterschlupf vor der Reise nach Bali.

Es ist kein Spiel, hatten wir gesagt, aber es geht nur uns etwas an, und jeder sorgte in seiner Weise für die Einhaltung der Regeln. Doch entdeckt werden konnte man überall, in München wie im Gebirge, und selbst Bali lag nicht mehr hinter dem Mond. Philipp und ich waren auch schon dort gewesen, nur ein Zwischenstop auf dem Flug nach Hongkong, nichts für die Erinnerung. Hannes dagegen hatte bereits als Student begonnen, sich die Insel samt ihrer Götter und Dämonen einzuverleiben, und immer noch verbrachte er einige Wochen im Jahr zwischen Reisfeldern, Dschungel und Meer, allein, die Internistin mochte die Tropen nicht. Mir aber wollte er es zeigen, Bali, sein Paradies, unzerstörbar trotz der Touristen, und manche Strände, sagte er, seien fest in australischer Hand, kaum Gefahr, Mitgliedern meines Tennisklubs dort zu begegnen.

»Hundertprozentig?« fragte ich.

»Hundertprozentige Sicherheit?« Er schüttelte den Kopf. »Wo gibt es die? Selbst beim Blinddarm bleibt ein Restrisiko.«

Ich sehe das Bild dieses Nachmittags, Hannes und ich in der Garmischer Wohnung, blaukariertes Bettzeug, ein Holzstapel neben dem Kamin, vor dem Fenster die Hänge der Zugspitze. Seine Finger spielen mit meinem Haar, »ich will mit dir zu den Tempeln fahren, am Meer liegen, Zeit haben. Ein Restrisiko, aber ich liebe dich.«

»Ich dich auch«, ich dich, du mich, so oft gesagt und immer im Bewußtsein, daß der andere genau wie man selbst von heute sprach und Künftiges im Nebel hielt. Er war kein Frauenmann wie Philipp, kein Spieler und Erbauer von Kartenhäusern, er meinte, was er sagte. Lüge doch ein bißchen, bettelte ich manchmal in Gedanken, gestattete mir aber ebenfalls nur beschränkte Zärtlichkeiten, »ich liebe dich, es ist wunderbar mit dir«, aber nie »über alles in der Welt« oder »schöner denn je«, und fuhr mit nur mäßig schlechtem Gewissen wieder nach Hause zurück. Die Grenzen waren abgesteckt, es ließ sich so leben erstaunlicherweise, und vielleicht wollte ich auch Philipps Tiraden über Liebe, Ehe, Kick und dergleichen auf den Grund gehen. Ein Probelauf gewissermaßen mit offenem Ende, kann sein, daß ein Arrangement auf Dauer daraus geworden wäre. Aber Hannes Quart mußte mir ja Bali zeigen.

Nun stand er wieder da in seinem Arztkittel, und schon das rituelle »Wie geht's denn?« erstickte jeden Anflug von Sentimentalität.

»Danke, und selbst?« gab ich zurück, mit dem Gefühl, daß wir eigentlich zusammen lachen müßten angesichts dieser Floskeln. Doch keine Spur davon. Wir saßen in seinem Sprechzimmer, den Schreibtisch zwischen uns, und kamen unverzüglich zu dem, was jetzt »die Sache« hieß. »Wie konnte die Sache an die Öffentlichkeit geraten? Wem hast du davon erzählt? Dieser Marion etwa?«

Ich zuckte mit den Schultern und erwähnte seinen Freund mit der Garmischer Wohnung, aber Hannes Quart wehrte ab, nein, der nicht, der sei vor drei Jahren gestorben, und sonst hätte niemand etwas von der Sache erfahren, jedenfalls nicht durch ihn.

»Dr. Hannes Qu., den gibt es nur einmal in München, das ruiniert meinen Ruf.«

»Welchen?« fragte ich. »Etwa den als Chirurg? Kein Hahn kräht danach, wenn anständig operiert wird. Und deine neue Frau war damals ja noch nicht aktuell.«

»Sei bitte nicht zynisch.« Er riß an den Fingern der linken Hand, bis es knackte, ein Geräusch, das mir quer durch den Magen fuhr. »Sie ist außer sich. Wir lassen uns nicht gern durch den Dreck schleifen. Ihr etwa?«

Wir hätten noch ganz andere Sorgen, sagte ich, worauf er schon wieder nach den Fingern griff, »ich weiß, aber warum muß ich da hineingezogen werden nach so vielen Jahren«, und kaum auszuhalten, dieser Mann mit den Augen aus Tausendundeiner Nacht, der jetzt, eingeholt vom Restrisiko, den Mond anheulte.

Es war so einfach gewesen damals mit Bali. Selbst das Kartenhaus, das diesmal ich errichten mußte, erforderte keine größeren Finessen, weil Philipp nach Amerika fliegen wollte, zu einem Symposion in San Francisco über visionäres Bauen mit anschließender Besichtigungstour durch Kalifornien und Arizona, falls man dieser Auskunft trauen durfte. Aber warum nicht. Er liebte solche Zusammenkünfte. Wenn er davon sprach, kam mir sein Gesicht vor wie in den Zeiten des Anfangs, als er noch eigene Visionen hatte.

»Nimm mich mal wieder mit«, schlug ich vor, plötzlich auf ein Ja hoffend. Aber seine wortreiche Erklärung, weshalb es sich nicht machen ließ, begrub meine letzten Skrupel. Hör auf, die Dinge schwerer zu nehmen, als sie sind, hatte er mir angeraten, und so brachte ich beim nächsten Mittagessen Bali ins Gespräch: »Während du in Amerika bist, würde ich gern mit Marion nach Bali fliegen, zwei Wochen, was hältst du davon?«

»Bali?« Philipp schien irritiert. »Wollten wir das nicht irgendwann zusammen machen?« Doch dann klang seine Stimme geradezu erleichtert, Bali, das passe ins Konzept, womit die Sommerferien gemeint waren, die vor der Tür standen. Esther sollte den Anfang wie in jedem Jahr mit Frau Leimsieder auf dem Bauernhof verbringen, bei Kühen und Kälbern, Ziegen und Zicklein und ihren Freunden, den beiden Haflingern, die sich reiten und vor einen Kutschwagen spannen ließen, »und hinterher«, sagte Philipp, »bauen wir zu dritt Sandburgen an der Nordsee. Bali, Chiemgau, Amerika, Sylt, ein tolles Programm.«

Doch, ein tolles Programm, beängstigend fast, wie alles sich ineinanderfügte für Hannes und mich, ohne Stolpersteine auf dem Weg in unser kurzfristiges Paradies, das nun zur Sache geworden war und zum Dreck, durch den man ihn schleifte.

»Ach, Hannes«, sagte ich, »wir haben mal von Liebe geredet, und jetzt sitze ich in der Hölle, und du redest von deinem Ruf.«

Er blickte auf seine weißen, gepflegten Chirurgenhände. »Es tut mir leid. Aber das Schundblatt hat mich fast um den Verstand gebracht. Katastrophal heutzutage, so eine

Praxis. Ich bin zur falschen Zeit eingestiegen, und nun sitzt mir die Bank im Nacken und die AOK, und wenn die Privatpatienten wegbleiben, bin ich erledigt. Meinst du, die Sache wird noch mehr breitgetreten? Und wie lange soll das alles dauern?«

»Keine Ahnung«, sagte ich. »Aber die interessieren sich nicht mehr für deine Person. Die meinen mich. Bali ist abgehakt. Oder vielmehr die Sache.«

Wir schwiegen, es war still im Raum, der Autolärm vom Sendlinger Torplatz kam wie ein fernes Surren durch die Schallschluckfenster.

»Der Hibiskus«, sagte Hannes Quart. »Erinnerst du dich noch?«

Ja, ich erinnere mich, roter und weißer Hibiskus vor den Panoramascheiben unseres Bungalows in der Bucht von Kuta, Hibiskus, Bougainvillea, bunte Vögel zwischen Palmenblättern, dahinter ein Streifen vom Meer. Das erste Bild frühmorgens, und dazu das Sirren des Ventilators, der gekühlte Luft übers Bett wehen ließ, wenn wir uns nach dem Schlaf umarmten, der Hibiskus, ja, ich erinnerte mich.

»Und der Boy«, sagte er, und ich sah ihn ins Zimmer treten, den Boy, der den Tee bringt und die Opfergaben für die guten und bösen Geister, lächelnd, eine Blüte im schwarzen Haar und jede Bewegung anmutig wie beim Tempeltanz, und auch Mister Goody steckte sich roten Hibiskus hinter das Ohr, den allgegenwärtigen Göttern zu Ehren.

Mister Goody, der Taxifahrer. Wir standen am Flughafen von Denpasar, eingeschlossen in die tropische Hitze, die fremden Bilder, Geräusche, Gerüche, da kam er auf uns zu, »you Taxi? You Hotel? You me, goody goody.«

Wir brauchten ein australisches Hotel, versuchte Hannes ihm klarzumachen, »australian hotel, you understand?«, worauf er »goody goody« lächelte, »ostrally hotel, much money, no much money?« und uns bei der exakt richtigen Adresse ablieferte. Ein Mann voller Würde, der sein Lächeln nicht für ein Trinkgeld verkaufte und erst Hannes, dann mich prüfend musterte, bevor er bereit war, uns in den kommenden Tagen in seinem klimatisierten Taxi über die Insel zu fahren, »goody goody, morning niny clock, day thirty Dollar«.

»Er kommt nicht«, vermutete ich.

»Doch, er kommt«, sagte Hannes, und er kam, frischen Hibiskus am Ohr und ein Opferkörbchen auf dem Armaturenbrett, Blumen, Reis, Papayastreifen für die Götter des Weges.

Man müsse ihn herunterhandeln, hatte uns ein Australier beim Frühstück instruiert, das sei üblich hier, kein Mensch zahle dreißig Dollar. Wir aber taten es, und Mister Goody verließ den ausgewalzten Touristenweg, um Hannes und mir die vom Kommerz noch unberührten Wunder zu zeigen, im Dschungel versteckte Heiligtümer, Dörfer zwischen Reisterrassen und silbrigen Wasserkaskaden, nächtliche Tempelfeste, bei denen keine Blitzlichter flakkerten, wenn die Tänzer in immer wilderem Taumel mit den Dämonen rangen. Und dann, das Zeichen besonderer Freundschaft, lud er uns zur Leichenverbrennung eines Mitglieds seiner Familie ein, dem Höhepunkt im Lebenszyklus. Lächelnd nahm man uns auf in den festlichen Kreis der Verwandten und Nachbarn, die dem Sarkophag zum Feuerplatz folgten, ohne Trauer, ohne Tränen. Die Heiterkeit, die Gongs und Flöten des Gamelanorchesters, der Jubel, als die Seele sich flammend vom Körper befreite, um eins zu werden mit den Elementen, den Geistern und Göttern – warum, dachte ich, beweinen wir unsere Toten.

Eine fremde, magische Welt, glühende Tage, und dann die Tropennächte auf der Hotelterrasse, wenn das letzte Rot des Sonnenuntergangs vom Horizont verschluckt wurde und der Mond kam. Frauen in bunten Sarongs brachten Fleisch, Garnelen und Fisch in scharfer Würze, Zikaden sangen, der Gecko schickte seine einsamen Signale durch die Nacht, gek-koo, gek-koo, nie zuvor, nie danach habe ich so sehr die Wirklichkeit verloren. Mit Philipp war alles real gewesen, immer ging es um heute und morgen, um den Boden unter den Füßen, das Dach über dem Kopf. Doch nun, für Hannes und mich, flossen Tage und Nächte ineinander, und zwischen Meer und Mond und Göttern und Dämonen wucherten neue Wünsche, neue Worte. Hierbleiben, sagten wir, zusammenbleiben, und warum nicht, warum kein Haus im grünen Bergland von Ubud, wo Maler und Bildhauer aus aller Welt wohnten und Nestflüchter mit regelmäßigen Überweisungen, warum nicht Arzt auf der Insel werden, warum nicht Batikstoffe nach Deutschland exportieren, balinesische Silberkunst und Schnitzarbeiten, warum eigentlich nicht.

Traumtänzereien, die von zwei australischen Hotelgästen beendet wurden. Sie kamen in den Frühstücksraum, ein Mann und ein Kind. Das Kind, noch nicht ganz standfest, riß sich los, fiel auf den steinernen Boden und schrie. Der Vater hob es auf, und das Weinen verstummte.

Nichts Besonderes. Jeden Tag weinten irgendwelche Kinder und brauchten Trost, merkwürdig, daß gerade dieses mich aus den Wolken holte. Nur zwei Tage lagen noch vor uns, doch der Rückflug, das hatten wir schon erfragt, konnte verschoben werden, der Aufenthalt im Hotel verlängert. Vielleicht hätte ich trotzdem meine Koffer gepackt. Vielleicht aber auch nicht. Vielleicht wäre alles ganz anders gekommen mit Hannes und mir, mit Philipp und Esther und mir, kann sein, wie soll ich es wissen, das australische Kind ließ mir keine Wahl.

An diesem Morgen brachte Mister Goody uns zu dem Geburtstagsfest eines Tempels im Inneren der Insel, die Stätte der Götter für die Dörfer rundherum, doch so unwegsam gelegen, daß, wie er uns erklärt hatte, kein anderer Fahrer irgendwelche Fremden dorthin transportieren würde. »No Foto klicki klicki«, sagte er, die Hände wie eine Kamera an die Augen drückend, »only me people«, und blickte wohlgefällig auf die Sarongs, die wir uns um die Hüften gewickelt hatten.

Ein großes Ereignis, man sah es an der feierlichen Freude, mit der die Menschen sich ihrem Heiligtum näherten, festlich gekleidet, Hibiskusblüten im Haar der Männer, die Frauen mit kunstvoll getürmten Opfergaben auf den Köpfen, und schon die Kinder traten ernsthaft und gemessen vor das Tempeltor. Auch wir trugen Schalen mit Blumen und Früchten, man lächelte uns zu, alles war wie sonst und doch alles anders. Denn diesmal, trotz der Schönheit, trotz der Dschungeldüfte, der Gongs und Flöten und beginnenden Ekstasen spürte ich nichts vom Sog der Imagination, als der Priester die rasenden Dämonen vertrieb, dann das Nahen der Götter ankündigte und die Menge sie jubelnd willkommen hieß. Ein Schauspiel, nur ein Schauspiel. Was ging es mich an. Was sollten die Opfergaben in meiner Hand? Was hatten die Festlichkeiten nach der Zeremonie, die getanzten Legenden, die Schattenspiele, Hahnenkämpfe, diese ganzen fremden Freuden mit mir zu tun?

»And tomorrow?« wollte Mister Goody während der Fahrt zum Hotel wissen. »Me again?«

Es war spät geworden, der Weg eine schwarze Schlucht. Die Wagenfenster standen offen und ließen die Stimmen der Nachttiere herein, das Keckern der Affen, Vogelrufe, Kampf- und Todesschreie.

»Was meinst du?« fragte Hannes, und meine Antwort verzögerte sich, eine lange Zäsur, bevor ich nein sagte, »nein, ich will nach Hause«, und nichts konnte etwas ändern, nicht die Nacht, nicht der nächste Morgen. Roter und weißer Hibiskus, doch während wir uns liebten, sah ich Philipps Gesicht.

Zum ersten Mal, daß es geschah. Noch nie war der eine dazwischen getreten, wenn ich bei dem anderen war. Ich würde mich auf zwei Gleisen bewegen, hatte ich Marion zu erklären versucht, Parallelen, die sich nicht berührten, was sie nicht ganz begreifen konnte. Ich eigentlich auch nicht, aber so war es. Warum mußte man mich nach Bali bringen.

Das Finale an diesem Morgen. Gefühle, wollte Hannes mich überzeugen, ließen sich nicht regeln und in Kompromisse pressen, »es geht nicht mehr um andere, es geht um uns«.

Er lag neben mir, seine Hand war warm und vertraut, die Zeit blieb noch stehen, nicht mehr lange.

»Es geht auch um meine Tochter«, sagte ich, und er schlug das Laken zur Seite, »wir drehen uns im Kreis, entscheide dich endlich«, aber wie machte man das mit diesem Bild vor Augen, Esther in ihrem Zimmer, und ich schließe die Tür hinter mir, endgültig, wie machte man das, ein Kind einfach stehenzulassen.

»Hör auf, deine Tochter vorzuschieben«, sagte er. »Jeder vernünftige Richter spricht das Kind der Mutter zu«, was ich herzlos nannte, ein herzloses Argument. Esther liebe uns beide, ihren Vater genauso wie mich, und Hannes fiel mir ins Wort. »Du auch?« rief er. »Liebst du ihn auch? Oder steckst du nur in deinem Rollenspiel? Vater, Mutter, Kind und die Villa am Park?«

Da stand er in seinem Sarong und warf mit Klischees um sich, die keine waren. Denn er hatte ja recht, alles gehörte zusammen, und Philipp, ob ich es wollte oder nicht, war immer noch wie ein Arm von mir oder ein Auge, nicht abzuhacken, nicht auszureißen, was sollte ich tun.

Es klopfte, der Boy brachte Wasser, Ananassaft, geeisten Tee. Der Boy mit der roten Blüte hinter dem Ohr, und morgen würden wir im Flugzeug sitzen.

Hannes drückte die Stirn gegen das Fensterglas. »Es ist dir die ganze Zeit um ihn gegangen. Ich war nur ein Experiment«, und als ich noch einmal von der Liebe anfing und daß sein Bild sich zwischen mich und Philipp drängen würde, lachte er nur, »mach dir keine Sorgen, so was gibt sich«.

Es stimmte. Das Bild verschwamm und zerfiel. Der

Mann im weißen Kittel, der mir jetzt gegenübersaß, hatte mit dem von Bali nichts zu tun.

»Sind es wirklich schon zehn Jahre?« Er spielte mit der Locke hinter dem rechten Ohr, eine Geste, die mir plötzlich wieder vertraut vorkam. »Ich bin nie mehr dort gewesen.«

»Esther war sechs damals«, sagte ich und sah sie neben mir sitzen während der Fahrt in den Chiemgau. Ihre hellen Haare fliegen im Wind, mach das Fenster zu, Kindchen, es zieht, befiehlt Frau Leimsieder. Ferienanfang, die Salzburger Autobahn ist verstopft, doch bei Bernau biegen wir ab und fahren den Steig hinauf zu dem einsamen Hof gegenüber der Kampenwand. Geranien fließen vom Balkon, es riecht nach Stall, »die Pferde«, ruft Esther und läuft davon, und ich lasse sie zurück, um mit einem Liebhaber nach Bali zu fliegen.

Hannes Quart schob seinen Stuhl zurück, »weine doch nicht«. Er wollte nach meiner Hand greifen, doch ich stand auf und ging zur Tür.

Als ich nach Hause kam, lauerten zwei Reporter am Tor. Mit heulender Hupe fuhr ich in die Garage, sah, wie sie mich verfolgten und konnte die Tür zur Halle gerade noch erreichen. Ich rief nach Frau Leimsieder, vergeblich, niemand antwortete, und weil Kommissar Müllers Karte neben dem Telefon lag, wählte ich seine Nummer.

»Na hören Sie mal.« Seine Stimme klang unwillig. »Für so was sind wir nicht zuständig. Rufen Sie bei der nächsten Polizeidienststelle an. Die werden sich darum kümmern.«

»Und wenn nicht?« rief ich, worauf sich ein Seufzer vernehmen ließ, also gut, er würde kommen.

Eine halbe Stunde später waren die Reporter von selbst abgezogen. Frau Leimsieder hingegen hatte sich wieder eingefunden, wortlos, nur ihre Schritte meldeten die Rückkehr. Ich vermutete, daß sie beim Arzt gewesen war, konnte aber nicht danach fragen, weil Kommissar Müller klingelte.

Ich wartete an der Tür auf ihn. Mit steifem Rücken ging er von der Halle ins Wohnzimmer, noch verkrampfter als bei seinem vorigen Besuch. »Wieder die Bandscheibe?« fragte ich und wollte ihm ein homöopathisches Mittel empfehlen, wurde aber zurückgewiesen, »Unfug, setzen Sie sich hin, ich bin doch nicht aus medizinischen Gründen hier«.

»Albern von mir, ausgerechnet Sie anzurufen«, wollte ich mich entschuldigen, was er ebenfalls Unfug nannte, es sei doch klar, so ein Streß, der zerre an den Nerven, und auch mein Versuch, ihm zu erklären, daß der neue Artikel im HIT größtenteils aus den Fingern gesogen sei, scheiterte. Der Baliquatsch, sagte er, interessiere ihn nicht, aber ein Glas Wasser hätte er gern, »und das einzige« – ächzend suchte er nach einer besseren Sitzposition –, »das einzige, was mich stutzig macht, und deswegen bin ich eigentlich hier, das einzige also ist diese Bemerkung am Schluß, Esther und ihr Daddy, Sie wissen schon, was ich meine«.

Ich schüttelte den Kopf, und Müller, während er sich ein Kissen in den Rücken stopfte, sah bekümmert vor sich hin, natürlich wüßte ich es, der junge Berkhoff habe mir doch erzählt, was die Abenthin ausbrüte, widerliches Zeug, aber trotzdem, wie käme die Frau darauf? Alles nur Lügen?

Oder doch nicht ganz? Klar, die beiden Mädchen, Nicole und Clarissa, die habe die Abenthin manipuliert, aber …

»Aber ein Vater«, fiel ich ihm ins Wort, »der ein bißchen liebevoller mit seiner Tochter umgeht, kann ja nur ein Sittenstrolch sein.«

»Nun mal sachte.« Ich glaubte, einen Unterton von Mitleid zu hören, doch Dienst ist Dienst, und auf das Mitgefühl des Menschen Müller, soviel wußte ich schon, ließ sich nicht bauen. »Bis jetzt ist ja alles ganz hypothetisch, und übrigens bin ich ebenfalls ein liebevoller Vater. Trotzdem, wenn Mord zur Debatte steht …«

»Esther lebt«, schrie ich dazwischen, »sie ist nicht tot, und mein Mann ist kein Mörder.«

Müller nickte, »hoffe ich ja auch nicht, und ermitteln heißt nicht anklagen. Gegen Holger Berkhoff haben wir ebenfalls ermittelt, ausgiebig, aber der hat ein bombenfestes Alibi. Ihr Mann leider nicht. Und dann die Frau in Frankfurt oder besser das Mädchen. Jung wie Esther, jung und blond, das gefällt ihm offenbar. Kein ganz treuer Ehemann, wie wir inzwischen wissen.«

»Ich bin auch keine ganz treue Ehefrau, wie Sie inzwischen wissen«, sagte ich. »Vielleicht habe ich ja meine Tochter umgebracht.«

Er seufzte wieder. »Ihr Alibi ist geklärt. Und mich interessiert ja nur, ob Sie jemals einen Verdacht gegen Ihren Mann hatten.«

»Seien Sie still«, rief ich, »darauf brauche ich nicht zu antworten.« Ich wollte aufspringen, wollte weglaufen, blieb aber, wo ich war, und Müllers Kopf schoß auf mich zu. »Nicht das geringste Mißtrauen? Himmel noch mal, reden Sie endlich«, und ich, warum auch immer, sagte »doch, gestern« und fing an, von dem Gespräch mit Holger zu erzählen, von meinem Gang in die Redaktion und den Gespenstern in der Nacht. »Manipuliert haben Sie vorhin gesagt, und das ist es, Clarissa und Nicole waren manipuliert, und ich war es auch und bin fast verrückt geworden. Aber es stimmt alles nicht. Ich habe Philipps Gesicht gesehen, ich weiß, daß er mich nicht belogen hat. Es ist eine Verleumdung, nichts ist passiert, wirklich nichts, das müssen Sie mir glauben.«

»Mein Gott, wie Sie schwitzen«, sagte er. »Warum denn? Warum diese Hektik?«

Jetzt sprang ich doch noch auf, »Sie wollen uns unbedingt etwas anhängen«, und er berührte kurz meinen Arm. »Keine Angst, ich glaube Ihnen, ich werde dies alles im Hinterkopf behalten, und wie hieß noch das homöopathische Mittel, das solche Wunder bewirkt?«

Rhus tox oligoplex, Müller notierte es, dann stakste er zum Gartentor. Ich folgte ihm, eine Wiederholung, doch diesmal zeigte Esther sich nicht. Der Platz an der Mauer, wo sie vor vier Tagen aufgetaucht war, blieb leer, keine magische Brücke schlug einen Bogen zwischen ihr und mir, vielleicht, weil sie sich in Sicherheit befand auf den Hügeln von Ibiza, bei der Hippiefrau mit dem alten Schafstall und der Töpferscheibe. Heute weiß ich es. Aber damals im Garten, als meine Gedanken vergeblich nach ihr suchten, glaubte ich, mein Kopf müßte zerspringen. Warum hat sie mir das angetan.

Im Haus war es still. Kein Laut kam aus der Küche, wo Frau Leimsieder sich sonst um diese Zeit den Vorbereitungen für das Abendessen oder eine Einladung hinzugeben pflegte, an dem großen, blanken Herd, den sie selbst ausgesucht hatte. Ihr Herd, ihr Reich, niemand durfte ungestraft die Grenzen verletzen. »Königin Luise«, hatte Marion sie manchmal geneckt, und Frau Leimsieder nahm es übel.

Die Tür zwischen der Küche und ihrem Apartment stand halb offen. Ich ging über den kleinen Flur, klopfte ans Schlafzimmer und drückte die Klinke herunter, in der Gewißheit, daß sie sich wieder krank fühlte, eine der vielen Mißbefindlichkeiten, die ihr seit dem sechzigsten Geburtstag zu schaffen machten, regelmäßig nach dem Mittagessen. Frau Leimsieders Freizeitgestaltung, nannte es Philipp, denn keins dieser Leiden konnte sie dazu bewegen, auch nur ein Quentchen ihrer angestammten Rechte abzutreten.

Wohl die Galle, dachte ich, oder der Kreislauf. Doch sie saß nicht im Schaukelstuhl, lag auch nicht darnieder, sondern stand mitten im Zimmer, eine Bluse über dem Arm und neben sich den mächtigen Schließkorb, mit dem sie seinerzeit hier eingerückt war, Luise Leimsieder, endlich avanciert zur Haushälterin in einer herrschaftlichen Villa. Nicht meine Worte, da sei Gott vor. Sie solle auf dem Teppich bleiben, hatte ich ihre Euphorie zu bremsen versucht, aber das Glück brach alle Dämme.

Ein herrschaftliches Haus, ihre Sehnsucht schon vor zwanzig Jahren, als sie auf den falschen Klingelknopf gedrückt hatte und mit den Worten, daß es um die Putzstelle ginge, über die Schwelle unserer Schwabinger Wohnung trat, zu meiner Verblüffung, denn unsere Annonce sollte erst am nächsten Morgen in der Süddeutschen Zeitung erscheinen. Doch die Frau, die da vor mir stand, gefiel mir. Sie sah so zuverlässig aus mit ihrem Lodenmantel und dem Trachtenhut auf den ordentlichen, schon damals fast ergrauten Dauerwellen, eine solide Person, wie geschaffen, ihr die Wohnung samt der von Klärchen Holzapfel ererbten Schätze anzuvertrauen. Von mir aus, sagte ich, könne sie zu uns kommen, ich sei berufstätig und brauche dringend eine verläßliche Hilfe.

Sie hatte sich im Wohnzimmer umgesehen, ja, das merke man, und sie sei zwar schon dreiundvierzig, aber gesund und stark, und was die Verläßlichkeit betreffe, so wäre sie keine Hergelaufene, sondern Bauerntochter aus dem Ostpreußischen. Wenn man die Familie nicht vertrieben hätte nach dem Krieg, würde sie jetzt fünfzig Hektar bewirtschaften, guter Boden, und auch ihr Mann komme von einem schönen Hof im Chiemgau, aber ihr zuliebe habe er auf eine Einheirat verzichtet und hier in München gearbeitet, bei BMW, und nun sei er plötzlich weggestorben, und der Sohn habe noch nicht ganz ausgelernt, und sie säße da mit der kleinen Rente und müsse putzen gehen.

Ihr Lebensbericht ohne Punkt und Komma, atemlos heruntergespult. Die letzten Worte sprangen wie Kröten aus dem Mund, putzen gehen, eine Schande bei ihrem Herkommen, aber als Flüchtling wäre man sowieso der letzte Dreck. Die Schwiegereltern hätten den Sohn vom Hof gejagt wegen der Heirat mit ihr, und nun würde sie gern mehr über unser Textilgeschäft erfahren.

»Textilgeschäft?« fragte ich verwundert, »wieso Textilgeschäft«, hörte etwas von einer Anzeige im MERKUR, von einem Telefongespräch, das sie mit mir geführt hätte und klärte den Irrtum auf, der falsche Klingelknopf, wie schade.

Frau Leimsieder, die rechte Hand ums Kinn gelegt, betrachtete mich sinnend, ihr langer, prüfender Blick, der mir vertraut werden sollte und jetzt zur Erkundung meiner beruflichen Tätigkeit führte, erstens was, zweitens wo.

»Bei meinem Mann«, sagte ich. »Er ist Architekt und baut Häuser. Ich arbeite in seinem Büro.«

»Ein großes Büro?« fragte sie. »Große Häuser?« Sie nickte beifällig zu meinen Auskünften, wollte aber noch wissen, ob wir für uns ebenfalls ein Haus zu bauen gedächten.

»Selbstverständlich«, erklärte ich unbekümmert, »irgendwann, demnächst«, worauf sie nochmals in sich hineinzuhorchen schien, um mir sodann mitzuteilen, daß sie ab Mittwoch zu uns käme. Textilhandel sei nicht das Wahre, wenn schon Putzfrau, dann wenigstens bei einer richtigen Herrschaft.

»Wir sind doch keine Herrschaft«, rief ich erschrocken, und unvergeßlich ihre nächsten Worte: »Noch nicht, aber sie werden es.« So mischte sich Frau Leimsieders Geschichte mit unserer in den kommenden Jahren, stundenweise zunächst, dann mehr und mehr, bis zur kompletten Machtergreifung. Haushälterin in Nymphenburg, Triumph ihres Lebens. Nun packte sie den Schließkorb.

Ich stand an der Tür, »was machen Sie denn da?«, eine überflüssige Frage, aber etwas anderes fiel mir nicht ein.

Frau Leimsieder faltete die Bluse zusammen, schnell und perfekt wie bei allem, was sie tat. »Mein Sohn holt mich gleich ab«, sagte sie, schien auf ein Zeichen meines Einverständnisses zu warten und fuhr, als es ausblieb, hastig fort, daß niemand von ihr verlangen dürfe, noch länger hierzubleiben angesichts der Schande. »Alle wissen es. Ihre Chefin ist ja wohl eine rechte Schlampe, hat die Metzgerin gesagt, vor den ganzen Leuten. So ein Gerede bleibt auch an mir hängen, und griesgrämige Haushälterin, das kann ich mir nicht bieten lassen. Wer weiß, was sonst noch alles in die Zeitung kommt, und sehen Sie mich nicht so an, meinen Sie, mir wird das leicht nach zwanzig Jahren?«

»Ja, zwanzig Jahre«, sagte ich, und Frau Leimsieders Gesicht schien auseinanderzufallen. »Das hier war meine Familie und mein Haus und unsere Esther mein Kind. Ich wollte hier alt werden und absterben, und nun muß ich weg.«

»Sie können bleiben«, sagte ich, doch sie schüttelte den Kopf, »nein, das geht nicht. Wir haben immer auf Ehrbarkeit gehalten, meine Eltern, mein Mann, ich, mein Sohn, und das hier ist kein anständiges Haus mehr.«

Die Ratten, fing ich an, sprach aber nicht gleich weiter. Frau Leimsieders ehrpusseliger Horizont, was brachte es, dagegen anzurennen. Er war ihr zudiktiert worden und mir nützlich gewesen, und jedes Ding hatte seine Abseite. Doch in diesem Moment haßte ich sie. Ich haßte die Jahre in ihrem Windschatten. Ich haßte es, daß sie mein Brot geschnitten, an meinem Herd gestanden, mein Kind gehütet hatte und nun mitsamt ihrem breiten, schützenden Rücken und den Händen, die alles konnten und alles taten, einfach verschwand. Also brachte ich den Satz doch noch zu Ende, die Ratten verlassen das sinkende Schiff, worauf es auch keinen Abschied mehr gab. Durch die großen Glasscheiben des Wohnzimmers sah ich, wie ihr Sohn die Sachen in einem Transporter verstaute, Schließkorb, Koffer, Kartons, der Schaukelstuhl, der Blumentisch, die Stehlampe, zum Schluß noch der Fernseher, von dem ich nicht genau wußte, wem er gehörte, ihr oder uns, egal. Neben mir lag HIT mit Katjas Artikel. Freitag, las ich und kam mir vor wie in einem überlangen Theaterstück: Der erste Akt morgens am Frühstückstisch, der zweite bei Hannes Quart, neuer Szenenwechsel zum Zwischenspiel mit den Reportern, danach Kommissar Müller und nun Frau Leimsieders dramatischer Abgang. Es dämmerte, es wurde dunkel, der Epilog stand noch aus.

Ich war auf dem Sofa eingeschlafen, als plötzlich Philipps betrunkene Stimme zu mir drang, »aufwachen, Frau Matrei, ist es wahr, was in der Zeitung steht? Hast du es tatsächlich mit diesem Quax auf Bali getrieben?«

»Quart«, sagte ich, und er brach in Gelächter aus, »ja, es ist wahr. Fabelhaft, wie die Dame lügen kann. Aber wozu? Wir sind doch sonst nicht so heikel.«

Er ließ sich neben mich aufs Sofa fallen. Sein Atem roch nach Bier und Knoblauch, und ich sagte, er solle aufhören mit den alten Geschichten und lieber den Anwalt aus dem Bett holen. Esther und ihr Daddy, sagte ich, wäre nur der Anfang, die Spitze des Eisbergs, und es müsse etwas geschehen. Einstweilige Verfügungen, Klage erheben, Gegendarstellung verlangen, irgend etwas, gleich, sofort, bevor Katja in die vollen gehe. Philipp lachte schon wieder,

»kluge Linda«, wurde dann aber ernst, auch die Stimme verlor den betrunkenen Unterton. Denn mit dem Anwalt hatte er schon gesprochen, und einstweilige Verfügungen ließen sich nur für bereits Gedrucktes erwirken, für den Artikel von heute also. Doch heute war vorbei, HIT längst in aller Hände und eine Klage nutzlos ohne Beweis des Gegenteils.

Er stand auf, öffnete den Schrank, in dem die Flaschen standen, griff nach dem Wodka. »Beweise, verstehst du? Und kannst du etwa beweisen, daß wir Klärchen nicht umgarnt haben? Und dein Liebesurlaub auf Bali nur ein Märchen ist? Und ich, wenn man mir den Mißbrauch meiner Tochter anhängen will oder womöglich noch mehr, wie wehre ich mich dagegen? Ein väterlicher Unhold, das paßt doch in die Landschaft, da ist man jeder Verdächtigung ausgeliefert, da hilft kein Anwalt und keine einstweilige Verfügung, und je lauter ich mich verteidige, um so mehr wird geredet. Wer soll mir glauben, wenn sogar du es nicht tust.«

»Ich glaube dir doch«, wollte ich protestieren, umsonst, Philipp ließ mich nicht ausreden. »Mir kannst du nichts vormachen, ein Rest Mißtrauen bleibt, aber außer uns braucht es ja niemand zu wissen.«

Er goß sich einen Wodka ein, leerte das Glas, was war noch zu sagen. Doch dann, schon die Türklinke in der Hand, drehte er sich noch einmal um: »Du hättest mir diesen Quart nicht vorenthalten sollen, nicht damals.«

Ich wußte, was er meinte, die Sylter Wochen nach unseren jeweiligen Solos in Amerika und am südchinesischen Meer. Und vielleicht erinnerte er sich auch daran, wie ich ihm auf dem Münchner Flughafen in die Arme gefallen war, zu meiner Verblüffung angesichts der Stacheln, die mir seit meiner Rückkehr von Bali in der Seele saßen. Mich nämlich hatte nur Esther in Empfang genommen, voller Sorge, die Nordseeferien könnten sich in Luft auflösen. Denn von Philipp lag die Nachricht vor, daß er länger als geplant in Florida bleiben müsse.

Geschäftliche Gründe angeblich, ganz wie gehabt, kein Anlaß für irgendwelchen Begrüßungsjubel. Verdrossen wartete ich in der Ankunftshalle, dort, wo sich kaum eine Woche zuvor Hannes Quart endgültig aus meinem Leben verabschiedet hatte, da sah ich Philipp durch die Sperre kommen, beschwingt und floridabraun, von wegen Geschäfte. Doch dann winkte er und lachte, und ich stürzte auf ihn zu, und was gewesen war, seine Lügen, meine Lügen, blieb hinter mir. Es sei gegen jede Vernunft, behauptete Marion, die sich gerade wieder von einem Partner getrennt hatte und mich zu ähnlichen Schritten ermuntern wollte. Aber Vernunft spielte nicht mit bei Philipp und mir.

Ich denke an Sylt, an unser reetgedecktes Ferienhaus hinter den Rantumer Dünen, an die Tage voller Einverständnis, an meinen Versuch, uns wieder ehrlich zu machen. Esther schlief, wir hatten Wein getrunken am Kamin und waren über die Dünen zum Strand gegangen. Eine dunkle Nacht, der Himmel so schwarz wie das Meer, nur die Brandung schien zu leben. Der Sand war kalt geworden nach der Tageshitze, kalt und feucht, und wir liebten uns, als sei es wieder ein Anfang, so wie damals auf den Steinen am Isarufer. Doch dann, als ich bereit war, die Lügen bloßzulegen, sagte Philipp das falsche Wort, »Bali hat dir einen Kick gegeben«, ausgerechnet Kick. Der Moment zerbrach, und nun, zehn Jahre später, wollte er wissen, warum.

»Vergiß es«, sagte ich, »Schnee von gestern«, und er, das halbe Lächeln im Gesicht: »Ach Linda, was haben wir mit uns gemacht.«

Dann ging er in sein Studio. Ich hörte die Schritte auf der Treppe. Es war immer noch Freitag, und vielleicht wird meine Tochter irgendwann erfahren, wie ich an diesem Abend mit ihr zu hadern begann. Ich hatte, um Ruhe zu finden, den Fernseher eingeschaltet, doch meine Gedanken liefen davon und suchten Esther, die einzige, die uns herausholen konnte aus dem Sumpf, und als der Kies draußen im Garten knirschte, glaubte ich, ihre Schritte zu hören. Eine plötzliche Hoffnung, sie kommt, sie ist da, der Alptraum vorüber. Aber der Garten war leer. Ich lief auf die Straße, lief bis zum Kanal und wieder zurück, und aus der enttäuschten Hoffnung wurde der Verdacht, daß sie nicht kommen wollte.

Ihr Tod, von dem alle Welt redete, war immer irreal für mich geblieben. Nie hatte ich ihr Grab vor mir gesehen, nie den verwesenden Körper zwischen Laub und Geäst. Meine Angst malte andere Bilder, maskierte Gestalten, feuchte Kellergewölbe, ein Bordell, Fernsehbilder, die lebendig wurden, schrecklich genug. Doch an diesem Abend verblaßten auch sie. Ich glaubte, daß Esther aus freien Stükken verschwunden war, eine neue Hoffnung, und trotzdem konnte ich es ihr nicht verzeihen.

Katja Abenthins nächster Artikel erschien erst am kommenden Mittwoch. Vier Tage Ruhe. Lydia Lobsam, meine Verbindung zur Außenwelt, seitdem ich mich im Haus verschanzt hielt, hatte jeden Morgen die Zeitung vom Kiosk geholt und mir die gute Nachricht durchgegeben, mit wachsender Zuversicht. Ihr Mann nämlich war wieder einmal aktiv geworden, um über diverse Kanäle HIT zur Räson zu bringen, sogar mit Unterstützung eines Ministers, dem er dank besonders kunstvoller Bypässe zur weiteren Ausübung dieses Amtes verholfen hatte, und was Paul sich vornahm, so Lydias Credo, das schaffte er auch. Am Mittwoch aber, als sie, statt anzurufen, vor unserer Tür stand, verriet schon ihr Gesicht, daß in diesem Fall weder Professor Lobsam noch ein Mitglied der Bayerischen Staatsregierung etwas vermocht hatten.

Artikel Nummer fünf also, diesmal als Interview, und der Name Matrei zum ersten Mal genannt.

ESTHERS FREUNDINNNEN PACKEN AUS – DADDY WAR DER GRÖSSTE

Der Fall Esther bleibt weiter rätselhaft. Inzwischen wird in ganz Deutschland nach der spurlos verschwundenen Tochter des Baulöwen Philipp Matrei (PHIMA) gefahndet. Aber sie ist wie vom Erdboden verschluckt. Und was den Fall noch mysteriöser macht: Schon lange vor der Katastrophe hat man sich in Esthers Umgebung über dramatische Veränderungen in ihrem Verhalten gewundert. HIT hatte Gelegenheit, mit zwei Freundinnen darüber zu sprechen.

HIT: Clarissa und Nicole, ihr beide wart fast täglich mit

Esther zusammen. Erzählt uns doch, wie sie früher gewesen ist.
NICOLE: Total normal. Wir haben zusammen Tennis gespielt und sind geritten und so. Nie hat es Ärger gegeben.
HIT: Und die Jungs?
CLARISSA: Mit Jungs hat sie nicht viel am Hut gehabt. Die waren Babyfaces für sie. Esther fand richtige Männer cool. Typen wie Kevin Costner und so.
NICOLE: Und auf einmal hat sie sich in den Holger verknallt. Und der ist doch echt ein Babyface.
CLARISSA: Aber auf einmal war sie ja überhaupt anders. Total. Irgendwie hysterisch und so. Und immer beleidigt. Und immer gleich geheult.
NICOLE: Im März ging es los. Plötzlich beim Tennis. Nach dem zweiten Satz hat sie plötzlich den Schläger hingeschmissen und ist vom Platz gerannt. Irgendwie total von der Rolle. Kein Mensch wußte warum. Danach hat sie zu nichts mehr Lust gehabt. Wie eine Schildkröte.
CLARISSA: Nur immer diese Disco-Trips, jedes Wochenende, irre. Ein paarmal sind wir noch mitgegangen. Aber dann hat sie uns einfach stehenlassen und ist allein weitergezogen. Das hat uns gereicht.
NICOLE: Sie war total umgedreht. Irgendwie nicht mehr Esther.
CLARISSA: Wie nach einer Gehirnwäsche.
HIT: Und warum? Habt ihr eine Idee?
NICOLE UND CLARISSA: Der Daddy.
HIT: Das kommt ja wie aus einem Mund. Könnt ihr dazu etwas mehr sagen?

CLARISSA: Ihr Daddy, der war doch immer der Größte. Bei dem hat sie irgendwie ganz glänzende Augen gekriegt. Manchmal hat er vor der Schule auf sie gewartet, da ist sie losgerannt und ihm um den Hals gefallen, das war ihr kein bißchen peinlich.
NICOLE: Der war ja auch super. Der ist mit ihr shoppen gegangen, da konnte sie haben, was sie wollte. Die tollsten Klamotten.
HIT: Und dann?
CLARISSA: Dann war es plötzlich aus mit dem Daddy. Echt sensationell. Da durften wir nicht mehr von ihm reden. Einmal habe ich ihn bloß erwähnt, da hat sie mich angeschrien und gleich wieder losgeheult. Und als er wieder mal vor der Schule stand mit seinem Porsche, ist sie glatt an ihm vorbeigelaufen.
HIT: Und in der Schule? War sie da noch die Nummer eins?
NICOLE: Kein Stück mehr. Total abgesackt. Das soll mal einer verstehen.
Total abgesackt und plötzlich verschwunden. HIT fragt: Was steckt dahinter? Esthers ehemaliger Reitlehrer erzählt, daß die damals erst Zwölfjährige ihm auf den Leib gerückt sein soll. Und von den beiden Freundinnen wissen wir, daß sie richtige Männer mochte. Eine Lolita vielleicht? Ein Nymphchen mit Unschuldsgesicht? Oder steckt hinter Esthers Verschwinden eine Tragödie? Saß sie in der Falle? Hat sie versucht, sich daraus zu befreien? Mußte sie den Versuch mit dem Leben bezahlen? Die Polizei tappt im dunkeln. Die Eltern schweigen. Luise L., die langjährige treue Haushälterin, hat Knall auf Fall ihre Sachen gepackt.

Einziger Kommentar: Dazu sage ich nichts. Das geht mich nichts mehr an.

Ich las es und lief Amok in Gedanken. Lolita, Nymphe. Wie sollte Esther damit fertigwerden.

»Bis sie wiederkommt, haben die Leute längst andere Sensationen«, versuchte Lydia meine mörderischen Phantasien zu beruhigen, aber ich wollte nicht beruhigt werden, ich wollte Rache nehmen, ein Ende setzen, Katja aus dem Weg schaffen, egal wie und womit.

»Hör auf«, sagte Lydia, »du bist keine Mörderin«, und auch dagegen tobte ich an, »ich bin nur zu feige«. Sie nickte, »das ist es ja, dein Verstand läßt es nicht zu«, doch was hieß Verstand. »Wenn sie hier wäre«, schrie ich, »würde ich es tun, jetzt gleich, sofort, was immer du dir denkst in deiner vornehmen Unschuld.«

»Du irrst dich«, sagte sie. »In Gedanken habe ich auch schon ein paar Leute umgebracht, aber der Gedanke ist nicht die Tat.« Und während ich weiter wütete, fiel mir die Geschichte mit der Zigeunerin ein, die Geschichte und ihre Erzählerin, diese zarte, alte Dame, pastellfarben, bläulich getönte Locken über dem Porzellangesicht und jedes Wort gewählt, so wie eine Dame sich noch gab in den siebziger Jahren, wenn sie ebenfalls siebzig war und nicht gerade arm.

Wir hatten uns in Las Palmas getroffen, wo Philipp eine Hotelanlage bauen sollte. Arbeit für ihn, Urlaub für mich, und auf der Terrasse winkte sie mir zu, die Frau unseres ersten Chefs nach Philipps Examen, eine Respektsperson damals, nur aus der Distanz sichtbar. Ich wäre ihr vom ersten Moment an sympathisch gewesen, sagte sie, als wir zusammen Tee tranken, schade, daß man den Kontakt verloren habe. Jetzt sei ihr Mann gestorben und meiner unterwegs nach oben, Endstation für sie, Aufbruch für mich, »und hoffentlich geht es Ihnen bei der Reise so gut wie mir«. Ein schneller Wechsel vom Konventionellen zur Intimität, wie manchmal, wenn zwei, die sich flüchtig kennen, abseits vom Gewohnten zusammentreffen, wobei hauptsächlich sie es war, die ihren Film ablaufen ließ: das Leben, die Liebe, der Verlust und am Ende nur noch der Wunsch, ebenfalls Abschied nehmen zu dürfen, heute oder morgen, möglichst bald.

»Aber Sie sehen so glücklich aus«, sagte ich.

Ein sanftes Kopfschütteln, »mag sein. Aber wohl nur, weil ich glücklich war und weil ich mir das Glück geholt habe nach der ersten Ehe mit diesem grauenhaften Despoten, gewaltsam, wenn Sie es wissen wollen«, was nach Krieg klang und dramatischer Scheidung.

Sie sah mich an, lächelnd wie eine Ballerina beim Pas de deux, »nein, keine Scheidung, ich habe ihn umgebracht«, der Anfang ihrer Geschichte von der Zigeunerin, passiert in einer Zeit, als Zigeuner noch Zigeuner waren, fahrendes Volk mit kurzem Bleiberecht am Ortsrand, drei Tage und dann weiter. Die Zigeunerin also im bunten Rock, die wahrsagen wollte und sich nicht abweisen ließ, sondern, den Fuß in der Tür, ihren dunklen Singsang anstimmte: Unglückliche schöne Dame, sehr unglücklich, Mann sehr böse, Mann sehr grausam, soll er tot sein, großer Zauber hilft, zwanzig Mark, schöne Dame, nicht viel Geld für Tod.

So oder so ähnlich, wie im Roman. Sie zögerte keinen

Moment und holte das Nötige, zwanzig Mark, einen Nagel, einen Hammer und jenes Foto des Gatten, das seit der Hochzeit neben ihrem Bett stehen mußte. Die Zigeunerin nahm es in beide Hände, küßte es, rief Gott samt aller Heiligen an, summte und murmelte, beschwor und verfluchte und legte das Bild auf die Schwelle. »Und dann«, sagte die alte Dame, während sie zierlich nach der Teetasse griff, »habe ich den Nagel eingeschlagen, dort, wo sein Herz saß, und zwei Tage später war er tot. Ein Infarkt in seinem Kontor. Und wenn Sie sagen wollen, daß so etwas auch auf natürliche Weise geschehen könnte: Er war erst vierzig und niemals krank, und ich habe ihn umgebracht.«

Sie bestand darauf, ein Urheberrecht sozusagen. Es ärgerte sie, daß ich von der Duplizität der Ereignisse sprach und der Häufigkeit des schnellen Herztodes auch bei jüngeren Menschen. Sie nahm es mir übel, ihr Haß, so schien es, brauchte den Triumph. Mir schauderte davor, ich war froh, daß sie ging. Doch jetzt, zwanzig Jahre später, wünschte auch ich mir Gedanken wie Nägel. Ich sah Katja am Boden liegen und schlug zu.

»Du bist ja ganz weiß geworden«, rief Lydia erschrokken.

»Keine Sorge«, sagte ich. »Das liegt in der Familie.« Lydia hatte recht, der Gedanke war nicht die Tat. Katja konnte weitermachen.

Philipp las das Interview erst zwei Tage später. Er war in Erfurt und Leipzig unterwegs, weit weg vom HIT-Revier, überhaupt zu weit vom Schuß. Aber die neuen Projekte, die dort anstanden, Wohn-, Büro- und Geschäftshäuser, konnten nicht länger warten.

Schon bald nach der Wende, die DDR war noch billig, hatte er in Thüringen und Sachsen Grundstücke aufgekauft, Feuer und Flamme angesichts der sensationellen Möglichkeiten, zu sehr, fürchtete ich, seitdem der Immobilienmarkt im Osten stagnierte. Zusammenbrach, hörte man sogar gelegentlich, wenn die allgemeine Lage analysiert wurde, was Philipp kaputtreden nannte, typisch Medien, Horror brachte nun mal die höchsten Quoten. Dabei sei preiswerte Qualität immer noch gut verkäuflich. Zwar nicht mehr wie warme Semmeln, aber kein Grund zur Panik, und allgemeine Lage, was hieße das schon, er jedenfalls werde es schaffen.

Skeptischer Enthusiasmus, sein Erfolgsrezept, auch in den neuen Bundesländern. Immer doppeltes Tempo, vom Taxi zum Flughafen, vom Flughafen zur Bahn, wieder ins Taxi, wieder in den Flieger, dazwischen die Verhandlungen mit Banken, Behörden und Subunternehmern, die Kontrolle der Baustellen, die Organisation, die Werbung, der Vertrieb, und alle Fäden in seiner Hand, in der Branche sprach man von Matrei-Quickies.

Seit Esthers Verschwinden jedoch schienen ihn weder Banken, Behörden noch Termine zu interessieren. Auch diese Reise hatte er lustlos vor sich hergeschoben. Schon aus dem Taxi kam der erste Anruf, gibt es was Neues, und Stunde um Stunde die gleiche Frage, wie ließen sich da noch Nachlässigkeiten aufdecken oder blockierte Dezernentenhirne in Bewegung bringen. Besser, er wäre hiergeblieben, oben in seinem Studio, zwei Stockwerke von mir entfernt, aber erreichbar. Man sollte füreinander erreichbar sein an Schreckenstagen wie diesen, selbst wenn wenig Gebrauch von der Nähe gemacht wurde, solange das Mißtrauen zwischen uns stand, jener Rest, der mich jetzt noch mehr als vorher quälte, ein Brechreiz wie nach schlechtem Essen. Und trotzdem wollte ich die Schritte im Haus hören. Ich hatte Angst vor seiner Heimkehr und zählte zugleich die Stunden, verrückt, aber so war es.

Am Nachmittag klingelte das Telefon. Ich spürte, wie mein Herz zu rasen begann, Philipp, dachte ich, aber es konnte auch Esther sein, die sich meldete, oder jemand von der Polizei, vielleicht sogar ein Entführer mit seinen Forderungen. Ich haßte das Telefon. Ich wollte, daß es klingelte, ich wollte, daß es schwieg.

»Geben Sie mir den Vater des verschwundenen Mädchens«, sagte eine fremde Stimme.

»Wer spricht dort?« fragte ich.

»Das spielt keine Rolle. Legen Sie nicht auf. Es handelt sich um eine wichtige Mitteilung.«

»Mein Mann ist nicht da«, sagte ich.

»Wann kommt er wieder?«

»Morgen«, sagte ich.

»Hören Sie gut zu.« Die Stimme klang jung und energisch. »Meine Freundin hat sich im vorigen Sommer ein Zubrot als Callgirl verdient. Sie ist groß und sehr hübsch. Lange Beine, schmales Gesicht, blaue Augen, blonde Haare, wie Ihre Tochter, genau der gleiche Typ. Und wissen Sie, wer der beste Kunde war? Der Daddy. Hübsche Fotos haben wir gemacht.«

»Seien Sie still«, rief ich.

»Nicht schön, wirklich nicht, ganz Ihrer Meinung. Wollen Sie, daß wir es HIT erzählen oder der Polizei?«

Ich schwieg.

»Natürlich wollen Sie es nicht«, sagte er. »Also stellen Sie heute Nacht um halb zwölf Ihr Auto vor das Haus Nummer sieben in der Savoyenstraße und legen Sie einen Umschlag mit dreißigtausend Mark auf den Beifahrersitz. Nach einer Stunde können Sie den Wagen wieder abholen. Und keine Tricks. Beeilen Sie sich, die Bank macht bald zu.«

»Und wie soll ich wissen, daß Sie nicht trotzdem zur Polizei gehen?« fragte ich.

»Ihr Problem«, sagte er. »Zahlen Sie oder lassen Sie es bleiben.«

Die Lüttich-Bank, mit der Philipp arbeitete, lag in der Innenstadt, eine Festung, soweit es mich betraf. Zu unserem Privatkonto dagegen hatte ich Zugang, Rechenschaft war nicht erforderlich üblicherweise. Dreißigtausend aber hätten erklärt werden müssen. Und so kam ein anderes Konto zum Zuge, mein eigenes bei der Hypobank am Romanplatz, über das niemand außer mir verfügen durfte.

Das Geld, das dort ruhte, war bisher nicht angetastet worden. Es sollte liegenbleiben mit Zins und Zinseszins und auf Esther warten, das Erbe meiner Mutter, zusammengespart in zwanzig Jahren Arbeit bei der Reinigung, erst für mein Studium und später, da das Studium nicht zustande kam, als Notgroschen für mich. »Denn nach dem Saus und Braus«, lautete ihre letzte Botschaft, »schickt der Herr seine Prüfungen, und dann sollst du nicht ganz verloren sein.«

Sie hatte mir den Brief im Krankenhaus gegeben, damals, als ich nicht wahrhaben wollte, daß es mit ihr zu Ende ging. Ein brauner Umschlag. Erst nach meinem Tode zu öffnen, Blockschrift, rot unterstrichen.

»Aber du stirbst doch nicht«, sagte ich, und sie, mit strenger Stimme: »Meine Zeit ist gekommen.«

Ich nahm es nicht ernst. Sie liebte es, im biblischen Duktus zu sprechen, und der Tod mußte häufig herhalten, ein Fixpunkt wie die Sünde. Sie war erst siebenundsechzig, der Schenkelhalsbruch gut verheilt, so leicht, dachte ich, starb es sich nicht. Obwohl man kaum übersehen konnte, wie hinfällig sie geworden war am Bett meines Vaters, den der Schlag getroffen hatte bald nach Esthers Geburt. Ein Pflegefall, stumm und bewegungslos, und sie versorgte ihn rund um die Uhr, waschen und füttern, windeln, heben, drehen, drei Jahre in eiserner Pflichterfüllung, wer hielt das aus. Ich hatte ihr eine Schwester zur Entlastung angeboten, vergeblich, sie wollte allein weitermachen, das letzte Kapitel der langen Buße, und als es vorüber war, stürzte sie und stand nicht wieder auf.

Der Unfall war im Januar passiert, mutwillig geradezu, warum mußte sie bei Glatteis streuen. Ein alter Streitpunkt zwischen uns. Noch kurz vorher, als sie nach München gekommen war, um Esther zu sehen, hatte ich versucht, ihr eine Hilfskraft für solche Arbeiten aufzureden, wieder ohne Erfolg. »Ich bin keine Gnädige wie du«, rief sie, »mir hilft Gott«, was ich hochmütig nannte oder hoffärtig, um in ihrer Sprache zu bleiben, »du bist die Hoffärtigste von uns allen«, eine der vielen Kränkungen, die ich später bereute.

Daß ihr Besuch uns mitten ins Fiasko führte, war dem Schwabinger Haus zuzuschreiben, in dem wir zu der Zeit noch wohnten, ein ehemals herrschaftlicher Bau aus dem vorigen Jahrhundert von bröckelndem Glanz. Nie hätte ich vermutet, daß sie ausgerechnet dort ihrem Alptraum wiederbegegnen würde, der Villa am Wannsee, bevölkert von Lemuren. Aber woran immer es lag, ob an den hohen Räumen, den Stuckdecken, den Flügeltüren oder an Klärchen Holzapfels Erbstücken: Der Hauch von Luxus jedenfalls, dazu die Art, wie wir lebten, unser Umgang und, Krone des Ganzen, Frau Leimsieders Schalten und Walten, schienen ein Höllenfeuer aus Angst in ihr zu entfachen, Angst um mich und das Kind, vor allem das Kind. Sie saß im Erker, nähte, stopfte, grübelte, bis es eines Abends aus ihr herausbrach. Philipp und ich hatten uns fürs Theater umgezogen, da sprang sie plötzlich auf, rief »Sünde« und daß, wer hoch steige, um so tiefer stürzen werde, in die untersten Örter, »denn der Herr duldet keine Überhebung, und seine Geduld währt nicht ewiglich. Dieses Kind ist sein Pfand. Hüte dich vor dem Tag, an dem er es von dir zurückfordern wird.«

Ihr weißes Verkündigungsgesicht. Alle meine Stacheln stellten sich wieder auf, so wie einst in der Seesener Küche. »Kümmere dich um das, was er von dir zurückfordern wird«, sagte ich, das Falscheste überhaupt, und der Tod stand schon neben ihr.

Philipp legte den Arm um sie. »Wir wissen, daß du es gut meinst. Und daß wir es gut mit dem Kind meinen, weißt du doch auch.«

»Dann gib ihm Brot statt Kuchen«, sagte meine Mutter

zu mir, nur zu mir, als sei er, der Urheber des Unheils, nicht vorhanden, was ich ihr erst recht verübelte. Und als sie wieder in Seesen war, brach der Schenkelhals.

Die ersten Tage nach der Operation verbrachte ich bei ihr im Krankenhaus. Genagelt und verschraubt lag sie da, preßte meine Hand und schickte mich, als die Schmerzen nachließen, nach München zurück, das Kind braucht dich.

Zunächst blieb der Zustand stabil. Die Wunde verheilte, die Knochen wuchsen zusammen. Ich fuhr noch einmal nach Seesen, um ihr ein Sanatorium schmackhaft zu machen und danach den Umzug nach München, aus ihrem Holzhaus mit Ofenheizung in ein Apartment des Augustinum, wo ich mich um sie kümmern konnte. »Und inzwischen sind wir längst wieder auf den Beinen«, sagte der Doktor ermutigend.

Aber meine Mutter schüttelte den Kopf. Sie wollte nicht ins Sanatorium. Sie wollte nirgendwo hin, sie wollte zu Gott und schob den ärztlichen Einwand, daß man sie dort oben noch nicht erwarte, unwirsch beiseite.

Schon abends begann der Husten. Man maß erhöhte Temperatur, und sie gab mir den Umschlag. Das Fieber stieg rapide, Lungenentzündung, kein Antibiotikum wirkte. Ich saß an ihrem Bett, hörte das Rasseln in der Brust, das harte Keuchen und wie sie im Fieber um Worte rang. Nicht gewußt, nicht gewollt, angstvolle Rechtfertigungen, solange die Luft reichte, bis sich endlich der Name Rosenzweig löste, und ich wußte, daß sie mit den Toten vom Wannsee sprach, in deren Haus sie gewohnt, in deren Betten sie geschlafen hatte. Ich nahm ihre Hände und bereute alles Gesagte und Ungesagte.

Den braunen Umschlag öffnete ich am Abend nach dem Begräbnis. Er enthielt den Brief und ihr Sparbuch, das Vermögen meiner Mutter, die nie gegessen hatte, was sie mochte, immer nur das Billigste, immer Harzer Käse, und Emmentaler allenfalls zu Weihnachten. Der verdammte Harzer Käse. Ich sah ihn auf dem Küchentisch stehen, umwabert von Salmiakgeruch, der Inbegriff ihres kargen Lebens. Es war gut, daß Philipp mich festhielt und tröstete.

Für den Notfall nach dem Saus und Braus, stand in dem Brief, und kaum anzunehmen, daß sie an einen Notfall gedacht hatte wie den, der mich an diesem Nachmittag zur Bank trieb, in letzter Minute, die Filiale sollte gerade geschlossen werden. Ich nahm dreißigtausend Mark von dem Konto, große Scheine, steckte sie in einen Umschlag und wartete. In der Nacht zwischen elf und zwölf brachte ich mein Auto zur Savoyenstraße. Das Geld meiner Mutter lag auf dem Beifahrersitz. Als ich eine Stunde später wiederkam, war es verschwunden.

»Und du hast es geglaubt«, sagte Philipp. »Man kann über mich reden, was man will, du glaubst es und lieferst dreißigtausend Mark ab und keine Spur von Zweifel, keinen Moment.«

Nein, keinen Moment, ich weiß, hinterher ist man klüger. Doch damals, mitten in der Katastrophe, ging es mir nur darum, das Unheil aus der Welt zu schaffen, um jeden Preis. Aber schon am übernächsten Tag stand die Geschichte in der Zeitung, knapp und kühl, als Nachricht getarnt.

WO IST ESTHER? NEUE ERKENNTNISSE
Während die Suche nach der verschwundenen Esther weitergeht, hat HIT mit einem Callgirl (Name der Redaktion bekannt) Kontakt aufgenommen. Die Achtzehnjährige sieht wie eine Doppelgängerin von Esther aus. Sie erklärt, daß Philipp Matrei häufig ihr Kunde gewesen ist und von ihr verlangt hat, das »Töchterchen« zu spielen. Sie ist bereit, die Aussage zu beeiden. Es ist unsere journalistische Pflicht, diese brisante Nachricht den HIT-Lesern nicht vorzuenthalten. Die Frage »Wo ist Esther?« muß nun noch dringlicher gestellt werden.

Philipp war spät in der Nacht aus Erfurt zurückgekommen. Er schlief noch, als Lydia mir den neuen HIT brachte, diesmal ohne Vorwarnung. Etwas so Scheußliches, sagte sie, könne man nicht telefonisch durchgeben, und das Beste wäre, wenn wir für einige Zeit bei ihr und Paul in Starnberg wohnten, dies hier sei doch die Hölle.

Es war früher Morgen. Die ersten Reporter waren schon eingetroffen. Ich stand am Fenster und sah, wie sie mit ihren Kameras die Mauer besetzten, ein ähnliches Bild wie vor Jahren bei unserer Housewarming-Party, als die Fotografen sich ebenfalls dort oben niedergelassen hatten, um das Fest auf den Film zu bekommen, den Garten mit den weißen Sonnenschirmen, die prominenten Gäste. Jetzt hetzten sie hinter unserer Schande her, die weitaus bessere Ware.

Lydia hatte Kaffee gekocht. Sie gab mir eine Tasse, zog die Vorhänge zu und wiederholte ihr Angebot, »kommt zu uns, hier ist die Hölle«, doch die Hölle, sagte ich, würde hinter uns herlaufen, worauf sie zu weinen begann. Nichts

Besonderes, Lydia weinte immer noch leicht, manchmal auch nur, weil sie sich gern von mir trösten ließ. Heute aber hörte sie von selbst wieder auf, ging in die Küche, überprüfte Kühlschrank und Speisekammer und fuhr zum Supermarkt, um die Vorräte zu ergänzen. Als sie wiederkam, war Philipp aufgestanden. Er hielt die Zeitung in der Hand und sagte: »Du hast es geglaubt.«

Ein Trittbrettfahrer, der Mann am Telefon. Und nicht nur ich, auch Katja Abenthin, sonst so darauf bedacht, sich durch die Mischung von Dichtung und Wahrheit rechtlich abzusichern, war auf ihn hereingefallen, endlich eine Möglichkeit, meinte Philipp, HIT zu verklagen.

Unser Anwalt indessen, Dr. Max Kern, der, spezialisiert auf Presserecht, Philipp seit Beginn der HIT-Affäre beriet, war dagegen, mit der Begründung, daß er zwar gemeinhin Honig aus Prozessen sauge, sich an Freunden jedoch nicht zu bereichern gedenke. Wir kannten ihn seit langem, unter anderem auch deshalb, weil er seit sechs Jahren in der Nachbarschaft wohnte und unmittelbar nach seinem Einzug unsere Bürgerinitiative gegen eine Durchgangsstraße zum Erfolg geführt hatte. Außerdem war er mit Philipp im Rotary Club, brauchte gelegentlich seinen Rat in Immobiliengeschäften, revanchierte sich seinerseits mit diesem und jenem juristischen Tip, und verblüffend geradezu die Ähnlichkeit zwischen beiden, nicht nur äußerlich, sondern auch in ihrer lässigen Eleganz und Beredsamkeit, ganz abgesehen von dem mir so bekannten Talent, Frauen ohne jede Anstrengung einzuwickeln. Kerns eigene Frau liebte die Literatur. Sie unterstützte notleidende Lyriker, veranstaltete Tees mit Autoren zum Anfassen und hatte immer großen Wert auf meine Teilnahme gelegt. Jetzt allerdings weniger, während ihr Mann trotz unserer öffentlichen Verurteilung auch weiterhin von seinem Freund Matrei sprach.

An diesem Morgen hatte er auf dem Weg in die Kanzlei Katjas Schlagzeile gesehen und sofort den Wagen gewendet. Ein Bote aus dem Büro, dachte ich, als er bei uns klingelte, hörte die immer etwas rostige Stimme in der Halle und erschrak. Seit Jahren war Max Kern mir ausgewichen, genauso wie ich ihm, eine stillschweigende Übereinkunft, auch die Gespräche mit Philipp wurden bisher in der Kanzlei geführt. Und nun stand er wieder vor mir mit seinem »gnädige Frau« und diesem fabelhaften Handkuß, so selbstverständlich, als wären wir nie in Oberstaufen gewesen. Aber gut, daß er gekommen war. Es gab Wichtigeres als verflossene Gefühle.

»Bloß nicht, Matrei«, sagte er. »Bloß kein Prozeß. Da rennen wir uns die Köpfe ein. Natürlich könnte man dies oder jenes fordern und vielleicht sogar durchsetzen, zum Beispiel eine Gegendarstellung. Die hört sich dann wie folgt an: ›In der Ausgabe des HIT vom soundsovielten wird behauptet, daß ich Beziehungen zu einer nicht namentlich genannten Prostituierten unterhalten haben soll. Diese Behauptung ist falsch. Richtig ist, daß ich nie eine Beziehung zu irgendeiner Prostituierten unterhalten habe‹, und da hängt HIT dann noch den Redaktionsschwanz dran: ›Die namentlich nicht genannte, der Redaktion bekannte und vor Gericht aussagebereite Frau rückt von ihrer Behauptung nicht ab.‹ Klingt alles ganz fürchterlich, und nützt es was? Nein, es nützt nichts, also lieber gleich eine einstweilige Verfügung auf Unterlassung dieser Behauptung beantragen, und kann sein, daß wir damit durchkommen. Nützt dir aber auch nicht viel, weil die Behauptung ja längst in der Welt ist, und außerdem wird HIT vermutlich vor Gericht dagegen klagen. Na schön, du führst einen Terminkalender, die Daten können verglichen werden, aber nichts ist sicher. Typen wie dieses Callgirl und ihr Lude liefern ohne mit der Wimper zu zucken jede Menge Meineide ab. Dann könnte Aussage gegen Aussage stehen, und falls wir tatsächlich gewinnen sollten, was bringt es? HIT muß zahlen, das machen die Jungs mit links, und der Dreck, der bleibt an dir hängen.«

»Schon möglich«, sagte Philipp, wollte aber trotzdem vor Gericht gehen, erledigt sei er sowieso nach dem Skandal, was Max Kern zu der Frage veranlaßte, in welcher Welt man denn lebe. Okay, ein Skandal, na und? Da gäbe es doch ganz andere Kaliber, volltrunkene Politiker zum Beispiel, die ihre Mitmenschen totfahren, Steuerhinterzieher en gros, korrupte Amtsträger, lauter Leute, von denen keiner mehr ein Stück Brot nehmen wolle, »und dann säuselt im Kamin der Wind, und der eine wird Minister, der andere Präsident von irgendwas und der dritte womöglich päpstlicher Kammerherr, und wir alle gratulieren. Und wenn die Polizei bei dir nichts Verdächtiges ausgräbt ...«

»Verdammt noch mal, was sollen die ausgraben?« rief Philipp.

»Nichts«, sagte Kern, »absolut nichts, davon bin ich überzeugt. Aber versuchen werden sie es, leider, und wenn sie nichts finden, fließt diese ganze Scheiße ruckzuck die Isar runter, und je weniger es zwischendurch stinkt, um so schneller wird die Luft wieder sauber, und verzeihen Sie, gnädige Frau, ich habe ganz vergessen, daß eine Dame zugegen ist.«

»In welcher Welt leben Sie denn«, sagte ich.

Er blickte von seinen Notizen auf, ein Glitzern in den Augen, und ich dachte daran, wie charmant er sein konnte, wie flugs im Abservieren, und wußte nicht, ob man ihm wirklich trauen durfte, ihm oder wem immer, keinem wohl. Ich hörte die Rufe der Reporter draußen an der Mauer, hörte ihre Autotüren und Motoren und traute der Mauer nicht mehr und dem Haus um uns herum, auch nicht mir selbst. Sekunden vollkommener Verlassenheit, in denen ich womöglich nach Philipps Pistole gegriffen hätte. Aber sie war nicht zur Hand, das Leben ging weiter. Max Kern tat sein Möglichstes, Katja machte trotzdem, was sie wollte, die Polizei ermittelte.

Ich hatte mittags irgendeine Suppe gewärmt und Eis aus der Küche geholt, Pistazieneis, grün in weißen Schalen, da kamen sie schon, Müller und Moosacher mit ihren Fragen. Oder genauer: Moosacher fragte, während Müller im Sessel hing, die Augen auf seinen ausgetretenen Schuhen.

Philipp bemühte sich, gelassen zu bleiben, Blödsinn, diese Callgirl-Geschichte. Alles erstunken und erlogen, das passende Stichwort für Moosacher: »Und Sie lügen natürlich nicht. Sie lügen ja nie.«

»Bringen Sie die Frau doch her«, sagte Philipp. »Stellen Sie sie mir gegenüber. Der Name ist ja der Redaktion bekannt. Ihnen auch inzwischen, nehme ich an.«

Moosacher nickte, aber sicher, man hätte die Dame soeben besucht. »Hübsch und blond, ganz Ihr Typ. Genau wie die Kleine aus der Frankfurter Bar, Billie, wenn ich nicht irre.«

»Sie ist kein Callgirl.« Philipp sah mich an, und Moosacher lächelte. »Nein, die nicht. Das Callgirl wohnt hier in München. Eine Studentin, möchte anonym bleiben, aber vor Gericht würde sie aussagen«, und Philipp, dem die Gelassenheit abhanden kam, schrie, daß zunächst mal er die Person vor Gericht bringen werde, sie und ihren Luden.

Müller hob den Kopf. »Welcher Lude?«

»Der Mann, der mich erpreßt hat«, sagte ich unüberlegt, worauf Müller sofort einhakte, »warum und wieviel«, und Moosacher rief: »Sie hätten uns benachrichtigen sollen.«

»Ich habe nicht daran gedacht«, sagte ich.

»Wieso nicht?«

»Wahrscheinlich aus Angst.«

»Wovor?«

»Vor dem, was nun passiert«, sagte ich. »Vor der Zeitung. Und vor Ihnen.«

Sein Kopf fuhr auf mich zu. »Vielleicht weil Sie es Ihrem Mann zutrauen? Oder noch mehr wissen? Zum Beispiel, daß er Ihre Tochter mißbraucht hat? Und befürchten mußte, daß Esther nicht länger schweigt?«

»Um Gottes willen«, murmelte Philipp, und ich merkte, wie meine Stimme sich überschlug, »hören Sie auf, hören Sie endlich auf, oder muß man erst vom Fernsehturm springen, um aus Ihren Klauen herauszukommen?«

»Oder um nicht noch mehr zu verraten«, sagte er. »Brauchen Sie ja auch nicht. Aber fügt sich doch alles wunderbar zusammen. Lügereien, kein Alibi, die Aussagen von Esthers Freundinnen, die speziellen Vorlieben und so weiter. Es geht um Ihre Tochter. Warum wollen Sie ihn da noch schützen?«

Philipp riß die Tür zur Halle auf. »Verschwinden Sie«, sagte er so leise, daß man es kaum verstand. »Ich habe meine Tochter nicht mißbraucht. Ich habe ihr nichts angetan. Sie können mich verhaften, wenn Ihnen das Gewäsch von HIT und einer Hure genügt. Aber verschwinden Sie aus meinem Haus.«

Müller gab einen Seufzer von sich, tief und kummervoll, Mitleid oder die Bandscheibe, es kam nicht darauf an. »Da ist noch was anderes. Angeblich hat jemand Ihren Wagen in der Nähe vom Isarkanal gesehen. Bei der Rienecker-Klinik.«

»Den roten Porsche. Mit Ihnen am Steuer. Das Mädchen daneben blond.« Moosacher ließ die Worte auf der Zunge zergehen, und Müller nickte, »lange, blonde Haare. Könnte ein Irrtum sein oder auch nicht. Jedenfalls haben wir beim Staatsanwalt einen Durchsuchungsbefehl angefordert. Für Haus und Wagen. Den Wagen würde ich am liebsten gleich mitnehmen. Darf ich aber nicht ohne Ihre Erlaubnis.«

Philipp warf den Schlüssel auf den Tisch. »Hoffentlich läßt Ihr Kollege nicht seinen Frust daran aus.«

Moosacher setzte zu einer Entgegnung an, doch Müller schob ihn in die Halle. Ich hörte ihre Schritte auf dem steinernen Fußboden und wie die Haustür ins Schloß fiel, hörte die Rufe der Reporter, den Motor von Philipps Wagen, dann nichts mehr. Auf dem Tisch standen noch die Reste von dem Pistazieneis, graugrüne Soße in weißen Schalen. Schon wieder war Freitag. Vor zwei Wochen um diese Zeit hatte ich mich für Ohlssons Mittsommernachtsfest angezogen.

»Du solltest weniger arrogant sein«, sagte ich zu Philipp. »Die sitzen am längeren Hebel.«

Er preßte die Arme an den Körper, als müsse er ihn festhalten. »Du hast recht. Wer sucht, der findet auch was.«

»Wie meinst du das?« fragte ich erschrocken, und er zuckte mit den Schultern, »siehst du, jetzt denkst du es wieder«.

Das Haus wurde noch am selben Abend durchsucht, ohne Ergebnis, und auch der Wagen hatte nichts als ein paar Haare zu bieten, dunkle von mir, blonde teils von Esther, teils anderen Ursprungs, der Beweis allenfalls, daß man die Polster seit längerem nicht gereinigt hatte. Keine brauchbaren Spuren also, nur wieder eine Geschichte für Katja Abenthin, DADDYS PORSCHE AM ISARKANAL GESICHTET – POLIZEI DURCHSUCHT MATREI-VILLA, mit Sätzen wie *Selbstverständlich lag keine Leiche im Keller* und einem Seitenhieb speziell für mich: *Mutter Linda wird dabei um ihre geliebten Antiquitäten gezittert haben, aber darauf kann die Polizei keine Rücksicht nehmen. Esthers Schicksal ist wichtiger als Kratzer im Lack.*

Natürlich, die Antiquitäten, fast hätte ich gelacht. Schon der kleinen Katja waren sie verhaßt gewesen, allein deshalb, weil die Holzapfelschen Erbstücke nicht ihrer Mutter, sondern uns gehörten. Dem Frankfurter Wellenschrank, vermutete Frau Leimsieder aufgrund gewisser Spuren, würde sie heimlich Fußtritte versetzen, was ich keinesfalls glauben wollte, nein, das nicht, bis zu dem Drama um die Empirestühle aus Klärchens Salon, deren zerschlissenen Glanz Philipp und ich eigenhändig zu neuen Ehren gebracht hatten. Seit unseren Anfängen standen sie im Eßzimmer, dunkles Holz mit gelbem Seidendamast, Marions Entzücken gleich auf den ersten Blick. Schenk doch meiner Mama einen zum Geburtstag, bettelte die kleine Katja, vergeblich in diesem Fall, und irgendwann bemerkte ich, wie sie mit dem Brieföffner an den Lehnen herumkratzte. Ich nahm ihn ihr aus der Hand, sie wehrte sich, bekam einen Klaps und mußte bei Frau Leimsieder in der Küche essen. Bald danach schüttete sie Kirschsaft über das glänzende Gelb der Bezüge, absichtlich, behauptete Philipp, was sie schluchzend bestritt, eine der vielen Katja-Tragödien, wer ahnte denn, daß ihr Gedächtnis jede Kränkung wie ein Elefant hortete. Vielleicht wurde damals der Haß gesät, mit dem sie uns jetzt zerstört hat.

Ein paar Tage nach der Hausdurchsuchung läutete die Torglocke. Ich nahm den Hörer von der Sprechanlage, Marions Stimme, »ich bin es«, sagte sie.

Ich drückte auf den Öffner, so automatisch wie früher, wenn sie mich besucht hatte. Erst als wir uns gegenübersaßen, wurde mir das Absurde der Situation bewußt.

»Was willst du?« fragte ich.

»Mir dir reden«, sagte sie, als ob es noch etwas zu reden gäbe. Reden, wozu denn, Wind vor der Hoftür. Doch Marion, schwitzend, rote Flecken im Gesicht, klammerte sich an die Sessellehnen und rief, daß ich ihr zuhören müsse, »alles meine Schuld, aber so habe ich es nicht gewollt, so nicht, das ist Katja, wie soll ich damit fertigwerden«.

»Und deshalb«, fragte ich, »bist du hergekommen?«

Sie nickte, ja, ich sollte es wissen, und daß Katja von jetzt an Ruhe geben würde, was ich zum Lachen fand, Ruhe, warum denn, wenn noch so viele Geschichten auf Halde lagen. Meine Lover zum Beispiel, Philipps Kungeleien, unsere Eheprobleme, mein Nazivater. »Stoff in Massen«, sagte ich. »Das muß doch unters Volk gebracht werden. Aber vielleicht wollt ihr ja damit warten, bis man Esther gefunden hat oder Philipp noch mehr anhängen kann, und überhaupt, weshalb nicht mich zur Kupplerin hochschreiben. Mutter Linda legt Töchterchen dem Daddy ins Bett, das wäre doch was, das mußt du deiner Katja mal vorschlagen. Ein echter Knaller. Noch besser als Daddys Porsche am Isarkanal.«

Marion ließ den Sessel los. »Keine Angst, Katja tut euch nichts mehr. Mir zuliebe, weil ich krank bin.«

»Geh endlich«, sagte ich.

»Sehr krank«, wiederholte sie, auch das vertraute Töne, Marions hypochondrische Phantasie, ein Relikt aus ihrem abgebrochenen Medizinstudium. Immerhin hatte sie sieben Semester hinter sich gebracht, und die vagen Kenntnisse von den Gefahren, die im Inneren des Menschen lauern, blähten jedes Zipperlein zur Katastrophe auf. Doch da sagte sie es noch einmal, ich bin sehr krank, mit einem Bruch in der Stimme und seltsam leeren Augen. Sie sah anders aus als früher, glanzlos, und ich begriff, daß die Not sie hierhergetrieben hatte. So war es immer gewesen, Marion in Not kam zu mir, ein Reflex, der das eingefahrene Programm in Gang setzte: Mitgefühl, Rat, Hilfe. Doch diesmal wurde der Ablauf gestoppt. Sie hatte sich von mir abgekoppelt, ihr Leben lief jetzt auf einer anderen Schiene, nicht mehr meine Sache, dachte ich. Nun habe ich auch das noch auf der Seele.

Zwei Monate später stand es in der Zeitung: Marion Klessing, gestorben nach schwerer Krankheit. Ich wollte die Beerdigung ignorieren, fuhr trotzdem zum Nordfriedhof und hörte Katja schluchzen, so herzzerreißend, daß der Pfarrer seine letzten Worte am Grab unterbrechen mußte. Aber den Wunsch ihrer Mutter, uns in Ruhe zu lassen, hatte sie nicht erfüllt. Die Kampagne war weitergelaufen, lief immer noch, und während der Sarg mit Marion in die Erde gesenkt wurde, wünschte ich, ihre Tochter läge darin.

DADDYS PORSCHE AM ISARKANAL freilich erwies sich als Rohrkrepierer, denn mit einiger Verspätung meldete sich ein Mechaniker vom ADAC-Pannendienst, der in der fraglichen Nacht, zur fraglichen Stunde und an der fraglichen Stelle einen roten Porsche aus Traunstein wieder flottgemacht hatte. DADDY NOCH MAL GLÜCK GEHABT titelte HIT. Da lag schon die dritte Woche seit Esthers Verschwinden hinter uns, die schlimmste, so schien es. Aber es war erst Juli und der Sommer noch lang.

Nach Frau Leimsieders Abgang hatte ihre fürs Grobe zuständige Hilfskraft sich ebenfalls getrollt, wortlos, sogar ohne Lohn, vermutlich sorgte ihr Insiderwissen für finanziellen Ausgleich. Das Haus war jetzt meine Sache und Putzen mir schon seit Seesener Zeiten ein Greuel. Doch ich sehe mich durch die Stockwerke hetzen in manischer Geschäftigkeit, als hinge vom Glanz der Möbel, Fliesen, Messingbeschläge unser Wohl und Wehe ab. Eine Art ritueller Marathon, Buße hätte meine Mutter es womöglich genannt, du tust Buße, während Lydia von pathologischem Putzzwang sprach. Professor Lobsam versuchte, mir eine Türkin aus seiner Station aufzureden, eine stille Person, sagte er, die kaum Deutsch könne, geschweige denn Zeitung lesen und nach der Arbeit wieder in ihre moslemische Welt abtauche, also genau das Richtige für uns momentan. Aber ich wollte keine Fremden im Haus haben, keine Türken, keine Einheimischen. Ich bestellte auch noch den Gärtner ab und wühlte allein weiter, bis Zeit war für das nächste Ritual: Kochen, ebenfalls ein Exzeß, wenngleich nicht ganz sinnlos, denn seit unserer gesellschaftlichen Ächtung saß Philipp fast regelmäßig mit mir beim Abendessen.

Eine Stunde am Tisch in stummer Zweisamkeit. Wo und wie er seine Zeit verbrachte, ob die Geschäfte weiterliefen, angefangene Projekte vorangetrieben, neue begonnen wurden, wußte ich nicht. Wir sprachen kaum miteinander, es gab kein Thema mehr, jedes hatte seine Unschuld verloren. Unmöglich die Frage nach dem vergangenen Tag, so unmöglich wie von der Zukunft zu reden. Selbst Esther war zum Tabu geworden, und um Himmels willen kein Wort über Katja Abenthin, die ihren Knüller gnadenlos am Leben hielt, mit allem, was sie wußte, erdichtete oder ausfindig machte: Gesellschaftsklatsch, Indiskretionen neidischer Konkurrenten, Putzfrauengeschwätz, und im Zentrum jedesmal Esther. *Nur einer weiß vielleicht*, hieß es im letzten Artikel, *wo sie zu finden ist, doch der eine schweigt. Oder gibt es noch andere Spuren? Die Sechzehnjährige soll angeblich nicht wählerisch gewesen sein.*

Wollte sie vielleicht dem Beispiel von Mutter Linda folgen, der ein böses Gerücht an die hundert Lover unterstellt? Arme Esther. Man kann nur hoffen, daß die Polizei jeden Hinweis ernst nimmt.

»Hundert Lover?« fragte Philipp beim Abendessen. »Stimmt das?«

»Blödsinn«, sagte ich. »Das stammt von Marion, eine ihrer Redensarten«, und schweigend brachten wir auch diese Mahlzeit hinter uns, Suppe, Hauptgericht, Dessert, bevor jeder seiner Wege ging, er ins Studio, ich zu meinen Ritualen.

Das Essen im übrigen war gut, dank Frau Leimsieders umfangreicher Küchenbibliothek, Kulinarisches auf Hochglanzpapier, Lose-Blatt-Sammlungen aus STERN und FÜR SIE ebenso wie Werke von Siebeck und anderen Koryphäen. Abenteuerliche Rezepte zum Teil, doch ich jagte von einem zum anderen, auch das ein Marathon. Philipp schien es zu gefallen. »Hervorragend«, sagte er, »ganz ausgezeichnet«, der Rest unserer Beziehung, und nachts, wenn es keine Fluchtwege mehr gab, holte die Phantasie sich zurück, was für immer verloren war, meinen Traummann aus der Mensa, dessen Leben ich mir einverleibt hatte. Nun kam er als Phantom.

Manchmal stand ich auf und ging über den Flur zur Treppe, die in seine Etage führte. Nur sechzehn Stufen. Ich horchte, zögerte, kehrte wieder um, so war es in diesem Sommer, während Esther, das Haar schwarz gefärbt, im Hügelland von Ibiza die Töpferscheibe drehte und auf den Touristenmärkten englisch sprach wie die Frau aus Birmingham, um sich nicht zu verraten.

»Was kann ich für die Gespenster in euren Schränken?« war ihr einziger Kommentar zu den Zeitungsausschnitten, die ich ihr, als sie wieder nach Hause kam, gegeben habe, bevor andere es tun konnten. Ob sie es glaubt, das mit den hundert Lovern? Stumm sitzt sie am Schreibtisch, die Stirn in den Händen, eine Mauer aus Latein, Französisch, Mathematik um sich herum, immer das gleiche Bild. Nur die Haare, die sie sich nach der Rückkehr abgeschnitten hat, sind wieder gewachsen, helle, seidige Kinderlocken. Aber sie ist kein Kind mehr und die Schonzeit vorbei. Irgendwann werde ich ihr erzählen, wie es gewesen ist in jenem Sommer auf Sylt, als ich noch einmal von vorn anfangen wollte und Philipp das falsche Wort sagte, Kick, dieses schreckliche Kick.

Ich hätte es wissen müssen. Wir benutzten nicht die gleichen Worte, und mit den Worten beginnt schon die Tat. Aber ich mochte es nicht wahrhaben damals in meiner Sylter Ferienidylle hinter den Dünen. Heckenrosen blühten vor der Tür, große Büsche, rot und grün, und das Meer war blau, und jeder Sonnenuntergang riß den Himmel auf, und ich nahm alles für bare Münze. »Du mit deinen pubertären Illusionen«, sagte Philipp, als der Alltag uns wiederhatte, »wann wirst du endlich erwachsen.«

Ich verlor sie im Herbst, als ich Hals über Kopf nach Hamburg flog zu Philipp, der dort den Auftrag für ein Kaufhaus bekommen hatte. Mein Besuch sollte eine Überraschung sein. Ich dachte, es würde ihn freuen.

Er wohnte in dem gerade eröffneten Elysée am Rothenbaum, dessen Konzept ihn interessierte, Luxus in lockerer

Atmosphäre, die Halle lebendig wie ein Boulevard, mit Läden, Restaurants, Café und Bar, mit Business und Amüsement und einem tropischen Garten, in dem leibhaftige Papageien flatterten. »Mal sehen, wie es sich dort lebt«, hatte er gesagt, und ich sollte ihn begleiten.

Wir waren schon öfter zusammen unterwegs gewesen seit unserer Sylter Wiedervereinigung, Geschäftsreisen, bei denen es nicht nur auf meine Gegenwart ankam, sondern auch auf mein Urteil und diese oder jene Hilfsdienste. Unsere Beziehung habe ganz neue Leuchtkraft bekommen, sagte ich zu Marion, die mich kopfschüttelnd vor Sentimentalitäten warnte, Leuchtkraft, was das solle, wir wären doch keine Glühwürmchen. Aber kann sein, daß ich trotzdem leuchtete, als Philipp mir die Entwürfe für das Kaufhaus zeigte, oben im Studio, und wir beide uns wie früher über einen Plan beugten, zum ersten Mal wieder nach meiner Abschiebung in den Müßiggang.

Ich hatte es noch nicht verlernt, Pläne zu lesen, sah die Großzügigkeit des Entwurfs, die klaren Proportionen und bewunderte den Mut zur Asymmetrie, mit der die Nordseite für natürliches Licht geöffnet wurde. Das Negative hingegen, das mir ins Auge sprang, war ganz und gar banaler Art, der Mangel an Toiletten nämlich, schon seit jeher ein Ärgernis. Es gäbe Kunden, erklärte ich Philipp, die gewisse Kaufhäuser allein deshalb mieden, weil sie davor zurückschreckten, sich bis zur letzten Ecke in irgendeiner oberen Etage durchzuquälen, es eventuell auch nicht schafften, ältere Leute besonders. Aber erstens verfügten Senioren durchaus über Geld und zweitens würden es immer mehr, warum also diese Zielgruppe der Konkurrenz zutreiben. Mein Plädoyer fürs Menschliche, nannte es Philipp, genial in gewisser Weise. Das geniale Lieschen Müller, nur könne man deswegen nicht die ganze Ästhetik verwackeln.

Wieso verwackeln? Und von wegen Lieschen Müller. Ich kämpfte für die Idee, machte Vorschläge und Kompromisse, und wunderbar, wie wir uns stritten und einigten, danach den Sieg von Lieschen Müller über die Ästhetik feierten und beschlossen, gemeinsam nach Hamburg zu fahren, an den Ort, wo er realisiert werden sollte. Sehr schön, wie sich alles anließ, nur daß nichts daraus wurde.

Es lag an Esther, ihrem Husten kurz vor der Reise, dem Fieber am nächsten Morgen, unmöglich für mich, das Haus zu verlassen. Nicht, daß sie ein Mamakind war. Im Gegenteil. Ihr früher Fanfarenruf »Etta leine« hatte sich zum Widerstand gegen jegliche Bevormundung verfestigt. Was immer zu tun war, es geschah nach dem Alleine-Prinzip. Andere Erstkläßler zum Beispiel trabten friedlich an irgendeiner Hand zur Schule, doch Esther kämpfte um Freiheit, zunächst vergeblich, bis es ihr gelang, mit mehreren Mädchen aus der Umgebung eine Weggemeinschaft zu gründen. Sie und Nicole, die nebenan wohnte, trafen sich vor unserem Haus, holten Clarissa ab, dann in wachsender Formation die nächsten, und mittags das gleiche in umgekehrter Richtung, alles gut durchdacht und organisiert, typisch Esther.

Das Kind habe einen sehr eigenen Kopf, sagte die Lehrerin, irgendwann müsse es gebändigt werden, was Philipp den Wunsch nannte, aus seiner Tochter eine Trulla nach Art dieser Dame zu machen. Ziemlich ungerecht, sie sah keineswegs wie eine Trulla aus. Aber er war immer ungerecht, wenn es um Esther ging, stand immer auf ihrer Seite, ein Gefühl, das mit gleicher Hingabe erwidert wurde. Wenn Philipp auftauchte, lief Esther in seiner Spur, schon die Blicke hätten mir Grund zur Eifersucht geben können. Doch es rührte und beruhigte mich, der große Mann, das kleine Mädchen, so, als könne weder ihr noch ihm etwas zustoßen in dieser Gemeinsamkeit. Und außerdem besaß Philipp den Zauber des Besonderen, ein Feiertagsvater, während ich alltäglich war, abgenutzt vom ständigen Gebrauch, dafür aber um so kostbarer in speziellen Fällen.

Krankheit war so ein Fall. Die kranke Esther kroch zurück in den Mutterschoß, wollte umsorgt sein, gewärmt, beschützt, von mir, nur von mir. Frau Leimsieder, deren Wonne es war, das Kindchen zu päppeln, wurde ins Abseits verwiesen, selbst Philipp nur kurzzeitig geduldet, meine große Stunde. Ich hielt ihre Hand, rieb die Brust ein, verabreichte Wadenwickel, Fieberzäpfchen, Hustensaft und fütterte sie mit einem Brei aus Zwieback, Äpfeln, Bananen, der einzigen Nahrung, die sie akzeptierte, weil es bei Bronchitis, bei Mumps, Masern, Windpocken stets diesen Brei gegeben hatte und alles so sein mußte wie eh und je. Auch die Geschichten, die ich ihr vorlas: Der Räuber Hotzenplotz, Jim Knopf, die Wawuschels mit den grünen Haaren und schließlich, wenn das Fieber schon verging, Andersens Märchen von der kleinen Meerjungfrau, wobei wir beide weinen mußten, immer an der gleichen Stelle. Ein festgefügtes Programm, grausam, es umzustoßen, zumal der Arzt eine Lungenentzündung kommen sah.

»Natürlich mußt du bei ihr bleiben«, fand auch Philipp.

»Wir holen die Reise nach, doppelt und dreifach, und deine Superklos laufen nicht davon.«

Ich glaubte ihm, es war meine Schuld, daß es anders kam. Ich hätte ihn nicht überfallen dürfen in dem Hamburger Hotel. Aber als er am Freitagabend anrief, erzählte ich ihm zwar von Esthers wundersam schneller Genesung, ausführlich, bis in alle Einzelheiten, verschwieg jedoch, daß sie übers Wochenende in Frau Leimsieders Obhut bleiben wollte und für mich schon das Ticket nach Hamburg gebucht war. Eine Überraschung, dachte ich, wogegen Philipp es später als Kontrolle bezeichnete, »ein ehelicher Kontrollflug«, und kann sein, daß es so war, weil etwas in mir wissen wollte, ob das Eis, auf dem wir uns bewegten, hielt.

Im Elysée fragte ein junger Mann mit lächelndem Empfangsgesicht nach meinen Wünschen. Ich lächelte zurück, ungetrübt in meiner Vorfreude. Samstagnachmittag, Philipp wollte schlafen, danach seine Notizen durchsehen und sich abends mit einigen Herren im Restaurant treffen. Das jedenfalls hatte er mir am Telefon erzählt und »alles ohne dich« dabei geseufzt. Doch auf meine Bitte, mich mit Herrn Matrei zu verbinden, schüttelte der junge Mann bedauernd den Kopf, nein, leider, Herr und Frau Matrei befänden sich nicht in ihrem Zimmer, worauf ich einen Moment aus der Fassung geriet.

Vermutlich begriff er warum, hörte aber nicht auf zu lächeln. Es war wohl keine Seltenheit, daß sich hier im Hotel manche Wege auf diese Weise kreuzten. Ob noch ein Zimmer frei wäre, fragte ich, bekam das Anmeldeformular und trug mich unter einem falschen Namen ein, lächerlich, und bei dem Gedanken, daß man meine Personalien überprüfen könnte, brach mir der Schweiß aus. Ich wollte davonlaufen, wagte es aber nicht und ließ mich in den Lift schieben.

»Nix gut mit you?« Der rotlivrierte Hoteldiener, der mein Zimmer geöffnet hatte, sah mich besorgt an und fügte, während er auf Trinkgeld wartete, ein tröstliches »Ich Henry von Ghana« hinzu, was mich fast zum Weinen brachte. In der Verwirrung zog ich hundert Mark aus der Brieftasche, bemerkte den Irrtum und tauschte den Schein gegen einen Zehner um, worauf sein ebenholzfarbenes Gesicht, das schon zu leuchten begonnen hatte, in Trauer erstarrte.

Zehn Mark waren genug, es war reichlich. Trotzdem, ich schämte mich, überhaupt, alles war beschämend. Da saß ich und lauerte auf meinen Mann, allein in einem fremden Raum, um mich herum Blumensessel, Fernseher, Schreibtisch, das breite Bett, und im Spiegel das Gesicht, das mir gehörte, der betrogenen Ehefrau, einmal betrogen, immer betrogen. Ich wählte Philipps Nummer, wieder und wieder, dann endlich seine Stimme, »hallo, wer ist da?« Ich antwortete nicht. Ich legte den Hörer auf, fuhr mit dem Lift vom vierten in den zweiten Stock und klopfte an die Tür.

Hinterhältig, nannte es Philipp, eine Verletzung der Privatsphäre, auf die jeder Mensch ein Recht habe, und nichts war dagegen einzuwenden an und für sich, nicht von einer wie mir, mit Hannes Quart und Bali im Hintergrund. Aber das hatte ich längst als Ausrutscher abgehakt, gewesen und vorbei, einmal ist keinmal, wogegen sich Philipps Seitensprünge offensichtlich nahtlos aneinanderreihten. »Wie die Zigaretten eines Kettenrauchers«, sagte ich, und wenn er seiner Ehefrau nur nach Voranmeldung Zutritt gewähre, sei es mir schleierhaft, warum er sie noch habe, ein Gespräch, das allerdings erst vierundzwanzig Stunden später stattfand, nicht in diesem Boulevardtheater.

»Du?« hatte Philipp gerufen, das klassische, langgezogene Du, dann etwas vom Zimmerkellner gestammelt und versucht, sich mir in den Weg zu stellen. Doch ich stürmte an ihm vorbei, was fehlte, war nur noch die nackte Frau im Bett. Sie indessen saß am Tisch und trug einen weißen Bademantel, und während wir uns anstarrten, erschien tatsächlich der Zimmerkellner mit seinem Servierwagen, Champagner, die Vollendung der Szene.

Ich flüchtete in der vagen Hoffnung, Philipps Schritte hinter mir zu hören, wartete die ganze Nacht auf ihn, erst gegen Morgen fiel mir ein, daß ich mich unter einem falschen Namen angemeldet hatte. Aber da war mir das Warten schon vergangen. Ich nahm den ersten Flug nach München, um mit Marion über die Scheidung zu sprechen.

Scheidung, ihr Thema. Zweimal schon hatte sie sich in eigener Sache hineingekniet, eine Expertin inzwischen, die ihr Wissen gern weiterreichte, lustvoll geradezu, nach dem Motto, daß gut geschieden allemal besser sei als schlecht verheiratet. Auch mich hatte sie in unseren endlosen Gesprächen davon zu überzeugen versucht, ohne Erfolg bisher, weil mir, wie sie glaubte, immer noch meine Mutter in den Knochen säße. Jetzt hatten sich die Dinge geändert, »endlich kommst du zur Vernunft«, sagte sie.

Es war Sonntag, Katja mit ihren großen Augen und Ohren zu Hause. Wir flüchteten ins Möwenpick, und dort, bei Kaffee und frischen Croissants, ließ sie die Paragraphen auf mich los: Zugewinn, Unterhalt, Erbansprüche, Sorgerecht, Wörter wie Kraken. »Ja«, sagte ich, wenn Marion, bevor sie zum nächsten Punkt kam, wissen wollte, ob mir der soeben erörterte klar geworden sei, »ja, selbstverständlich«, aber keine Rede davon. Was ging es mich an. Was hatten Paragraphen mit uns zu tun.

»Scheidung?« Philipp, der sich bereits am Sonntagabend wiedereingefunden hatte, fiel aus allen Wolken. »Bist du noch zu retten? Erst das Theater im Elysée, dann verschwindest du spurlos und jetzt dieser Unfug. Überhaupt, wo hast du die Nacht verbracht? Unter den Brükken? Ich habe mir Sorgen gemacht.«

»Du warst doch gut beschäftigt«, gab ich zurück, eine Antwort, die ihm zickig vorkam, zickig und kindisch, ich solle mich doch endlich wie ein erwachsener Mensch benehmen.

»So wie du?« fragte ich, worauf sich aus dem Hin und Her von Rede und Gegenrede, Anklagen und Rechtfertigungen unser sogenanntes Grundsatzgespräch entwikkelte, denn es sei an der Zeit, befand Philipp, die Dinge auszusprechen, sonst würden sie sich verheddern, und vielleicht könnte ich einmal versuchen, seine Sicht der Dinge zu verstehen. Wir hätten zusammen angefangen und wollten zusammen weitermachen, was sonst. Zusammen leben, zusammen schlafen, alles wunderbar, aber es müsse doch auch noch etwas anderes geben dürfen.

Wir standen an dem großen Fenster, draußen der Garten, auf dem der Herbst lag. Die Bäume waren schon leergefegt, dunkles Filigran im Licht des Dreiviertelmondes.

»Unser Garten«, sagte er. »Unser Haus. Das haben wir zusammen gebaut, hier werden wir bleiben und alt werden. Aber ich bin noch nicht reif für den Ruhestand. Gerade erst vierzig und immer noch neugierig, auch auf Frauen, wie sie sind, wenn der Putz abfällt. Es gibt Zeiten, da habe ich bloß dies eine im Kopf. Im Kopf und woanders, und erst, wenn ich es weiß, ist Ruhe.«

»Sei still«, sagte ich. »Das ist widerlich.«

»Klar«, sagte er. »Für dich mit deinen pubertären Illusionen. Liebe und Sex als heilige Zweieinigkeit, und alles weitere Sünde vor dem Herrn. Nimm die Sache nicht so ernst. Laß mich laufen dann und wann. Ich komme zurück, ich kann gar nicht anders, und das ist eine Liebeserklärung, die ehrlichste, die es gibt.«

»Und du?« fragte ich. »Würdest du mich auch laufen lassen dann und wann? Gleiches Recht für beide?«

Philipp lachte. »Wenn du Wert darauf legst, von mir aus.«

Linda auf Abwegen, ein Witz für ihn. Jede andere Antwort wäre mir lieber gewesen, selbst eine aus der Mottenkiste.

»Schick mich doch gleich auf den Strich«, schrie ich ihn an, und er hörte auf zu lachen. »Was willst du eigentlich? Soll ich dir Prügel androhen? Oder den Rausschmiß, falls du dir einen Liebhaber nimmst, obwohl ich sicher bin, daß so was nicht passieren wird?«

»Warum nicht?« fragte ich. »Weil ich eine Frau bin?«, worauf er mich beschwor, endlich mit dieser Gleichberechtigungsarie aufzuhören. Wir befänden uns nicht auf einem Feministinnenkongreß. Es gehe bei uns nicht um Quoten, sondern um individuelle Bedürfnisse, »und wenn du dieselben hättest wie ich, müßten wir es ausdiskutieren. Frauen, die fremdgehen, werden nicht gesteinigt hierzulande. Es ist allein Sache des Partners, was er erträgt und toleriert.«

»Du würdest das also tolerieren?« fragte ich, versessen auf Klarheit. »Prinzipienreiterei«, nannte es Philipp, »müssen wir uns wegen ungefangener Fische in die Haare kriegen?« Er wollte mir den Arm um die Schulter legen, doch ich riß mich los, »toll, die Dame ohne Unterleib. Und falls ich deine Bedürfnisse nicht tolerieren will? Oder es nicht aushalte?«

Wir standen immer noch am Fenster. »Ich weiß es nicht«, sagte er. »Wenn ich versuche, der brave Ehemann zu sein, werde ich verkrüppeln, wenn du mich verläßt, genauso. Ich weiß es wirklich nicht, mal sehen«, und fast hätte ich ihm von Hannes Quart erzählt und wäre danach meiner Wege gegangen. Kein Problem mit Zugewinn, Unterhalt, Sorgerecht und so weiter, nur daß ich mir ein Leben ohne Philipp nicht vorstellen konnte. Die Liebe, hatte meine Mutter mir vorgebetet, glaubt und hofft und höret nimmer auf. Nie hatte ich angenommen, es könne ihr dabei um meinen Vater gehen, sie haßte ihn doch. Aber je länger ich nachdenke, um so mehr beginnen die Bilder, die ich mir gemacht habe, sich zu verändern, und um auf Philipp zurückzukommen: Ich liebte ihn, das war das Problem.

Falsch, daß ich nicht ging. Wir hätten uns trennen sollen, sei es auch nur, um zu klären, ob die Trennung eine Lösung brachte. Doch schon der nächste Morgen schien nicht mehr danach zu fragen. Wir hatten uns geliebt in der Nacht, selbstvergessen wie lange nicht mehr. »Schön, daß du da bist«, sagte er beim Aufwachen. Ich wollte, daß es so blieb.

Am Abend waren wir zum traditionellen Gänseschmaus im Hause Lobsam eingeladen, die Martinsgänse samt ihrer Entourage aus Füllung, Blaukraut, Kastanienpüree, Knödeln und Selleriesalat. Keine Suppe, keine Vorspeisen, »solche Prachtstücke treten solo auf«, sagte der Professor jedesmal, obwohl die meisten Gäste den Spruch schon kannten.

Man hatte sich um drei runde Tische im Eßzimmer versammelt, ein Saal eigentlich, mit Blick auf den See und die Lichter am gegenüberliegenden Ufer. Es waren siebenundzwanzig Gäste, denen das Wasser im Munde zusammenlief, als der Hausherr begann, die braunglänzenden Vögel auf der Anrichte zu tranchieren. Denn zur Tradition gehörte auch, daß diese Handlung nicht in der Küche, sondern hier, angesichts aller, vollzogen wurde, vom Meister persönlich, unter Assistenz eines angegrauten Oberarztes, den er zum Hilfskoch ausgebildet hatte. Neun Gänse insgesamt, niederbayerische Luxusgeschöpfe von imposanter Größe und Qualität, nicht zu vergleichen mit ihren tiefgefrorenen Artgenossen. Gebraten wurden sie in einem extra zu diesem Zweck installierten Restaurantherd, in dem zehn ihres Formats Platz fanden. Professor Lobsam ließ es sich nicht nehmen, den Prozeß von Anfang an zu überwachen, mit jenem Argusblick, der sein Gefolge in der Chirurgie erzittern ließ. Er sorgte für gleichmäßige Bräunung, ritzte mit einem dünnen Skalpell zur richtigen Zeit die richtigen Punkte an, damit genügend, aber nicht zuviel Fett abfließen konnte, und bestrich während der letzten dreißig Minuten die Haut wechselweise mit Salzwasser, Bier oder Cognac, so daß sich eine krachende Kruste bildete.

Jeder Kenner der Lobsamschen Gänse lechzte ihnen entgegen. Doch erst mußte man das unvermeidliche Gedicht über sich ergehen lassen, ein Werk des längst verstorbenen Paul Lobsam sen., der, ehedem Pathologe und Begründer dieses rituellen Mahls, in launigen Reimen der Gans und ihrem Weg vom Küken bis zum fachgerecht zerlegten Braten ein Denkmal gesetzt hatte. Danach aber kam der große Auftritt: Voran der Hausherr, dann sein Oberarzt sowie weitere Hilfskräfte samt Gänsen, eine feierliche Prozession von der Küchentür zur Anrichte, wo die beiden Chirurgen sich professionell ans Werk machten, begleitet vom Beifall der Zuschauer.

Lydia, statt zu applaudieren, lächelte nur krampfhaft. Sie verabscheute die Prozedur genauso wie ich, vermutlich noch mehr, immerhin war sie mit Paul Lobsam verheiratet. »Er verdient es nicht«, hatte sie mir anvertraut, »er ist so zuverlässig und treu und großzügig, aber am meisten liebe ich ihn, wenn er nicht da ist«, was mir verständlich schien. Pompöser Esel, dachte ich, während er mit jovialem Getöse die Tische umkreiste, ein Fehlurteil, das erst jetzt korrigiert wird, neun Jahre nach dem Martinsabend 1986.

Ich saß damals an einem anderen Tisch als Philipp, neben Monsieur Frédéric d'Anterre, der, wie Lydia mich vorsorglich informiert hatte, nur Dank der Kunst ihres Mannes am Leben geblieben war und seine Freude darüber mittels Bordeaux zum Ausdruck brachte. Ihm nämlich gehörte jenes Weingut im Pouillac, von dem der legendäre Château Haut Lusace in die Welt hinausging, eine Rarität, kaum heranzukommen, das Anrecht auf die jährlichen Kontingente war erblich wie die Logenplätze in Bayreuth. Professor Lobsam jedoch brauchte nicht Schlange zu stehen. Er erhielt Jahr für Jahr sein Quantum, gratis und so großzügig bemessen, daß auch die Gänsegäste daran teilhaben durften. Begrenzt zwar, drei Flaschen für jeden Tisch, aber immer wieder war man überwältigt, obwohl es außer mir sicher noch andere gab, die mangels Kennerschaft nicht genau wußten, warum.

Monsieur d'Anterre nahm zum erstenmal an der Zeremonie teil, mit Vergnügen offensichtlich. »Le sacre d'oie, ein Erlebnis, besonders in Gesellschaft einer so charmanten Dame«, sagte er in seinem galoppierenden Idiom und war entzückt, daß ich ihn verstand, »enchanté, Madame, c'est merveilleux«, der Grund im übrigen für Lydia, mir den Platz neben ihm zu geben. In den Jahren der Langeweile hatte ich mein Schulfranzösisch nahezu perfektioniert, Kassetten, Konversation, Literatur, schließlich einige Crashkurse, alles in der Hoffnung, die neuerworbenen Fähigkeiten könnten irgendwann Philipp zugute kommen. Nun hatten sie mir den eleganten Monsieur d'Anterre beschert, der nicht nur Franzose war, sondern auch so aussah mit dem intelligenten Raubvogelprofil, der Ironie in den Augen und seinem lebendigen Mienenspiel unter dem schon grau durchwachsenen Haar. Ein amüsanter Charmeur, nahm ich an. Doch als der Braten samt Kruste von den Platten auf die Teller gewandert war, begannen wir uns über seinen Wein zu unterhalten. Es interessierte mich, wie ein so nobles Produkt zustandekam, und ihn schien es zu freuen, darauf einzugehen, ausführlich und präzise, auch mit Stolz, Château Haut Lusace, das Werk von fünf Generationen.

»Und die sechste?« fragte ich, dies nicht zu seiner Freude, denn die sechste, ließ er mich wissen, hatte gerade Premiere in London mit »Giselle«. Sein einziger Sohn war also Tänzer geworden, Danseur de Ballet, und rührte den väterlichen Bordeaux nicht einmal mehr an, Wein, ein Risikofaktor beim Pas de deux, was, so schien es, von Monsieur d'Anterre am meisten bedauert wurde. »Coca Cola«, sagte er, »mein Sohn trinkt Coca Cola. Aber er ist ein hervorragender Tänzer, und ich liebe Ballett, und so läuft es nun mal, die erste Generation pflanzt Rebstöcke, die sechste macht Gedichte oder geht zum Theater.«

Diese Sorgen, sagte ich, blieben mir erspart, ich sei eine erste Generation.

»Aus Spanien?« fragte er, die übliche Vermutung, besonders, wenn ich die Haare glatt nach hinten kämmte wie beim Flamenco, und meine Antwort war ebenfalls die übliche, nein, keine Spur von Sevilla, nur Seesen am Harz, deutscher ginge es gar nicht.

Er hob die Augenbrauen und musterte mich. »Ich will den Damen unter ihren Vorfahren ja nicht zu nahe treten. Aber es fehlt nur die Mantilla, dann könnten sie als Carmen zum Stierkampf gehen.«

Das neue Timbre in seiner Stimme, die mir eben noch nüchtern die Probleme und Finessen des Weinbaus erläutert hatte, ließ mich »Das sagt mein Mann auch immer« dagegensetzen. Und dann, als meine Augen Philipp suchten, merkte ich, daß er schon wieder mit einer anderen beschäftigt war.

Ich wußte nicht, wohin die Frau gehörte, wollte es auch nicht wissen. Es war mir egal, nur daß er es tat, zählte, ausgerechnet heute, gleich nach der Versöhnung von gestern. Ich vergaß Monsieur d'Anterre. Ich vergaß das Dessert, das gerade serviert wurde, Zimtcreme mit kandiertem Ingwer, auch eine Tradition. Ich starrte zu Philipp hinüber, sieh mich an, hier bin ich, doch er spürte es nicht. Früher hatten wir unsere Signale quer über einen Saal voller Menschen schicken können, good vibrations nannte man das. Jetzt war schon ein Tisch unüberwindbar geworden.

»Man sollte nicht zu sehr lieben, Madame«, sagte Monsieur d'Anterres Stimme dicht neben mir. Ich fuhr zusammen, und er lächelte, »probieren Sie das köstliche Dessert«.

Monsieur d'Anterre, der zweite in der Reihe meiner sogenannten hundert Lover, nur eine Episode, zu kurz, um sich an den Vornamen zu gewöhnen. Selbst mit Marion sprach ich nicht von Frédéric, sondern meinem Belami, in Erinnerung an den uralten UFA-Film, obwohl von einer Ähnlichkeit zwischen dem pomadigen Hauptdarsteller und ihm keine Rede sein konnte. Nur genauso galant kam er mir vor, umwerfend geradezu, ein Fossil aus der Zeit, als man einer Frau ungestraft in den Mantel helfen durfte.

Auch die Männer in unserem Kreis kannten noch die Umgangsformen von gestern. Sie ließen Damen den Vortritt, rückten Stühle zurecht, trugen Taschen, alles jedoch mit einer gewissen Halbherzigkeit. Auf Abstand sozusagen, immer in Sorge, damit an die Falsche zu geraten, irgendeine, die sich diskriminiert fühlen könnte, während Monsieur d'Anterre die Galanterie so überzeugend zelebrierte, als sei er einem dieser alten Filme entstiegen. Auf den ersten Blick jedenfalls, und auch noch auf den zweiten, zu dem es gleich am nächsten Abend kam.

Philipp und ich hatten das Gänseessen kurz vor Mitternacht verlassen, er voller Heiterkeit, ich wieder mit einem Stachel in der Seele. Früh um sechs mußte er schon am Flughafen sein, es blieb keine Zeit für ein Gespräch. Er schlief in seinem Studio, um mich nicht zu stören. Als ich aufwachte, war er schon fort, Esther in der Schule, und Frau Leimsieder verordnete mir Pfefferminztee nach dem fetten Essen.

Später rief mich Lydia an und erzählte mir, daß Monsieur d'Anterre die Stirn besessen habe, ihnen mit einer Einladung für heute abend ins Frühstück zu fallen. »Wir sind noch völlig marode, das mußte er sich doch denken«, sagte sie. »Euch wollte er auch noch heimsuchen, aber ich habe ihm erklärt, daß Philipp nach Düsseldorf mußte, der Zahn ist gezogen. Seltsam eigentlich, bei seinen fabelhaften Manieren, oder meint er etwa dich?«

Wir lachten, doch bald darauf wurde ein Strauß für mich abgegeben, einundzwanzig Rosen, nicht dunkelrot, aber immerhin rosa. »Merci, Madame«, stand auf der Karte, und dann war er schon am Telefon, um mich und meinen Mann zum Essen einzuladen, sein letzter Abend in München, es wäre ihm eine ganz besondere Freude.

»Mein Mann ist verreist«, sagte ich, hörte seinen bedauernden Seufzer, und zweifellos war es ohne Belang für ihn, ob ich das Spiel durchschaute oder nicht. Meine Sache, es zu machen oder es zu lassen, Sie sind doch erwachsen, Madame.

Wir trafen uns im »Tantris«, und schon beim Aperitif begann er auf das, womit der Abend enden sollte, zuzusteuern, galant, charmant, erfahren, die französische Version von Philipp, der mit wem auch immer seinen Tag in Düsseldorf beschloß, er dort, ich hier, warum nicht. Die Bälle flogen hin und her beim Sancerre von der Loire, mal sanft, mal schärfer, und alles, worüber wir sprachen, kaschierte das eine. Später tanzten wir in der Bar vom Bayerischen Hof zur Melodie aus »Jenseits von Afrika«. Ich fühlte mich wie Meryl Streep mit Robert Redford.

»Werde ich Sie wiedersehen?« fragte er frühmorgens auf dem Weg von seinem Apartment zum Taxi, immer noch »Sie«, sehr hübsch in der fremden Sprache. Nur einmal, als die Kontrolle abhanden kam, hatte er es fallen lassen, ganz kurz. Ich nahm nicht an, daß er eine präzise Antwort auf seine Frage erwartete.

»Vielleicht«, sagte ich, »peut-être«, das war es, und fünf oder sechs Jahre später, wiederum bei einem Gänsefest, standen wir uns wie zwei Fremde gegenüber.

Meine französische Affäre, spontan und schnell vorbei, ohne Bindung, ohne Konflikte, war ein Modell für die Zukunft, so daß Marion irgendwann von den hundert Lovern geredet hatte. Hundert, ihre Zahl für alles. »Mein Mantel ist hundert Jahre alt«, sagte sie, »hundertmal habe ich diesen Film schon gesehen, hundert Stunden im Stau gesteckt, du und deine hundert Lover.« Eine Allerweltsfloskel, und sehr geschickt, wie Katja sie für ihre Zwecke nutzbar machte. Esthers Vater verdächtig, Mutter nymphoman, das verband die Interessen der Leser mit ihren eigenen. Was HIT druckte, wurde zur Realität, keine Chance, sich zu wehren.

Ob man die ominösen Hundert etwa öffentlich dementieren und einen Krieg um die authentische Menge mit der Abenthin vom Zaun brechen sollte, gab Max Kern zu bedenken, als ich ihn in seiner Kanzlei um Rat fragte. Durchstehen, empfahl er auch diesmal wieder, durchstehen und die Leute reden lasen. Jeder von denen hätte ein paar Leichen im Keller, unnötig, die Augen niederzuschlagen, schon gar nicht wegen so läßlicher Sünden. Er lächelte ermutigend, auch etwas komplizenhaft, immerhin gehörte er zu der authentischen Menge, und gegen seine Argumente ließ sich kaum etwas einwenden. Sie waren so unwichtig, diese Affären in den Jahren nach dem Hamburger Eklat. Sie hatten am Weg gelegen wie die Dinge, die ich hektisch zusammenraffte, Schuhe, Ohrclips, Taschen, Porzellan, immer wieder etwas Neues, da es sonst nichts Neues gab.

Philipp hatte das Kaufhaus nicht mehr erwähnt. Stillschweigend waren wir zu den gewohnten Strukturen zurückgekehrt und agierten weiter wie bisher, er im Wirbel von Planen, Bauen, Verkaufen, Vermieten, ich dekorativ an seiner Seite und zuständig fürs Haus, soweit Frau Leimsieder es gestattete. Außerdem drehte ich meine Friseur- und Boutiquenrunden, lernte spanisch, saß in diversen Wohltätigkeitskomitees, alles wie früher.

Eigentlich gehe es mir doch gut, unterbrach mich die sonst so mitfühlende Marion, als ich eines Tages in ihrem Wohnzimmer saß und, die Tüte mit dem soeben erworbenen Kaschmirmantel neben mir, wieder einmal meinen Frust abladen wollte. Schließlich hätte ich mich aus eigenen Stücken entschieden, mit Philipp zusammenzubleiben, und wahrhaftig, es gäbe Schlimmeres. Oder ob ich mit ihr tauschen und täglich zwei Pharmakoffer durch die Gegend schleppen wollte, von einem arroganten Arzt zum anderen? Sie jedenfalls würde sich gern mal so im Vorbeigehen einen Kaschmirmantel leisten, statt noch einen weiteren Winter in ihrem hundert Jahre alten Fummel herumzulaufen, »aber solche Gefühle sind inzwischen für dich wohl böhmische Dörfer«. Sie weinte fast. Beschämt wollte ich ihr den Mantel schenken, worauf sie vollends ausrastete, ihn später aber trotzdem nahm, und zumindest unsere Welt war wieder in Ordnung.

An diesem Abend drängte ich Philipp, mir wie früher einen Schreibtisch in seinem Büro einzuräumen, halbtags, damit wir wieder eine gemeinsame Basis bekämen.

»Basis?« Er sah mich an, als hätte ich ein neues Wort erfunden. Wieso gemeinsame Basis, die hätten wir doch, unser Kind, das Haus, Tisch und Bett. »Die PHIMA ist zu groß geworden, zu kompliziert, um dich zu integrieren, und in die Ablage kann man die Frau des Chefs ja wohl nicht stecken.«

Früher hätte ich auch Hilfsdienste geleistet, sagte ich,

und er nickte, »ja, früher, da konnten wir noch improvisieren. Jetzt ist alles durchrationalisiert, auf die Minute und den Pfennig, sowieso nicht dein Ding. Du würdest dagegen anrennen und mit mir streiten, und wozu eigentlich. Versuche lieber, Esther etwas mehr in den Griff zu bekommen. Sie ist schon acht und kann immer noch nicht mit Messer und Gabel umgehen.«

Er hatte recht. Aber es war schwierig, Esther in den Griff zu bekommen bei ihrem Drang zur Selbständigkeit, möglicherweise auch nicht die richtige Methode. Ich dachte an den Kampf gegen das Chaos in ihren Schulsachen, meine jüngste Niederlage. »Ich will nicht, ich mag nicht, laß mich in Ruhe«, dieser beharrliche Widerstand, und dann, nach meinem Rückzug, hatte sie sich ein eigenes Ordnungssystem geschaffen. Kein schlechtes, im Gegenteil. Vielleicht sollte man sie wirklich in Ruhe lassen.

Philipp jedoch, vor einem Jahr noch voller Sorge, die Schuldisziplin würde sie zur Trulla deformieren, forderte plötzlich erzieherische Konsequenz, schließlich könne seine Tochter nicht ein Leben lang als Cowboy durch die Gegend trampeln. »Es ist deine Sache, ihr Manieren beizubringen«, sagte er, »ein bißchen Lebensart, und wo sie mit ihren langen Armen und Beinen bleiben soll. Ich habe zuviel um die Ohren, Düsseldorf, Hannover, die neue Wohnanlage in Augsburg. Wirklich, es ist deine Sache, und wir beide wieder in der Firma, das hatten wir schon mal, es hemmt mich, versteh das doch.«

Ach ja, ich verstand es, und daß Esthers Wildwuchs gestutzt werden mußte, verstand ich auch. Es ging nicht an, daß sie die Gabel weiterhin wie einen Schraubenzieher umklammerte, beim Reden herumfuchtelte und das gemanschte Essen mit dem Zeigefinger auf die Zinken bugsierte. Unmöglich in der Tat, nur sehr mühsam, es zu ändern. Ich hatte die endgültige Dressur immer noch hinausgeschoben, in Erinnerung an meine Mutter, die mich für eine künftige Karriere nicht nur schulisch, sondern ebenfalls in puncto Manieren fit machen wollte, mit Hilfe von Himmel und Hölle, was zu fürchterlichen Szenen an dem Seesener Küchentisch führte. Esther war mit Damast unter den Tellern großgeworden. Doch so, wie ich mich geweigert hatte, einen Zusammenhang zwischen dem lieben Gott und meiner Handhabung des Bestecks zu erkennen, konnte nun auch sie nicht begreifen, aus welchem Grund man die Gabel zierlich zwischen Daumen und zwei Fingern halten mußte, und was Esther nicht verstand, wurde nicht getan.

»Daddy und ich möchten es gern«, sagte ich.

»Warum?« wollte sie wissen. »Ist doch ganz egal, Hauptsache, man kleckert nicht.«

»Es sieht hübscher aus«, sagte ich. »Und wir machen es doch auch so.«

»Hübscher?« Ihre Hand fuhr mit der Gabel durch die Luft. »Meins finde ich ebenso hübsch.«

»Du vielleicht«, sagte ich. »Aber die anderen machen es so wie wir.« Sie schüttelte den Kopf. »Nicht alle. Leimi macht es manchmal so wie ich.«

»An einem schön gedeckten Tisch«, sagte ich, »und wenn Gäste da sind…«

»Sind ja keine da«, fiel sie mir ins Wort.

»Aber häufig. Und bald kannst du auch dabeisein, und

alle würden sich wundern, wenn du noch mit der Gabel rumfuchtelst. Und manche mögen dich dann nicht mehr.«

»Die finde ich sowieso doof«, sagte sie.

»Und was ist mit uns?« fragte ich. »Wenn es uns nicht gefällt?«

Esther runzelte die Stirn, lange und angestrengt. Dann sagte sie: »Mir gefallt ihr immer. Ganz egal, ob ihr rumfuchtelt oder schmatzt oder den Teller ableckt.«

»Tun wir aber nicht«, sagte ich.

»Doch. Daddy schon. Einmal, als du weg warst und wir Spaghetti gegessen haben und die Soße so geschmeckt hat, und ich finde es gemein, daß du mich bloß noch liebhaben willst, wenn ich die Gabel mit drei Fingern anfasse. Gemein ist das, gemein«, worauf sie zu Frau Leimsieder lief, um sich auszuweinen.

Ich rief Philipp an. Er unterbrach eine Besprechung, hörte mir zu und hielt sich den nächsten Abend frei, um das Messer-Gabel-Problem anzugehen. »Pars pro toto«, sagte er. »Wenn sie dies hier schluckt, hat sich die Chose ein für allemal erledigt.«

Der Tisch war besonders hübsch gedeckt für diese Prozedur, eine Art Initiation, wie sich zeigen sollte, sogar Esther bekam ein wenig Wein.

»Warum?« fragte sie.

»Weil wir etwas feiern wollen«, erklärte Philipp.

»Was denn?«

»Daß du über einen Graben springst.«

»Mach ich doch öfter«, sagte sie. »Kann ich auch gut. Weil ich so lange Beine habe.«

»Bei diesem Graben«, sagte Philipp, »kommt es auf was

anderes an. Du springst zwar auch von einem Ufer ans andere, aber dazu brauchst du keine Beine, nur deinen Kopf. Jetzt stehst du noch auf derselben Seite wie die kleinen Kinder. Und drüben sind die großen, die schon wissen, daß man nicht um jeden Quark Theater macht und manches einfach tut, weil es nun mal so üblich ist«, worauf Esther entrüstet »ich soll ja bloß die Gabel richtig anfassen« dazwischenrief, »und das mit dem Graben ist gelogen«.

»Von wegen.« Er griff nach ihrer Hand. »Das ist eine Geschichte, die hat mir mein Vater erzählt, als ich so alt war wie du.«

»Hätte der dich auch nicht mehr liebgehabt wegen der Gabel?« Ihr Gesicht verzog sich, und er holte sie auf seinen Schoß. »Jetzt hör mir mal zu, Puppe. Wenn du mit den Füßen essen müßtest oder zu dumm wärst, um dich anständig zu benehmen, hätte ich dich genauso lieb wie jetzt. Aber du hast Arme und Hände und bist ziemlich schlau, und ich sehe nicht ein, warum mir dauernd schlecht werden soll, nur weil meine Tochter auf dem Teller rumsaut. Eigentlich nichts zum Liebhaben. Und jetzt können wir die Suppe essen.«

»Ich mag keine Suppe«, schrie sie. »Dich auch nicht.«

»Dann geh in dein Zimmer und bohr in der Nase«, sagte Philipp, brutal geradezu angesichts der zärtlichen Duldsamkeit, in die er sie bisher gewickelt hatte.

Esther war weiß geworden, von einer Sekunde zur anderen, das mütterliche Erbteil. Sie rutschte von Philipps Schoß und stürmte zur Tür, laut weinend, wer weiß, was gerade zerbrochen war. Ich wollte hinter ihr herlaufen, doch Philipp hielt mich fest. Schweigend löffelten wir unsere Suppe, und dann, beim Hauptgericht, saß sie wieder am Tisch, so angestrengt um Manieren bemüht, daß es wehtat. Ein kleines gezähmtes Tier, wie der Kater, der einen Sommer lang auf unserer Terrasse sein Kitekat fraß, aber jedesmal fauchend davonlief, sobald ich näher kam. Bis zu dem Tag, an dem er sich schnurrend an meinen Beinen rieb und danach für immer verschwand.

Ich strich ihr übers Haar. Sie hob den Kopf, doch der Blick galt nur Philipp.

»Toll machst du das«, sagte er, »wie eine kleine Dame, ich glaube, es ist Zeit für ein Pferd«, der Moment, in dem ich die Stimme meiner Mutter hörte. »Wenn du in einem guten Beruf vorwärtskommen willst, mußt du dich wie eine richtige Dame benehmen können«, hatte sie ihre Trimmarbeit begründet und mir einen tiefen Widerwillen gegen alles, was nach Dame roch, eingepflanzt, das passende Rüstzeug für meine kurze revolutionäre Phase, nur schwer loszuwerden. Aber meine Tochter war mit einem silbernen Löffel im Mund zur Welt gekommen. Vielleicht konnte sie ohne Skrupel in ihre Rolle hineinwachsen.

Ein eigenes Pferd, Esthers Traum, seitdem sie mit Frau Leimsieder die Haflinger im Chiemgau besuchte. Doch es war zu früh dafür, fand ich, und das Geschenk zu groß. Ohnehin saß sie im Goldtopf, kaum ein Wunsch, den Philipp ihr nicht erfüllte. Ich möchte, sagte sie, und schon war es geschehen, zu meinem Ärger. Wir sollten unserer Tochter Bescheidenheit mit auf den Weg geben, versuchte ich ihn zu überzeugen, und in gewisser Weise stimmte er mir zu, keine Sorge, den Brillanten von Eschnapur würde er für sie bestimmt nicht kaufen. Aber jeden kleinen Wunsch ablehnen, du lieber Himmel, warum denn und mit welcher Begründung? Ihr erklären, daß man kein Geld habe? »Sie weiß genau, daß es nicht stimmt. Bescheidenheit als moralisches Prinzip, da lacht doch der Zeitgeist«, und keine Frage, daß Esther ihr Pferd bekam, Krone, die kleine schwarze Trakehnerstute mit Silberstaub über dem Fell, ein Glück, das seinen Preis hatte.

Denn während Krone sich mit der neuen Box in einem Aubinger Reitstall vertraut machte, begann Esthers Vorbereitung auf die Zukunft: Ballettschule für die Anmut, ein Tennislehrer selbstverständlich, Klavierstunden, um ihr schon frühzeitig etwas andere Musik nahezubringen als den Schrott aus sämtlichen Kanälen. Verhaßte Exerzitien, die sie dem Daddy zuliebe auf sich nahm, mir jedoch, der Zuchtmeisterin und Chauffeuse, ankreidete, besonders den später noch angehängten Unterricht im »Studio für gesellschaftliche Erziehung« der sogenannten Gräfin Türck. Nur ein Künstlername, wurde behauptet, und daß sie keineswegs Tochter eines Botschafters sei. Es machte nichts, die Kurse in korrektem Essen, Trinken, Sprechen, Schweigen, Stehen, Sitzen, Begrüßen, Verabschieden fanden dennoch Zulauf. Offensichtlich gab es außer mir noch andere Mütter, die Hilfe solcher Art benötigten.

Ihre Kinder in Jeans und T-Shirts, meistens Mädchen, sahen aus, als würden sie am liebsten aus dem Fenster springen, genau wie Esther. Aber das, sagte ich mir, entsprach dem üblichen Bild, wenn man Jugendliche in eine Reihe stellte. Sie gehörte zu den Jüngsten dort, je eher, je besser, hieß es im Prospekt, nur so könne der Drill in

Fleisch und Blut übergehen. Außerdem wurde häusliches Training empfohlen, was Esthers Abscheu noch steigerte. »Ich will das nicht«, schrie sie, wenn ich den Stoff repetieren wollte, »ich will zu Krone«, unser täglicher Mutter-Tochter-Konflikt, wozu das alles, dachte ich. Trotzdem, es war eine Aufgabe, die mich in den nächsten Jahren beschäftigte.

Das Ende der Quälerei kam kurz nach Esthers zwölftem Geburtstag, als sie sich bei einem Sturz vom Pferd den linken Unterschenkel brach. Zwei Wochen Krankenhaus, vier Wochen Gips, dann warf sie mit ihren Krücken auch diesen Ballast ab. Selbst Philipp hatte nichts dagegen einzuwenden. Eine kleine Dame inzwischen, seine Tochter, die sich zu bewegen und zu benehmen wußte, ganz nach Wunsch. Seine Augen wurden weich, wenn er ihre Stimme hörte, Daddy, Daddy, immer noch der gleiche Jubel, seltener freilich als früher, auch nicht mehr allzu lange. Denn seit nach der Wende die großen Projekte im Leipziger und Erfurter Raum aus dem so billig erworbenen Boden wuchsen, kam er oft tagelang nicht nach Hause, eine Zeit, in der auch Esther sich veränderte.

Zunächst nur äußerlich. Die langen Beine und Arme fügten sich mehr und mehr in die übrigen Proportionen, bis man auf einmal erstaunt feststellte, daß sie kein Kind mehr war und auch kleine Dame nicht mehr zu ihr paßte, allenfalls junge, ein Ausdruck, an dem sie offenbar nichts auszusetzen hatte. Überhaupt, die Zeit der Grabenkämpfe war vorüber, in der Schule und zu Hause. Eine Tochter nahezu ohne Ecken und Kanten, runderneuert sozusagen, mit Freundinnen und Freunden viel unterwegs, mal hier, mal dort, aber immer einsichtig, wenn man sie warnte vor den Fallstricken dieser Welt. Die ideale Tochter, hieß es allgemein. Und dann, mit sechzehn, verwandelte sie sich wieder in die aufsässige Esther, ausgerechnet nach dem Opernball.

Ich sehe sie vor mir, eine weiße Debütantin mit dem Krönchen im Haar, »die Schönste von allen«, flüsterte Philipp bei der Polonaise. Es stimmte, keine andere war von ähnlicher Anmut, fast beunruhigend, wie selbstverständlich sie schwebte, lächelte, knickste, der Ballsaal, konnte man meinen, war ihr Element. Mir in diesem Alter war gerade die Revolution begegnet. Undenkbar, daß man mich mit einem Krönchen auf dem Kopf zum Opernball hätte treiben können, so undenkbar wie bei der Esther von früher mit ihrem Widerwillen gegen die Ballettschule, nicht zu reden von der Gräfin Türck. Diese Torturen damals, und nun schien alles glatt und makellos. Die Schönste, Philipp hatte recht. Aber in meinen Stolz mischte sich die Hoffnung, daß noch etwas anderes übriggeblieben war.

In der Woche danach hatten wir den Faschingsball vom Golfklub auf unserem Programm, zum ersten Mal mit Esther.

»Du mußt dir noch die Haare waschen«, sagte ich beim Mittagessen. »Und such deine Sachen zusammen.«

Sie hob den Kopf, »nein, ich komme nicht mit. Ich habe keine Lust mehr zu eurem Schickimickischeiß«, ihre Kriegserklärung aus heiterem Himmel.

Es war Februar, vier Monate noch bis zu Ohlssons Mitsommerfest, und kein Tag verging in dieser Zeit ohne die alten Grabenkämpfe. Auch die Parolen waren wieder die gleichen. Nur daß es jetzt nicht mehr »Alleine« hieß, sondern Selbstbestimmung, Freiheit von Zwängen, Ende der Unterdrückung.

»Ich werde siebzehn, ich kann meine eigenen Entscheidungen treffen«, sagte sie, kam und ging nach Belieben, ließ die Schule schleifen, ihre Musik dröhnen, verweigerte Auskünfte, ignorierte Verbote, ein Zustand, der vor allem Philipp verzweifeln ließ. Für mich war sie nicht nur das Goldkind gewesen, meine Fallhöhe weniger hoch. Er jedoch stand fassungslos vor den Trümmern seiner Puppenwelt, bat und befahl, zürnte, drohte, strafte, verzieh, alles vergeblich. Schließlich, als sie immer später nach Hause kam, wollte er ihr Pferd verkaufen, brachte es aber nicht übers Herz, schon wieder eine Niederlage, Daddy, das entthronte Idol.

Es sei keine Tragödie, erklärte Lydia, die drei pubertierende Söhne erlitten hatte, und ich stimmte ihr zu, ewig konnte die Vater-Tochter-Symbiose ohnehin nicht dauern. Was mich erschreckte, war etwas anderes: das Entsetzen in Esthers Gesicht, als er sie nach einer Szene in den Arm nehmen wollte, Entsetzen und Ekel, ganz kurz nur, bevor sie aus dem Zimmer lief.

»Was ist los?« fragte er bestürzt, »was habe ich ihr getan? Verstehst du das?«

Nein, ich verstand es auch nicht. Er tat mir leid in seiner Verstörung. Alles nur ein Vorübergang, meinte Lydia, damit versuchte ich ihn zu trösten. Aber die Erinnerung an das, was mich erschreckt hatte, blieb hängen. Kann sein, daß es mit in den Sud geriet, aus dem sich mein Mißtrauen gegen Philipp zusammenbraute, gerade dann, als er mich am nötigsten hatte.

An einem Spätnachmittag Ende August, fast drei Monate nach Esthers Verschwinden, wurde im Wald zwischen Großhadern und Neuried von Pilzsammlern die Leiche eines Mädchens entdeckt, unter Laub und Geäst, schon halb verwest. *Das Gesicht*, meldete HIT am nächsten Morgen, *ist nicht mehr erkennbar, doch die langen Haare sind erhalten. Der Fundort läßt sich von Nymphenburg aus schnell erreichen. Ist es Esther?*

Lydia rief mich in aller Frühe an, wie immer, wenn es Neues zu berichten gab. »Du mußt jetzt stark sein«, sagte sie einleitend, aber wir waren bereits informiert worden, durch Kommissar Müller, der uns noch am Abend aufgesucht hatte, »damit Sie es nicht morgen aus der Zeitung erfahren, und natürlich muß die Tote identifiziert werden«.

»Wo ist sie?« fragte Philipp. Er saß neben mir. Ich wagte nicht, ihn anzublicken.

»In der Gerichtsmedizin«, sagte Müller, worauf vor meinen Augen das immer gleiche Bild aus den Fernsehkrimis zu wabern begann: Ein Seziertisch, ein Laken über dem Leichnam, der Pathologe im grünen Kittel macht sich ans Werk.

»Ich will sie sehen«, sagte ich, spürte, wie Philipp nach meiner Hand griff und zuckte zurück, ungewollt, ein Reflex.

»Da gibt es nicht mehr viel zu sehen«, sagte Müller. »Sie hat im Wald gelegen. Und die Feuchtigkeit...«

»Wie lange?« unterbrach ihn Philipp.

Er zögerte, »neun Wochen mindestens, falls Sie das meinen. Vielleicht auch länger. Es steht ja noch keineswegs fest, daß die Tote Ihre Tochter ist.«

»Was hatte sie an?« erkundigte ich mich, so ruhig, als könnte es tatsächlich nur eine andere sein, und hörte Müllers Antwort, »nichts, sie war nackt, als man sie gefunden hat. Wir brauchen unbedingt einige Hinweise für die schnelle Identifizierung. Ihr Zahnarzt hat doch sicher Röntgenaufnahmen gemacht. Und gibt es irgendwelche äußeren Kennzeichen?«

»Der Blinddarm«, sagte ich. Eine Blinddarmnarbe jedoch nützte nichts, weil offenbar der Bauch verschwunden war, das Bauchgewebe oder wie es hieß. Dann fiel mir der Beinbruch ein, Fraktur des linken Unterschenkels vor fünf Jahren. »Er ist genagelt worden«, sagte ich, »hoffentlich ist der Knochen erhalten« und mußte plötzlich schreien, weil es sich möglicherweise doch um Esther handeln konnte und ich einfach Knochen sagte, wie beim Metzger, zwei Kilo Knochen bitte. Mein Mund wurde trocken, ich begann zu zittern, kalter Schweiß überall.

»Sie haben einen Schock«, hörte ich Kommissar Müller sagen. »Ihr Mann muß einen Arzt holen. Ich rufe jetzt in der Gerichtsmedizin an und bleibe hier, bis die Sache geklärt ist. Es dauert nicht lange. Wie fühlen Sie sich?«

Seine Stimme kam von weit her, wie durch einen Trichter. Ich wollte antworten, konnte aber die Lippen nicht bewegen. Dann tauchte ich aus irgendeiner Tiefe auf, sah die Spritze, sah den Arzt, und als er nach der Vene suchte, klingelte Müllers Handy. Das tote Mädchen war nicht Esther.

»Gott sei Dank«, sagte er, und es klang aufrichtig, während mir die Erleichterung schon wieder abhanden kam. »Nur eine Gnadenfrist«, sagte ich, doch er, wie ein alter

Freund des Hauses, setzte Mut und Zuversicht dagegen, den Glauben an ein gutes Ende, schließlich sei alles noch offen.

»Auch, daß sie plötzlich vor der Tür steht? Nach zehn Wochen? Hat es das schon gegeben?«

Er stand auf. »Auch nach zehn Jahren. Sogar später. Weiter hoffen, darauf kommt es an«, und Philipp fuhr dazwischen: »Was soll das, suchen Sie lieber nach ihr.«

Müller nickte, »da können Sie sicher sein«.

Ich brachte ihn durch den Garten zum Tor. Die Nacht war klar. Über dem Haus stand der große Wagen, Satellitenlichter blitzten auf, die Leuchtspur eines Fliegers zog von Osten nach Westen. Weiter hoffen, wie machte man das.

Im Wohnzimmer brannten nur die beiden Wandleuchten neben der Tür. Philipp hatte eine CD eingelegt, Mozarts Klarinettenkonzert mit Benny Goodman, der blanke Hohn. Als ich auf die Fernbedienung drückte, fuhr er herum. Ich sah sein eingefallenes Gesicht, die Schatten um Mund und Nase, aber vielleicht lag es nur an der Beleuchtung.

»Der Kerl soll doch still sein«, sagte er. »Glaube, Liebe, Hoffnung, alles Geschwafel, nichts bleibt offen, sie ist tot«, und ich stürzte auf ihn zu und hämmerte mit den Fäusten gegen seine Brust. Wie kam er dazu, wie konnte er es wissen, was hatte er getan.

Philipp hielt meine Arme fest. Er wartete, bis ich ruhiger geworden war und schob mich zum Sofa.

»Du irrst dich.« Seine Stimme war kühl und unbeteiligt wie bei einem Nachrichtensprecher. »Du irrst dich, ich habe unsere Tochter nicht irgendwo verscharrt. Ich habe sie auch nicht umgebracht. Ich bin verzweifelt und hoffnungslos, genau wie du. Aber bei mir reicht das offenbar, um mich zum Mörder zu stempeln. Dein Mann, der Mörder.«

Er saß mir gegenüber, die Hände auf den Knien. Sein linker Daumen zitterte, er versuchte nicht, es zu verbergen, und sinnlos, von meiner Verwirrung zu reden und daß ich es nicht so gemeint hätte.

»Doch«, sagte er, »du meinst es, und um ein für allemal Klarheit zu schaffen: Wenn du es nicht mehr erträgst, daß ich deine Hand berühre, wozu dann noch unsere fabelhaften Menüs. Schluß mit der Farce. Manche Menschen wachsen durch ein gemeinsames Unglück zusammen. Uns hat es auseinandergebracht, und fange nicht wieder von dem kaputten Vertrauen an. Du hast dich doch revanchiert mit deinen Lovern, hundert oder fünfundzwanzig oder vielleicht auch nur die paar, die du mir unter die Nase gerieben hast. Aber diese läppischen Affären hätten mein Vertrauen zu dir nicht ruinieren können, soviel ist sicher. Und das war's dann wohl.«

Schluß also, die Trennung perfekt. Wir schliefen nicht mehr zusammen und aßen an zwei verschiedenen Tischen, Philipp oben im Studio, ich in der Küche. Der große Ausziehtisch mit den Holzapfel-Stühlen, unser Zentrum bisher, hatte seine Funktion verloren, die Tütensuppen ließen sich ebensogut gleich neben dem Herd verzehren. Nur wenn Lydia erschien, mit Ente vom Chinesen oder irgend etwas Italienischem, zwang sie mich zu Damast, Silber und Porzellan, eine der Maßnahmen in ihrem Kampf gegen das, was sie beginnende Verwahrlosung nannte.

Lydia, mein lästiger Schutzengel, unermüdlich trotz der eigenen Schwierigkeiten zu Hause in Starnberg, wo der jüngere, durch zwei Scheidungen verschreckte Sohn sich wieder zum Nesthocker rückentwickelte und im Dauerclinch mit seinem Vater lag. Aber auch die Galerie bereitete ihr Sorgen, seitdem angesichts von Flauten und Krisen der Gewinn kaum noch die Unkosten für den Kaffee deckte, den ihre Künstler und die vielen Passanten tranken. Zahlungsfreudige Kunden hingegen machten sich rar, bei ihr und anderswo, sogar hochkarätige Galeristen hatten schon schließen müssen. Die Leute, klagte sie, würden lieber in Aktien investieren statt in Kunst, und ein Segen, daß Professor Lobsams Speiseröhren nach wie vor begehrt waren, so daß ihr die Pleite erspart blieb.

»Hör mir doch zu«, sagte sie, wenn meine Gedanken bei ihrem neuesten Tratsch aus der Münchner Kunstszene abdrifteten, »nimm dich zusammen, dein Geist muß ja nicht auch noch herunterkommen, und wirklich, du könntest wenigstens mal die Teppiche saugen«, aber den Staubsauger hatte ich ebenfalls beiseite gelegt. Kein Marathon mehr von einem Zimmer ins andere. Die Stunden liefen dahin, konturlose Tage, dann und wann unterbrochen von Philipps Schritten auf der Treppe, morgens, abends, mal früher, mal später. Ich wußte nicht, wohin er ging, woher er kam, weigerte mich auch, darüber nachzudenken, »und wenn du so weitermachst«, sagte Lydia ganz ohne ihr sonstiges Zartgefühl, »wirst du auseinanderfallen wie ein alter Pappkarton«. Aber nicht sie holte mich aus der Lethargie heraus, sondern Katja Abenthin.

Seit dem Leichenfund im Wald war unser Name nicht mehr im HIT aufgetaucht, vielleicht, weil Marions Tod in der zweiten Septemberwoche den Amoklauf ihrer Tochter gestoppt hatte. Für immer, hoffte ich. Meine Teilnahme an der Beerdigung jedenfalls, mit Lilien fürs Grab, war ein Bittgang, in vorauseilender Dankbarkeit und der diffusen Angst, Marions jenseitiger Zorn könnte, wenn ich ihr diese letzte Ehre verweigerte, via Katja über uns kommen. Irrationaler Seelenkäse, hätte Philipp vermutlich gespottet, und es war auch alles ganz nutzlos. Im Oktober nämlich erschien der nächste Artikel, diesmal ein Solo für Nicole.

WO IST ESTHER? BESTE FREUNDIN BRICHT IHR SCHWEIGEN. ENDLICH DIE WAHRHEIT!

HIT: Nicole, gleich nach Esthers Verschwinden haben wir ein Interview mit dir gemacht. Damals hast du behauptet, daß Esther nicht über das Zerwürfnis mit ihrem Vater sprechen wollte.

NICOLE: Ja, das habe ich gesagt.

HIT: Und hat es gestimmt?

NICOLE: Nein, hat es nicht.

HIT: Aber jetzt willst du uns erzählen, wie es wirklich war?

NICOLE: Ja, das will ich. Also, eines Tages sind wir nach der Schule zusammen nach Hause gegangen, durch den Park, nur Esther und ich. Esther war wieder total frustriert. Ich wollte wissen, warum. Da hat sie zu weinen angefangen, ganz furchtbar. Wir haben uns auf eine Bank gesetzt, und sie konnte überhaupt nicht aufhören.

HIT: Und dann?

NICOLE: Dann habe ich gesagt, sie soll doch endlich mal auspacken. Ich würde auch mit keinem Menschen darüber reden. Nicht mal mit Clarissa.
HIT: Und hat sie sich dir anvertraut?
NICOLE: Ja, hat sie. Aber nicht viel. Keine Einzelheiten. Nur, daß ihr Daddy irgendwas gemacht hat. Irgendwas Schreckliches.
HIT: Und mehr wollte sie dir nicht erzählen?
NICOLE: Nein, auf keinen Fall. Wenn er das rauskriegt, hat sie gesagt, würde was passieren.
HIT: Was denn? Wollte sie das auch nicht verraten? Oder fällt es dir zu schwer, es auszusprechen?
NICOLE: Esther hat gesagt, dann bringt er sie um.
HIT: Und das ist die Wahrheit?
NICOLE: Ja. Total.
HIT: Noch eine Frage, Nicole. Warum hast du uns diese Tatsachen beim vorigen Interview verschwiegen?»
NICOLE: Weil ich Esther versprochen hatte, nichts davon rumzureden. Und gedacht habe, daß sie sowieso bald wiederkommt. Aber inzwischen ist sie schon über ein Vierteljahr verschwunden, und vielleicht lebt sie ja gar nicht mehr.
HIT: Deshalb bist du jetzt zu HIT gekommen?
NICOLE: Ja. Und weil ich irgendwie helfen will, daß man sie vielleicht doch noch findet. Oder wenigstens den Mörder.
HIT: Danke, Nicole, daß du uns alles gesagt hast, was du weißt.
SO WEIT DAS INTERVIEW. UND WAS SAGT DIE POLIZEI?

Wieder war Lydia die Botin mit der schlechten Nachricht, denn immer noch brachte ich es nicht fertig, morgens zum Zeitungsstand zu gehen. Schon der Gedanke daran nahm mir die Luft weg, so, als könnte jede Sekunde eine Horde Reporter aus dem Gebüsch brechen, neurotisch, ich weiß, aber soviel Unmögliches war möglich geworden, warum nicht auch das. Lydia hingegen betrachtete den täglichen Gang zum Kiosk unten am See inzwischen als eine Art Fitnessübung, und da man Professor Lobsam in dieser Nacht zu einer Notoperation gerufen hatte, wurde ich von ihr in aller Frühe aus dem Bett geholt. Seit Stunden regnete es, rauschender Herbstregen, die Zeitung unter ihrem Arm war auf dem kurzen Weg vom Auto zur Haustür durchgeweicht.

»Lies das«, sagte sie. »Und benachrichtige Philipp. Ich glaube, ihr müßt etwas tun.«

Das sogenannte Interview, ein Stromstoß, eine Dosis Ichweißnichtwas. Aber vielleicht war es auch der Schock, der mich ins Leben zurückholte. Philipp dagegen erstarrte. Es war an mir, Max Kern zu benachrichtigen.

Seine Frau kam ans Telefon. »Es ist erst halb acht«, sagte sie empört. »Mein Mann schläft noch.«

»Wecken Sie ihn«, schrie ich und hörte gleich darauf die rostige Stimme: »Was ist los, Linde?«

Er hatte mich Linde genannt, damals vor drei Jahren in Oberstaufen, unsere kurze Affäre, nicht ganz so banal wie die anderen, eigentlich gar nicht banal. Auch ich fiel ins Du zurück, »schon wieder HIT, du mußt kommen, sofort«, und er versprach, in einer Stunde bei uns zu sein.

Während wir warteten, brachte ich Philipp dazu, sich

anzuziehen. Wir saßen im Wohnzimmer, als Max Kern kam und nach der Wahrheit fragte, »die Wahrheit, Matrei, stimmt es, was das Mädchen behauptet, ich muß es wissen«, und Philipp sprach von Lügen, alles Lügen, und ob er jetzt tatverdächtig sei, und ich starrte auf seinen wild zitternden Daumen und wußte nicht mehr, was ich glauben sollte.

»Nein, noch nicht tatverdächtig.« Kern legte das Interview auf den Tisch, eine Kopie, rot und grün markiert. »Aber du könntest es werden. Ich war im Polizeipräsidium, dort haben sie ein Band von der Abenthin. Sie hat das Gespräch aufgezeichnet, alles absolut deckungsgleich mit dem, was hier steht, jedenfalls in den wesentlichen Punkten. Manipuliert eventuell, das muß man prüfen. Aber wenn sie die Aufnahme von ihrem DAT-Recorder auf den Computer überspielt hat und nach dem Schneiden wieder zurück, läßt sich eine Manipulation nur durch sehr differenzierte kriminaltechnische Methoden nachweisen, im schlechtesten Fall überhaupt nicht, damit muß man rechnen.«

Philipp sprang auf. »Und dann kann das Zeug als Beweis gelten oder Indiz oder wie man das nennt?«

»Noch nicht«, sagte Kern. »Aber als Ausgangspunkt für weitere Ermittlungen und Verhöre.«

»Und das heißt?« fragte Philipp.

»Das heißt, daß deine Frau eine Zahnbürste für dich einpacken sollte, falls man dich vorläufig festnimmt und dabehält, vierundzwanzig Stunden höchstens, für einen Haftbefehl braucht der Richter handfestere Beweise. Keine Sorge, du hast einen guten Anwalt und nichts getan, also passiert dir auch nichts.«

»Dir passiert nichts«, wiederholte ich und streckte die Hand aus. Aber Philipp wandte sich ab, »tu, was Kern sagt«.

Oben im Studio stand das große Fenster weit offen. Der Wind hatte Regen hereingedrückt, das Parkett glänzte vor Nässe. Ich suchte Philipps Sachen zusammen, Waschzeug, Pyjama, Jogginganzug, was mir so einfiel, hörte Rufe am Tor, sah, wie es sich öffnete, wie Müller die Reporter zurückscheuchte, wie er mit Moosacher durch den Garten ging. Ich warf noch ein Paar Turnschuhe in die Tasche und lief ins Wohnzimmer, da sagten sie schon ihre Sprüche auf, ganz wie im Krimi, die gleichen Sätze, die gleichen Gesten, nur daß wir es waren, die sie meinten, wir in unserem Haus. Als sie Philipp ins Auto schoben, stand ich am Tor und sah seinen Kopf neben dem von Müller. Moosacher setzte sich ans Steuer, Kameras klickten und surrten. Kern brachte mich ins Haus zurück. Dann folgte er dem Wagen ins Präsidium, und ich beschloß, mit Nicole zu sprechen, Nicole Schöne, die beste Freundin.

Sie wohnte auf derselben Straßenseite wie wir, im letzten Haus, dessen Garten ebenfalls an den Park grenzte. Es sei eine Scheidungserbschaft, hatte mir ihre Mutter gleich bei der ersten Begegnung mitgeteilt, zu groß eigentlich und viel zu kostspielig im Unterhalt, aber Vermieten käme nicht in Frage, fremde Leute im Haus, das wäre ja wohl das Letzte, lieber einschränken, nicht wahr, Nicole?

Nicole, gerade fünf damals, hatte fröhlich genickt, wie zu allem, was ihr momentan nicht wehtat. Sie und Esther waren Sandkastenfreundinnen, unzertrennlich von Anfang an, mal in dem einen, mal im anderen Haus, meistens aber bei uns, seit Frau Schöne wieder arbeiten mußte. Geldarbeit, klagte sie, nicht gerade das, wovon man träume in guten Zeiten. Nach Esthers Verschwinden war unser Kontakt abgebrochen, schlagartig, auch der mit Nicole, die ich gemocht hatte in ihrer munteren Gesprächigkeit. Aber kann sein, daß sie sich Esther zugehörig fühlte und mich für Philipps Komplizin hielt.

Vor dem Tor warteten immer noch Reporter, so daß ich zur hinteren Mauer schlich, wo man durch eine Pforte direkt in den Park gelangte, Esthers Abkürzung, wenn sie Nicole besuchte. Seit Stunden regnete es schon, der Boden war aufgeweicht, das Oktoberlaub lasch und farblos. Ein grauer Samstag, ich hoffte, Nicole würde zu Hause sein.

Frau Schöne zuckte zurück, als sie mich sah.

»Darf ich hereinkommen?« fragte ich.

»Natürlich«, sagte sie hastig und führte mich in die Diele mit den Möbeln aus hellem Kiefernholz, Wegwerfsachen, wie ich schon des öfteren gehört hatte, die guten wären mit ihrem Mann verschwunden. Sie nahm mir den Schirm ab und wies auf die Eckbank, »so ein Wetter, entsetzlich, vielleicht sollten Sie lieber die Schuhe ausziehen, und ganz furchtbar, wie diese Person Nicoles Worte verdreht hat, mögen Sie einen Kaffee?«

»Kann ich mit Nicole sprechen?« fragte ich, und wieder zuckte sie zusammen, ja, sicher, wenn es sich nicht umgehen ließe, nur bitte keine Vorwürfe, das Kind sei sowieso völlig fertig. »Die Polizei war auch schon hier und hat uns ein Tonband vorgespielt. Aber es ist gefälscht. Das mit dem Umbringen hat die Abenthin Nicole in den Mund legen wollen, unbedingt. Nein, es stimmt nicht, hat Nicole immer wieder zu ihr gesagt, ›dann bringt er mich um‹ ist falsch, es muß ›dann wird er wild‹ heißen, und genau diese Worte sind gelöscht worden, aber die Polizisten glauben es nicht. Nicole kriege wohl Angst vor der eigenen Courage, hat der eine gemeint, der jüngere von den beiden.«

»Moosacher«, sagte ich.

»Ja, Moosacher, und es stimmt ja, Ihr Mann könnte uns verklagen, falls Esther noch mal auftauchen sollte, was wir alle hoffen selbstverständlich, und es tut mir so leid, was Sie jetzt durchmachen müssen, schrecklich, das kann ich als Mutter doch nachfühlen«, Wortkaskaden, jede Silbe sprang über die nächste, und auch Nicole, die inzwischen hereingekommen war, sagte, daß es ihr leid täte, aber Katja, diese Hexe, habe sie eingewickelt.

»Ist noch etwas anderes falsch widergegeben in dem Interview?« fragte ich. »Die Stelle mit dem Schrecklichen zum Beispiel? Das Schreckliche, das Esther angeblich von ihrem Vater weiß?«

Nicole, das sonst so muntere Gesicht verweint und verquollen, schüttelte den Kopf. »Nein, das hat Esther so ausgedrückt, wörtlich, und eigentlich wollte ich überhaupt nicht mit Katja reden. Aber die war wie eine Spinne, die hat versprochen, daß sie mir einen Platz in ihrer Redaktion verschafft, und als ich verlangt habe, daß sie den Satz mit dem Umbringen löscht, ist sie wütend geworden. Dann könnte ich von ihr aus verschimmeln, hat sie gesagt, und ich möchte doch so gern Journalistin werden. Es ist so schwierig, irgendwo unterzukommen.«

»Hast du der Polizei von dem Deal erzählt?« fragte ich.

»Nein, nicht direkt.« Sie fing an zu weinen. »Das konnte ich doch nicht. Das ist doch strafbar.«

»Schluß jetzt, es reicht«, rief ihre Mutter, schob Nicole aus der Tür und flehte mich an, diese Geschichte zu vergessen, was ich eine Zumutung nannte, zuviel verlangt, wirklich zuviel.

»Um Gottes willen.« Sie rang buchstäblich die Hände. Nicole sei jung und dumm und völlig durcheinander, und es wäre doch um ihre Existenz gegangen, das müsse man verstehen.

»Bei uns geht es auch um die Existenz«, sagte ich, worauf Frau Schöne ihrerseits einen Deal vorschlug: Wenn ich die Sache für mich behielte, würde Nicole im Gegenzug auch den zweiten prekären Punkt des Interviews als gefälscht erklären, dieses ominöse Schreckliche, und beiden Seiten wäre geholfen.

Ein annehmbarer Kompromiß offenbar für Leute in unserer Lage. Max Kern jedenfalls bemühte sich, es mir plausibel zu machen, später, als er nach Auswegen suchte, und sicher hatte er recht. Aber in Frau Schönes Diele fehlte mir diese Einsicht noch. »Unglaublich«, sagte ich, stand auf und ging mit der Gewißheit nach Hause, daß sich nun nichts mehr retten ließ.

Inzwischen hatte das Wetter sich gewendet, es regnete nicht mehr, der Park war in Gold getaucht, die Luft so still, als atmete sie kaum. Ein Herbstgedicht, und für mich der gleiche Hohn wie Mozarts Klarinettenkonzert am Tag mit dem toten Mädchen. Alles war zum Hohn geworden, Schönheit, Freundschaft, Liebe. Ich hoffte, daß Marion dafür büßen mußte dort, wo sie sich jetzt befand, in den untersten Örtern, falls meine Mutter recht haben sollte mit ihren düsteren Bildern vom ewigen Leben. Und warum durfte Katja uns immer weiter zerstören, wer erlaubte das? Wozu Regierung, Parlament, Gerichte? Niemandes Sache offenbar, also wollte ich es endlich zu meiner machen, und nicht nur mit Fotos und Zigeunernägeln.

Hatte ich wirklich so präzise Gedanken, als ich oben in Philipps Studio nach seiner Waffe suchte? Kaum anzunehmen. Wahrscheinlich sah ich nur rot, so wie immer noch, wenn ich an Marion denke, der mich ein Zufall in den Rachen geworfen hatte, ihr und dieser Tochter. Verdammter Zufall. Man geht in die Klinik, kommt mit dem Unglück im Schlepptau heraus und wird eines Tages zur Mörderin, beinahe jedenfalls, ausgerechnet ich mit meinen pazifistischen Gesinnungsresten, mehr oder weniger milde belächelt von denen, die es längst besser wußten. Ich sollte doch, empfahl man mir bei einschlägigen Diskussionen, MAKE LOVE NOT WAR an unsere schöne weiße Mauer sprayen, sicher eine frohe Botschaft für die Räuberbanden, die inzwischen so häufig in Münchener Villenvierteln auftauchten. Selbst der durchaus friedfertige Philipp hatte sich zum Kauf eines Revolvers durchgerungen, ungeachtet meines Einwands, man könne wegen Klärchens Silber doch wohl keinen Menschen totschießen. Nun aber war es soweit, ich wollte Katja umbringen, und mag sein, daß es dazu gekommen wäre, die Wut war groß genug. Doch wieder mischte der Zufall mit, absurd diesmal, absurder ging es kaum.

Der Revolver lag zwischen Philipps Pullovern. Ich steckte ihn ein, fuhr ins Parkhaus am Rindermarkt und ging von dort zur HIT-Redaktion. Frau Abenthin sei nicht anwesend, sagte der Pförtner, käme aber noch einmal zurück wegen der Sonntagsausgabe, ich könnte ja warten, wenn die Angelegenheit dringlich sei. Er schickte mich zu der Sitzgruppe neben dem Lift, drei Stühle, auf einem der neue HIT, WO IST ESTHER? ENDLICH DIE WAHRHEIT, und der Wunsch, Katja aus der Welt zu schaffen, wurde immer ungestümer, euphorisch geradezu, als ginge es ums Leben, nicht um den Tod. Ich dachte nicht an später, an die Folgen oder an Flucht, und wenn man mich zum Thema Mordlust befragen sollte: Ja, ich könnte einiges davon erzählen, aber nur von den Gefühlen vor der Tat, denn die Tat fand nicht statt.

Mein rettender Engel erschien diesmal in Gestalt eines älteren, graubekittelten Mannes, der plötzlich neben mir saß, sich den Werkzeugkasten zwischen die Füße klemmte und in sein Döner Kebab biß, Döner Kebab, umweht von sämtlichen Gerüchen des Morgenlandes, mein Gott, dieser Duft. Er kroch durch mich hindurch, und die Mordgedanken verwandelten sich in Lust auf das, was so wundersam roch. Mein Magen war, seitdem Lydia mich geweckt hatte, blockiert. Jetzt öffnete er sich und rief nach Döner Kebab, nur das, nichts anderes. Wo er es gekauft habe, fragte ich den essenden Mann neben mir, hörte »Viktualienmarkt« und war schon unterwegs.

Nur einmal bisher, während der Schwangerschaft, hatte mich eine ähnliche Gier heimgesucht, so daß Philipp mitten in der Winternacht zum Bayerischen Hof fuhr, um Weintrauben heranzuschaffen. Jetzt gab es diesen Grund nicht, also mußte man einen anderen finden. Lydia, zuständig für Kapriolen der Seele, sprach vom Selbsterhaltungstrieb. Natürlich könnte ich niemanden umbringen, erklärte sie, und da mein Verstand kurzzeitig aus dem Tritt geraten wäre, hätte das vegetative Nervensystem die Regie übernommen, »Döner Kebab, zu schön, dieser Trick«.

Wahrscheinlich stimmte ihre Analyse, denn kurz vor dem Viktualienmarkt hatten sich sämtliche Gelüste wieder verflüchtigt, auch das auf Katjas Leben. Statt in die Redaktion zurückzukehren, fuhr ich nach Hause und griff erst, als mein Wagen von Reportern umstellt wurde, in einer letzten Aufwallung zum Revolver. Sie wichen zurück, mein Erfolgserlebnis an diesem Tag.

»Wie konntest du so was machen«, erregte sich Max Kern, der gleich darauf mit der Nachricht kam, daß man Philipp tatsächlich vierundzwanzig Stunden festhalten wollte. Reiner Aktionismus, sagte er, weder dringender Tatverdacht liege vor noch Fluchtgefahr, auch die Beteuerungen Nicoles schienen plausibel, wozu also die Show. Dann stellte er mit Erleichterung fest, daß der Revolver nicht geladen war, verlor aber jegliche Gelassenheit, als ich mich darüber wunderte.

»Nicht zu fassen«, rief er, »und dieser Wahnsinn, auf die Reporter zu zielen. Morgen steht es in der Zeitung, dann hast auch du die Polizei auf dem Hals. Man kann nur hoffen, daß der Staatsanwalt abwinkt.« Er steckte den Revolver ein. »Was wolltest du eigentlich damit?«

Ich bekam einen Weinkrampf, schon wieder, neuerdings wo ich ging und stand. Aber das sei normal, sagte Max Kern besänftigend, während er mir einen Cognac gab und auch noch sein Taschentuch, groß und weiß mit glänzender Kante, das gleiche wie bei unserem Abschied vor drei Jahren, als ich ebenfalls geweint hatte. Tröstlich, daß er da war, mitsamt seinem Taschentuch, und vielleicht wäre Lydia zu der Erkenntnis gelangt, daß mein vegetatives Nervensystem ihn mir damals in Oberstaufen nur schmackhaft gemacht hatte, um für Notzeiten wie diese vorzusorgen. Aber Lydia wußte ja nichts von unseren Oberstaufener Erinnerungen.

Oberstaufen im Allgäu, der Tip von Freunden, die sich dort regelmäßig von überflüssigem Fett und anderen Rückständen des Wohllebens befreien ließen, mittels Schwitzen, Fasten und saurem Wein, Entschlackung genannt. Alles Gedöns, behauptete Philipp, der Mensch sei kein Kachelofen. Doch ich fühlte mich nicht ganz wohl in diesem Sommer, ein undefinierbares Mißbefinden, und die Kur wurde als Runderneuerung gepriesen, gut für Körper und Seele, dazu noch vergnüglich mit ihrem Wechsel von Trocken- und Trinktagen. Auch der Termin paßte: Philipp war, wie die Konkurrenz lästerte, damit befaßt, Sachsen und Thüringen aufzubauen, Esther, dreizehn inzwischen, nahm an einem Schüleraustausch in England teil. Also buchte ich ein Zimmer im Sanatorium Wiesenwinkel, das, von dem Entschlackungsguru Professor Mehlhoff geleitet, als Oase der Besserverdienenden galt, und traf Max Kern, den Nachbarn und Philipps Anwalt, von dem behauptet wurde, daß er Frauen im Fast-food-Verfahren konsumiere. Ein netter Mann, dachte ich, wenn wir uns hin und wieder trafen, selten genug, jeder von uns zog seine eigenen Kreise. Aber nun überschnitten sie sich.

Er kam an einem Trockentag während des Abendessens, wie die Zusammenkunft im Speisesaal genannt wurde, obwohl von Essen keine Rede sein konnte angesichts der nackten Brotscheiben mit Petersilienkrümeln und an Flüssigem nur ein Gläschen Wacholderschnaps für den Kreislauf. Es reichte nicht, Trübsinn allenthalben trotz leiser Schubertklänge, und auch die Aussicht auf eine Lesung aus Stifters Nachsommer, dargeboten von der Gattin Professor Mehlhoffs, beflügelte niemanden.

Der Wiesenwinkel war ein distinguiertes Haus mit antiken Möbeln, moderner Kunst und entsprechendem Publikum, das freilich in Stimmung und Stimmlage genauso wie alle anderen Gäste von Oberstaufen dem Dreitage-Rhythmus der Kur unterworfen war: Gedämpft und diskret an einem trockenen Abend wie diesem, animierter bereits am folgenden kleinen Trinktag, und dann, wenn der sogenannte große hereinbrach mit seinem Liter Wein pro Person, steigerte sich die Lautstärke von Mahlzeit zu Mahlzeit, bis man beschwingt ins örtliche Nachtleben abwanderte, um sich erst zu später Stunde wiedereinzufinden, teilweise johlend.

Es war mein drittes Abendessen an dem Vierertisch, den ich mit zwei bereits etablierten Leidensgenossen, einem Kölner und einer heftig schwäbelnden Frau aus Heilbronn, teilen mußte. Wir griffen gerade zu Messer und Gabel, um bei dem Petersilienbrot zuzuschlagen, wie der schwergewichtige Dr. Schneider-Trabach verzweifelt höhnte, allabendlich sein einziger Beitrag zum Tischgespräch. »Dann wollen wir mal zuschlagen«, sagte er also, während die Schwäbin schon wieder Kochrezepte deklamierte, da öffnete sich die Tür, und Max Kern erschien, elegant und von Weltläufigkeit umweht, ein Auftritt, der die weiblichen Gäste, ohnehin in der Überzahl, elektrisierte. Rücken strafften sich, Frisuren wurden befingert, sogar unsere Rezeptfrau unterbrach ihren Vortrag.

Kern blieb stehen und ließ die Augen an den Tischen entlangwandern, unschlüssig, als überlege er, ob es nicht besser wäre, das Lokal zu wechseln. Die Empfangsdame, die ihn begleitete, machte eine Handbewegung, dorthin bitte, der Moment, in dem er mich entdeckte, den leeren Stuhl neben meinem, und dann standen wir uns gegenüber, verblüfft und erfreut. Er hätte, hörte ich später, gleich gewußt, daß die Kur damit gerettet war, und möglich, daß ich etwas Ähnliches dachte, wenn auch nicht so präzise formuliert.

Max Kern fand sogar die passenden Worte, »ein Wunder, die Stecknadel im Heuhaufen«. Ob der freie Stuhl Philipp gehöre, fragte er, doch als ich antworten wollte, kam die Empfangsdame dazwischen.

»Dieser Platz ist für einen später anreisenden Gast reserviert«, sagte sie streng. »Der Ihre befindet sich an dem Tisch dort drüben.«

»Tatsächlich?« Kern musterte sie mit höflichem Erstaunen. »Von dem Gast persönlich?«

»Von uns«, murmelte sie, aus dem Konzept gebracht, worauf er ohne weitere Diskussion den Kölner und die Schwäbin begrüßte, sodann den Stuhl in Besitz nahm, die Petersilienbrote betrachtete und sich mit den Worten »Welcher Trost, daß ich diese Köstlichkeiten an Ihrer Seite genießen darf« zu meinem Kurschatten machte.

Doch, so war es, eine plötzliche Vertrautheit, wie manchmal bei Menschen, die jahrelang aneinander vorbeigelaufen sind und in der Fremde zusammenprallen. Unsere Begegnungen bisher zählten kaum, mal hier, mal da, im Club, bei irgendwelchen Einladungen oder Empfängen, auf dem Tennisplatz, gelegentlich auch in unserem Haus, wenn Philipp und er etwas zu besprechen hatten, Immobiliengeschäfte oder dergleichen. Aber eine freundschaftliche Beziehung existierte allenfalls zwischen ihnen beiden, schon deshalb, weil seine Frau mich zwar zu ihren Dichterlesungen bat, sonst aber strikt auf Distanz achtete. Vorauseilende Eifersucht vermutlich, ein Gefühl, das ich kannte, nur daß sie auch noch mit dem totalen Mangel an irgendwie gearteter Schönheit leben mußte. Max Kern und seine häßliche Frau, hieß es erbarmungslos, und das Gerücht sprach von einem immensen Vermögen, mit dem sie ihn gekauft haben sollte und festhielt, ein offener Käfig, geh hin, wo du willst, aber komm wieder. Ich wußte nicht, ob es stimmte, wollte es auch nicht wissen, schon gar nicht in unserem Oberstaufener Zauberberg.

Wir fanden schnell zueinander, ohne Karenzzeit. »Laß uns erwachsen sein«, sagte er, »die Tage werden nicht länger«, und es war angenehm mit ihm, unkompliziert und amüsant. Selbst Dr. Schneider-Trabach wurde gesprächig bei Tisch, fuhr jedoch bald nach Hause, um einige Kilo leichter, die Vorfreude jedoch auf seine Kölner Kneipen und Freßtempel verfinstert von dem Gedanken an das Geld, das er dort nun wieder in Fett verwandeln würde, um es sodann in Professor Mehlhoffs Wiesenwinkel teuer entsorgen zu lassen. »Ein Kreislauf wie beim Müll«, klagte er erbittert und kränkte in seinem Grimm die Rezept-Schwäbin, deren Zeit ebenfalls abgelaufen war, durch die Bemerkung, daß sie nun endlich nicht mehr mit dem Mund zu kochen brauche. Es wären die ersten Worte, rief sie beinahe weinend, die er in den vergangenen vier Wochen an sie gerichtet habe, abgesehen von dem albernen »Dann wollen wir mal zuschlagen«, und jemand, der seine Mitmenschen so gering achte, solle doch zu Hause bleiben.

Nach den Abreisen ließ Kern den Vierertisch zu einem Zweier umrüsten, so daß wir bei Petersilie und Schnittlauch, der Gemüsebrühe und dem wäßrigen Reis ungestört blieben. Sogar dem Kräutertee am Morgen gingen wir freudig entgegen, frisch entschlackt nach der Schwitzpackung zwischen Decken und Wärmflaschen. Ein Wunder, meinte Kern, daß noch etwas von uns übrig sei, dazu so rosenwangig, wobei er mir übers Gesicht strich, ungeachtet der Blicke, die unser Tête-à-tête verfolgten, mißbilligend, neidvoll, wohlwollend. Es war egal, niemand kannte uns hier, und ein Kurschatten, versicherte Professor Mehlhoff in seiner Broschüre »Kleine Philosophie der Entschlackung«, könnte die diversen Maßnahmen durchaus optimieren, womit er den Realitäten des Ortes Rechnung trug. Immerhin, Wein war etwas anderes als Wassertreten oder kalte Güsse, und nicht von ungefähr geisterten allerlei freche Sprüche durch die überfüllten Tanzlokale, in denen sich an großen Trinktagen die Gäste der teuren und billigen Quartiere vereinigten, so beschwingt, daß es manch einem kaum darauf ankam, ob er etwas mehr oder weniger Schönes übers Parkett schob.

»Kennen Sie den?« fragte ein Zwei-Zentner-Mann, der sich schnaufend an unserem Tisch im »Blauen Känguruh« niederließ, um seinen Jux loszuwerden, in dem die Alten und die Doofen nach Wörishofen fuhren, Lieben und Saufen dagegen sich auf Oberstaufen reimte.

»Stimmt doch, wie?« Zwinkernd klopfte er Kern auf die Schulter, und Kern lachte und tanzte Slowfox mit mir, Langsamen Walzer und Tango, wie es sich gehörte an solchem Ort. Ein wunderbarer Tänzer, alles wunderbar, einschließlich der skurrilen Umgebung, der Dicken, Lahmen, Angestaubten, die hier noch einmal Wasser aus dem Felsen zu schlagen versuchten, »genau wie du und ich«, sagte er, »nur daß wir es wissen«.

Wahrscheinlich wußte es jeder, was die Sache noch trauriger machte. Doch wir amüsierten uns daran vorbei in unserer momentanen Leichtigkeit, mit der es sich so gut lachen ließ und reden in dieser kurzen Zwischenzeit, die uns beiden gehörte. Es gab so viele Themen, vom Theater bis zur Politik, dazu Münchner Klatsch und Tratsch und den Oberstaufener Kosmos, Stoff genug im Niemandsland des Unverbindlichen, in dem wir uns bewegten, behutsam, immer darauf bedacht, den jeweiligen Alltag nicht zu berühren, nicht das Haus, aus dem man kam, nicht die Menschen, mit denen man lebte. Auch Seelengespräche, wie Lydias Psychovokabular das verbale Ineinanderkriechen nannte, waren tabu. Nur manchmal, wenn wir uns liebten, gab es andere Momente, zu meinem Unbehagen. Abstand halten, darauf kam es an bei diesem Pas de deux. Doch dann, vierzehn Tage lagen hinter uns, gerieten wir ins Stolpern.

Es begann während einer Wanderung am Nachmittag, wandern, ebenfalls Kurpflicht, auf und ab durch die grüne, von Bergen umrundete Hügellandschaft, wo es noch Kühe gab auf den Wiesen, Wälder mit Teufelssteinen und schwarzen Weihern, einsame Höfe, verlassene Mühlen und manche Verlockung zur Sünde gegen den heiligen Geist der Entschlackung.

Auch die Loichner-Bäuerin, bei der wir Kaffee trinken wollten, hatte frischen Kuchen bereitgestellt. Der Duft wehte aus dem Küchenfenster. Kern schloß die Augen, »Apfeltorte mit Sahne, weißt du noch, wie das schmeckt?«

Wir saßen auf der Bank am Haus, die Sonne schien, ein Kater strich um meine Füße. »Sollen wir?« fragte ich, doch er winkte ab, »lieber nicht, wenn es rauskommt, entzieht man uns womöglich die Petersilie«, worüber wir lachen mußten, und Kern, als höre er es zum ersten Mal, sagte: »Schön, unser Doppelton. Mit Franziska klappt es nie so richtig, das ist wie in der Disco, wo jeder mit sich selber tanzt.«

Franziska, seine Frau, das große Tabu bisher. Der Name traf mich unvermutet, gerade, bevor sich die Bäuerin mit dem Kaffee zwischen uns schob und »Morgen gibt's wieder Apfelkuchen« verkündete. Und als wir allein waren, erzählte ich von Esther.

Warum nicht, alle Mütter reden von ihrem Kind, und das Kind hat einen Vater, also kam auch er dazu. »Philipp hat bei seiner Tochter von Anfang an in den Goldtopf gesehen«, hörte ich mich sagen und erschrak. Ein Schritt über die Grenze, das durfte nicht sein. Der Kater auf der

Bank räkelte sich, ich wollte ihn hochnehmen, da fuhr er die Krallen aus, Katzen, ein unverfängliches Thema. Aber die Sperre war durchbrochen, und Kern preschte noch weiter vor, später auf dem Heimweg.

Der Anlaß war eine Heupresse, die über die Wiese ratterte, das Gras in sich hineinzog und gebündelt wieder ausspuckte, nichts Besonderes im Allgäu um diese Jahreszeit. Schon oft hatten wir Heupressen bei ihrer Arbeit zugesehen, ohne Kommentar von seiner Seite. Doch heute schien ihm ein Mirakel zu begegnen, unglaublich, die Dinger, nur ein einziger Mann auf dem Traktor für die ganze Heuernte und früher so viele Leute. »Mähen, häufeln, wenden, auf- und abladen, alles per Hand, damals mußten wir noch schuften.«

»Wieso wir?« fragte ich und hörte zu meiner Verblüffung, daß Kern, der Asphaltmensch, aus der Lüneburger Heide ins Dickicht der Städte gekommen war. »Ein kleiner Hof«, sagte er, »Nachkriegszeit, und Heuen gehörte noch zum gemütlichen Teil für uns Kinder. Der Roggen dagegen war Quälerei pur. Die Hitze, der Staub, die stacheligen Grannen, und ich mußte die Garben von den vollgepackten Wagen nach oben in die Scheune hieven mit meinen dünnen Armen. Kein Wunder, wenn da einer anfängt, von Schreibtisch, Schlips und Kragen zu träumen.«

Er sah mein ungläubiges Gesicht und lachte, »hat sich ja alles ganz gut angelassen«, und als müßte das Gleichgewicht wiederhergestellt werden, brachte auch ich meine Geschichte ein, nur Seesen, das erste Kapitel. Im übrigen tauchte unser Sanatorium auf, das braune Dach, die gelben Markisen. Im Speisesaal wartete der Wein, großer Trinktag, wir wollten ins »Blaue Känguruh« gehen. Eine Woche noch. Ich dachte an Hannes Quart und die Gefahren der Intimität. Bitte kein Bali im Allgäu.

Ein frommer Wunsch, schon überholt von der neuen Nähe in den Blicken, der Färbung unserer Worte, den Nuancen der Zärtlichkeit, wenn wir tanzten, uns berührten und liebten. Und zwei Tage später sprach er von seinem Sohn.

Wieder war es auf dem Loichnerhof. Die Bäuerin brachte Kaffee, diesmal auch Apfelkuchen. Ein kleines Kind lief neben ihr her, es drängte sich zwischen Kerns Knie und sagte Papa.

Die Frau stellte das Tablett auf die Bank, »es hat keinen, darum nennt es jeden so«, für Kern eine Art Stichwort: »Weißt du, daß ich einen Sohn habe?«

Ich wußte es nicht, woher denn, niemand schien etwas zu wissen von diesem Sohn, der »Frucht seiner Zwei-Semester-Lenden«, was wohl ironisch gemeint war, aber nicht danach klang. »Ich war ein Idiot«, sagte er. »Ein junger Tölpel, der selbst erst erwachsen werden mußte. Das Ganze war über mich hereingebrochen, die Ehe, das Kind, was sollte ich damit anfangen. Als ich zur Vernunft gekommen bin, war es zu spät. So läuft das manchmal.«

Kern schwieg. »Wie geht es weiter?« fragte ich, und er sprach von Alkohol, Drogen, Schulversagen, »ein Problem nach dem anderen, nicht gerade das, was man sich als Vater wünscht, ganz zu schweigen von seiner Mutter mit ihrer Dynastie im Nacken. Während ich meine Kanzlei nach München verlegt habe, wurde er klammheimlich in die USA verfrachtet. Auf den Müll geworfen, dachte ich, dabei war es die Rettung. Heute managt er seine kleine Yellow-Cab-Flotte in New York, und wenn ich dort zu tun habe, besuche ich ihn. Er schmeißt mich nicht raus, das ist schon viel. Seine Söhne sollen unbedingt studieren. Sie haben einen guten Vater, sie schaffen das auch, komische Geschichte, was?«

Er legte mir die Hand auf den Arm, bitte keine Fragen mehr, es reicht. Aber es war noch nicht genug. Er wollte die Dinge wohl auf die Spitze treiben.

Gegen Abend, wir waren auf dem Rückweg zum Sanatorium, schaukelten Kühe an uns vorbei, eng aneinandergedrängt, mit prallen Eutern und einem alten müden Mann am Ende des Trupps.

»Heim in den Stall«, sagte er in seinem kehligen Allgäuerisch. »Da droben am Hang. Wir haben auch Ferienwohnungen, da fehlt's an nichts, da würden Sie staunen.«

Eine Kuh schob sich an Kern heran. Er klopfte ihren Hals, »schönes gesundes Tier«, und der Alte gluckste zufrieden, »ja, die Resi, gutes Fleisch«. Dann trottete er weiter, klein und gebeugt, gerade noch brauchbar, um Kühe von der Weide zu holen.

Kern blickte hinter ihm her. »Bald sitzt er vorm Haus und wartet nur noch. Ich mag diese Leute. Sie lieben ihre Viecher und schlachten sie, wenn es an der Zeit ist, weder sentimental noch brutal, kein Getue bei Mensch und Tier, warum mußte ich unter diese Neurotiker geraten.«

»Du kommst ganz gut mit ihnen zurecht«, sagte ich.

Er nickte, »ich verdiene viel Geld. Aber es ist der falsche Film. Noch ein paar Jahre, dann werde ich aufs Land gehen und irgend etwas züchten, Äpfel, Hunde, Pferde, mal sehen.«

»Und deine Frau?« fragte ich.

»Auch mal sehen«, sagte er.

Wir setzten uns auf einen Baumstamm und sahen zu, wie die Sonne hinter den Bergen verschwand.

»Ich bin auch im falschen Film«, sagte ich.

»Was möchtest du tun?« fragte er.

»Noch einmal von vorn anfangen.«

»Mit Philipp?«

»Ja, mit Philipp«, sagte ich.

»Das ist eine Illusion«, sagte Kern. »Der neue Film wäre der alte.« Dann schwiegen wir, auch später bei den Petersilienbroten, ohnehin war es ein Trockentag.

In der Morgendämmerung, als ich sein Zimmer verlassen wollte, hielt er mich fest, »bleib noch, nachher reise ich ab«. Ich erschrak, »warum, wir haben doch noch ein paar Tage«. Er schüttelte den Kopf. »Aber warum«, fragte ich noch einmal, »hast du Angst?« und bekam meine Antwort. »Nicht alles so hoch hängen, Linde, eine Affäre lebt aus dem Moment, man muß aufhören, wenn sie umkippt.«

Es war das erste Mal, daß man mich so unvermittelt stehenließ. Ich suchte nach den richtigen Worten, da kamen die Tränen, und Kern sagte, er sei ein gemeiner Hund und gab mir sein Taschentuch.

Das weiße Taschentuch mit der glänzenden Kante. Jetzt, drei Jahre später, hielt ich es wieder in der Hand, aber nicht im Wiesenwinkel, sondern in unserem Münchner Haus, und morgen schon konnte es in der Zeitung stehen: Philipp Matrei verhaftet, Kurschatten Dr. Max K. tröstet Mutter Linda, alte Liebe rostet nicht, so ähnlich etwa.

Max Kern, meine letzte Affäre, nach der ich die Lust an weiteren Unverbindlichkeiten verloren hatte. Es tat mir leid, daß Oberstaufen ihn nun doch noch einholte. Aber Katjas Tücken schienen nicht seine Sorge zu sein. »Die kleine Kröte«, sagte er, »wird es kaum wagen, sich mit mir anzulegen. Eine Nummer zu groß für sie. Es wäre ihr letzter Seufzer im Blätterwald, das weiß sie auch.«

»Und wenn es trotzdem passiert?« fragte ich.

Er steckte sein Taschentuch wieder ein. »Egal, je ne regrette rien. Morgen hole ich erst mal Philipp raus, dann sehen wir weiter. Ein Schritt nach dem anderen.«

»Ach, Kern«, sagte ich, »du bist kein gemeiner Hund«, und irgendwann ging auch dieser Tag zu Ende.

In der Nacht begann wieder die Angst zu pochen, so laut, daß ich ans offene Fenster flüchtete, atmen, tief durchatmen, als könnte der Oktobernebel sie vertreiben. Die feuchte Kälte tat gut, sogar der Gedanke an eine Lungenentzündung, die mich endlich in Sicherheit bringen würde, weit weg von Verleumdungen und Verlusten, von Esthers möglichem Tod und Philipps möglicher Schuld. Doch dann fing ich an zu frieren, kroch ins Bett zurück und schlief, bis das Telefon klingelte. ESTHERS DADDY FESTGENOMMEN, las Lydia mir vor. WAS HAT ER SCHRECKLICHES GETAN? Und gleich danach meldete sich Kommissar Müller. »Ich würde gern mal mit Ihnen reden«, sagte er, »bin aber hier festgenagelt. Könnten Sie sich vielleicht zu mir ins Präsidium bemühen?«

Der gestelzte Ton machte mich mißtrauisch.

»Eine Vorladung?« fragte ich, was er verwundert von

sich wies, nein, wieso denn, bei einer Vorladung spräche er nicht im Konjunktiv, »also ich warte auf Sie«.

Ich betrat zum erstenmal sein Büro, eine Tatort-Kopie, so schien es mir. Auch der Kommissar hinter seinem Schreibtisch hatte etwas Rollenhaftes an sich, aber nur, bis die Fakten zum Zuge kamen, eine neue Aussage nämlich, die Katja, wie er mich wissen ließ, bisher für sich behalten hatte, nun jedoch, da Nicole ihr die Fälschung des Interviews unterstellte, nicht länger verschweigen wollte. »Jedenfalls ist sie heute früh hier aufgetaucht, mit der Behauptung ...«

Er machte eine Pause, nahm den Brieföffner zur Hand und betrachtete ihn eingehend. Dann hob er den Kopf, »eine überraschende Behauptung, Frau Matrei. Die Abenthin gibt an, Sie hätten gegenüber ihrer verstorbenen Mutter, Marion Klessing, mit der Sie eng befreundet waren, die Befürchtung geäußert, daß Ihr Mann für Esther nicht nur väterliche Gefühle hege und es möglicherweise schon zu Übergriffen gekommen sein könnte. Möchten Sie sich dazu äußern?«

»Das ist nicht wahr«, rief ich. »Kein Wort davon.«

»Sie sind kreideweiß geworden«, sagte er.

»Es passiert immer, wenn ich mich aufrege«, sagte ich, »und hat nichts mit Schuldbewußtsein zu tun, falls Sie so etwas vermuten, und ist Ihnen eigentlich schon mal die Idee gekommen, daß die Abenthin lügt? Daß sie uns haßt und fertigmachen will? Vielleicht schafft sie es ja noch, aber in dieser Sache kann ich jeden Eid schwören, es ist gelogen, und warum, werde ich auch sagen, und dann soll man sich überlegen, wem man glauben will, dieser Wahnsinnigen oder mir.«

Müller legte den Brieföffner aus der Hand, ganz ruhig bleiben, er glaube mir ja. Was eine Tote angeblich gesagt habe, zähle sowieso nicht vor Gericht, »und damit Sie es wissen, auch die vorläufige Festnahme Ihres Mannes hat weniger mit dringendem Tatverdacht als mit dringendem Handlungsbedarf zu tun, wenn Sie verstehen, was ich meine«.

Es klang so herzlich, als würde er am liebsten gleich mit mir essen gehen. Dann aber, wieder im Amtston, kam die nächste Frage: »Können Sie sich denken, um was es sich bei diesem Schrecklichen handelt, das Esther über Ihren Mann zu wissen vorgab und um keinen Preis verraten wollte?«

Also doch ein Verhör. Müller und sein netter Konjunktiv, ich war darauf hereingefallen, sagte es ihm auch, aber er schüttelte den Kopf. »Nennen wir es Meinungsbildung. Vielleicht steckt ja etwas ganz Unerhebliches hinter Esthers Worten, und Sie könnten Ihrem Mann helfen.«

Ich stand auf, »sehr freundlich, nur möchte ich diese meinungsbildenden Gespräche lieber in Gegenwart unseres Anwalts führen«, und Müller erhob sich ebenfalls. »Schade, da müssen wir wohl weiter ermitteln.« Er gab mir die Hand, »tut mir leid, danke, daß Sie gekommen sind«.

»Und mein Mann?« fragte ich.

»Den lassen wir auch noch mal laufen«, sagte er rüde, lächelte aber gleich wieder, »ist mir so rausgerutscht. Ich bin Polizist, wissen Sie.«

Max Kern, der zwei Stunden später Philipp nach Hause brachte, fand meinen Besuch im Präsidium mehr als naiv, die Höhle des Löwen, und Müller sei kein netter Onkel, im Gegenteil, ein knallharter Profi, mit allen Tricks und Psychofallen im Repertoire, nur gut, daß ich wenigstens nicht so blauäugig gewesen sei, ihm etwas von dem Deal zwischen Katja und Nicole zu erzählen.

»Das hätten wir also noch in Reserve«, sagte er. »Mal sehen, was sich machen läßt. Eins jedenfalls steht fest, wenn dies hier vorbei ist, werde ich die Abenthin und ihre Bagage in Grund und Boden prozessieren, zum eigenen Vergnügen. Und kümmere dich um Philipp, er ist ganz unten.«

Philipp, der am Fenster stand, hatte sich an dem Gespräch nicht beteiligt. Als Max Kern gegangen war, starrte er in den Garten, zerknittert, das Gesicht grau und unrasiert, jemand, der eine Nacht in der Zelle hinter sich hatte. Geht es so schnell, dachte ich, und was er sagte, klang wie eine Reaktion darauf, »ich muß duschen, ich stinke, ich klebe, ein Gefühl, als ob dieser Dreck nie mehr verschwindet«.

Auf dem Tisch lag die Zeitung, ESTHERS DADDY FESTGENOMMEN. WAS HAT ER SCHRECKLICHES GETAN? »Bitte, Philipp«, sagte ich, »bitte, ich muß Bescheid wissen. Was bedeutet das?«

Er drehte sich um. »Ja, was wohl. Keine Ahnung. Das habe ich schon zu Kern gesagt, in deiner Gegenwart, glaub es oder laß es bleiben. Aber schuldig bin ich trotzdem. Ich habe Esther nicht beschützt. Nicht auf sie aufgepaßt. Sie laufen lassen, einfach laufen lassen«, ein völlig überraschendes Bekenntnis, und meine Antwort kam genauso hastig, »du warst ja nie da«. Philipp nahm es als Bestätigung, ja, das sei es, er hätte dableiben müssen, die Hand über sie halten, statt durch die Welt zu gondeln, was ich abwegig nannte. »Sie hätte sich gewehrt«, sagte ich. »Sie wollte sich nicht mehr gängeln lassen«, und darum, rief Philipp, gehe es ja gerade. »Sie hat gemacht, was ihr gefiel, und ich habe es zugelassen, das ist meine Schuld.«

Schuld, das Unwort, weggesteckt bisher und totgeschwiegen. Aber wenn schon Schuld, sagte ich, dann wäre es auch meine. Wir beide hätten sie in die Welt gesetzt und erzogen, hier und heute, unsere Welt, unsere Zeit, und wir mitten darin. »So war es doch«, sagte ich, »immer hinter dem Trend her, Luxus pur und alles erlaubt, und jeder macht, was er will, das haben wir ihr vorgelebt, davon sollte man mal reden«, wogegen wiederum Philipp sich wehrte, nein, nicht nur das, sie hätte auch anderes gesehen, Pflichterfüllung, Verantwortung, menschlichen Anstand, eine ganze Menge sogar.

»Ach du lieber Himmel«, sagte ich, doch darauf beharrte er, Anstand, Verantwortungsgefühl, Solidarität. »Du und deine Ehrenämter und Hilfskomitees, das hat sie doch tagtäglich mitbekommen, und ich bin auch kein Raubtier. Ich habe mich immer zuständig gefühlt für meine Leute, immer über Tarif bezahlt, mich um ihre Sicherheit gekümmert und um Notfälle, immer versucht, bei Flauten möglichst viele durchzubringen, zu viele manchmal, ist das denn gar nichts?«

Es klang wie ein Hilferuf, doch die Diskussion war losgetreten. »Glaubst du denn«, fragte ich, »daß Esther gewußt hat, was du tust? Außer Häuser bauen und viel Geld verdienen? Deine Leute! An unserem Tisch haben ganz andere gesessen, das hat sie mitbekommen, aber nichts von

Tarifen und Notfällen, nichts vom wirklichen Leben, und über meine Hilfskomitees und guten Werke sollte man auch lieber schweigen. Alles Pipifax und Beschäftigungstherapie und die Klamotten der Damen bei so einer Sitzung mehr wert, als jemals herausgekommen ist für hungernde Kinder in Afrika oder worum es gerade ging. Dieses ganze Getue, das ist es doch, wogegen sie revoltiert hat.«

»Hör auf«, unterbrach er mich. »Was verlangst du eigentlich? Einen Garten Eden mit lauter Heiligen?«

»Wir sollten Esther Brot geben statt Kuchen, hat meine Mutter gesagt, damals in der Schwabinger Wohnung.«

Philipp nickte, »und sie mit dem lieben Gott traktieren. Aber kann ja sein, daß es ihr besser bekommen wäre als dir, vielleicht hättest du es mal versuchen sollen«, ich, ausgerechnet ich, der man ihn ausgetrieben hatte in der sogenannten Sonntagsschule des frommen Vereins meiner Mutter. Andere Kinder wanderten im Familienpulk durchs Harzgebirge oder fuhren an einen See zum Rudern, Schwäne füttern, Eis essen, Eis mit Sahne und winzigen Sonnenschirmchen obendrauf. Ich aber saß in dem feuchten Kellermuff, wo der lange, dürre Bruder Geiß unter drohendem Fuchteln Gott und seine Strafen beschwor, während das Häuflein der Gläubigen dazu »O ja, Herr«, jammerte, »O ja, Herr, dein Wille geschehe«, und einer nach dem anderen zur Bußbank drängte, um sich in seinen Sünden zu suhlen.

»Warum müssen wir da hin?« fragte ich, wenn wir an jedem Sonntag nach dem Essen das Haus verließen.

»Weil Gott es so will«, sagte meine Mutter dann, das

nahm ich ihm übel, und immer, wenn sie schluchzend auf der Bußbank kniete, wurde Haß daraus. Haß, Angst, schlechtes Gewissen, meine Sonntagsqual, nicht die passende Geschichte für meine Tochter. Aber eine andere hatte ich nicht zu bieten, also blieb es beim Jesuskind in der Krippe und dem, was Frau Leimsieder erzählte oder der Pastor im Konfirmationsunterricht, durchaus im üblichen Maß, und dazu noch das abendländische Wertearsenal, das Esther, als ihre Oppositionszeit begann, blödes Gequatsche nannte.

Es war bei einer Gedenkstunde im Bundestag, die vom Fernsehen übertragen wurde, große, schöne Worte, den Anlaß weiß ich nicht mehr. Nur Esther ist mir in Erinnerung geblieben, wie sie plötzlich die Haare zurückwarf, »blödes Gequatsche, die sollen still sein, denen geht es doch auch bloß ums Geld«, worauf Philipp ihr Verallgemeinerung vorwarf und seinen Vater dagegenhielt, den Studienrat, der Hitler hingenommen hatte wie so viele andere Kollegen, dann aber, als sich seine Klasse noch vor dem Abitur geschlossen an die Front meldete, das gleiche tat und nach Kriegsende den Dienst samt Pension quittierte, mit der Begründung, daß er den Tod von zwölf gefallenen Schülern zu verantworten habe. Eine Legende fürs Familienalbum. Früher hatte Esther dazu genickt, doch nun zuckte sie mit den Schultern, »es ist so lange her«. Lange her, weit entfernt von der Realität, in die sie hineingewachsen war. »Vielleicht hat sie wirklich mehr gebraucht«, sagte ich. »Und was immer passiert ist an Schrecklichem …«

Da war es wieder, so unversehens wie Hans aus dem

Busch. Philipp fuhr herum, »in deinem Hinterkopf sitzt nur das eine«, und er hatte ja recht.

»Es tut mir leid«, sagte ich.

Er ging zur Tür, Philipp, mein Mann und vielleicht mein Feind, wie konnte der Knoten sich lösen ohne Esther, die seit fünf Monaten hinter einer Nebelwand verschwunden war. Für immer, fing ich an zu glauben. Ich sah sie nicht mehr an der Mauer stehen, nicht mehr das Flatterhemd, die wehenden Haare. In meine Alpträume drängte sich ein anderes Bild, das tote Mädchen im Wald, ein Schatten ohne Gesicht. Falsche Signale, ich weiß nicht warum, denn sie war schon auf dem Weg in diesen späten Oktobertagen, die den Sommer endgültig von Ibiza vertrieben. Kalter Wind fegte über das Hügelland, »bald kommt der Winter«, hatte Brenda, die Hippiefrau aus Birmingham, gesagt, »Zeit, daß wir ins Dorf gehen«, der Anfang des letzten Kapitels von Esthers Flucht, ihre Heimkehr.

Ich versuche, mir den Rest der Geschichte zusammenzudenken und sehe sie noch einmal an der Töpferscheibe, kurz vor dem Aufbruch. Brenda steht neben ihr, »im Dorf haben wir auch eine Werkstatt, dort machen wir weiter, oder willst du lieber nach Hause fahren?«

Esther schüttelt den Kopf, »nein, noch nicht«, und Brenda sagt, daß es ihr recht sei, schon deshalb, weil sie manchmal Angst bekäme, so allein hier oben, man werde ja auch älter.

»Überlege es dir gründlich«, fügt sie hinzu. »Du hast gute Hände, du könntest etwas anderes machen als immer nur das Zeug für die Touristen. Die Zeit vergeht so schnell.

Ich wollte mal auf die Kunstakademie. Aber plötzlich war es zu spät«, und ich würde ihr gern danken, dieser Brenda aus Birmingham, für alles, obwohl es besser gewesen wäre, wenn sie damals im Juni Esther zur Polizei gebracht hätte statt in die Berge. Aber vielleicht auch nicht. Vielleicht nur für uns.

Das Winterquartier mit dem warmen Herd in der Küche ist ein kleines, weißes Haus wie die anderen rund um die Kirche. Manche stehen leer, auch das auf dem Nachbargrundstück. Es riecht nach Verfall, doch schon am nächsten Tag fährt ein Auto mit zwei jungen Männern vor. Der eine geht ins Haus, der andere öffnet den Kofferraum. »Das ist ja Charly«, sagt Brenda, »ausgerechnet dieser Typ«, so nimmt die Geschichte ihren Lauf.

Charly aus Hannover, Ibizas Gummiclown, der sich nachts im Getümmel mit Verrenkungen und Faxen sein Geld verdient und schlecht genug Englisch spricht, um Esther für Brendas Nichte zu halten. Sein Freund hingegen, Amerikaner, wundert sich. Woher sie kommt, will er abends in der Küche wissen, und Brenda, die Paella gekocht hat zur Begrüßung, erklärt, daß Esther die Tochter ihres Bruders sei, aus der Nähe von Birmingham.

»Birmingham?« Es klingt ungläubig. »Sie hört sich an wie die Nazis in unseren Kriegsfilmen.«

Brenda lacht, »ihre Mutter stammt aus Schweden«, und der Amerikaner staunt noch eine Weile über den Naziakzent, läßt sich dann aber von der Paella ablenken. Ein vergnügter Abend, gutes Essen, viel Wein, und Charly wird immer flippiger. »Dieser durchgeknallte Typ«, sagt Brenda, »nun ja, sonst wäre er nicht hier.«

Am Morgen danach, sie ist in die Stadt gefahren, sitzen Charly und der Amerikaner schon wieder am Küchentisch, schwatzend und lachend. Doch als Esther die Kaffeemaschine in Gang gesetzt hat, wird die Schlinge ausgelegt. »Habt ihr auch Milch?« fragt Charly auf deutsch, und sie stolpert mitten in die Falle. »Nein, wir trinken ihn schwarz«, worauf er sagt, »natürlich, schwarz wie dein Haar, aber das mußt du bald wieder nachfärben, und sieh mal, was ich aus Barcelona mitgebracht habe.«

Er wirft eine deutsche Zeitung auf den Tisch, das Nicole-Interview, Esthers erste Begegnung mit HIT. Sie sieht ihr eigenes Foto, eins von früher, als die Haare noch lang und hell waren. Sie liest die Schlagzeile BESTE FREUNDIN BRICHT DAS SCHWEIGEN und weiß endlich, was passiert ist.

»Hey«, sagt Charly, »unser Schätzchen ist ganz blaß geworden. Aber cool bleiben, wenn du lieb bist, halten wir dicht.« Er greift nach ihr, wird zurückgestoßen, hört Brendas Auto und läuft davon, so etwa muß es gewesen sein, so oder so ähnlich, mehr hat sie nicht erzählt, und was immer den Ausschlag für ihre Heimkehr gegeben hat, wichtig ist, daß sie drei Tage darauf mit der Fähre nach Barcelona fuhr.

Weshalb nicht früher? Zwei Wochen nur, und vielleicht wäre nicht alles über uns zusammengefallen. Aber sie kam zu spät. Es blieb noch Zeit für Katjas letzten Clou, den Bestechungsskandal.

Im Mittelpunkt standen, als hätte die dreizehnte Fee ihre Finger in unserer Erbschaft gehabt, schon wieder die Kostbarkeiten des längst vermoderten Klärchen Holzapfel, diesmal zwei Nymphenburger Porzellanfiguren aus Bustellis Commedia dell'arte-Serie, und der Jubel ihrer entfernten Verwandten, daß wir ausgerechnet über das ihnen entgangene Erbe in den Ruin stolpern mußten, war groß. »Es gibt noch eine höhere Gerechtigkeit«, stellte die Urnichte Dr.phil. Johanna Zuber-Holzapfel leserbrieflich fest, »unrecht Gut gedeihet nicht«, und es stimmte ja, das mit den Bustelli-Figuren lag jenseits der Legalität. Aber kaum denkbar, daß sich irgendwelche himmlischen Instanzen für die Genugtuung enttäuschter Erben starkmachen sollten, und auch die Bestechungsaffäre im städtischen Baudezernat dürfte sie kaltlassen. Wer will, mag es anders sehen. Doch ebensogut könnte es sich dann um einen Racheakt von Klärchens Komödiantentruppe handeln, Rache für die Zerstörung des kleinen wohlgeordneten Kosmos, der uns nach ihrem Tod zugefallen war.

»Und hier«, hatte sie bei meiner ersten Tasse Tee in ihrem Salon gesagt, »hier in der Vitrine ist unser Bustelli-Kabinett. Bustelli, Fräulein Linda, den müssen's doch kennen, den Hofmodelleur von der Nymphenburger Manufaktur vor zweihundert Jahren«, glücklich, daß sie die Figuren in ihren pastellfarbenen Rokoko-Kostümen noch beim Namen nennen konnte und auch, weil mich der Anblick so entzückte. Schon damals waren sie für mich lebendig gewesen, Arlechino und Colombina, die schöne Isabella mit ihrem Oktavio, Pantalone, Pulcinella, der Dottore und die anderen. Klärchen besaß sie alle sechzehn, das ganze Ensemble, ein königliches Dankgeschenk, weil ihr Großvater vor mehr als hundertfünfzig Jahren den jüngsten der Prinzen von der Diphtherie erretten konnte.

»Er war Leibarzt bei Hofe«, erzählte sie mir stolz, »und hat das Bürschel die ganze Nacht gurgeln lassen mit seinen selbsterfundenen Tropfen, die den Hals sauberkratzen wie ein Teigschaber. Grauslig, aber den kleinen Prinzen hat's gesund gemacht, und seitdem sind die Komödiantenleut in der Familie. Gefallen's Ihnen?«

»Sie sehen aus, als ob sie mit mir reden wollten«, sagte ich, und Klärchen ließ ihr kleines neunzigjähriges Lachen hören, »soll ich Ihnen die Pupperl schenken?«, vielleicht der Moment, in dem ihr der Gedanke kam, sie dereinst in unsere Obhut zu geben.

»Ich werde auf euch aufpassen«, versicherte ich ihnen, als unser neues Haus fertig war, so daß sie endlich wieder die angestammten Plätze hinter dem Vitrinenglas bekamen. Dort standen sie in ihrer graziösen Erstarrung, lächelten mir zu und ließen sich von Esther Geschichten erzählen, Hausgenossen, stumm und beredt in sich selber ruhend, bis zu dem Abend, an dem das Ehepaar Schwille bei uns einfiel.

Nicht das richtige Wort, wir hatten sie eingeladen. Schwille, dieser mächtige Mann, Philipp brauchte ihn, wer konnte vermuten, daß es sich um einen Überfall handelte. Nur Frau Leimsieder bekam schmale Lippen, als die Besucher, nachdem sie den Frankfurter Schrank in der Halle bewundert hatten, ausgiebig Alter und Herkunft der chinesischen Vase auf der Kommode überprüften. Keine feinen Leute, signalisierte sie mir, zu Recht, wie sich zeigen sollte.

Was die Macht des Oberbaurats Schwille betraf, so war er seit Jahresbeginn für die Vergabe von Grundstücken aus städtischem Besitz zuständig, eine personifizierte Goldgrube also, umworben und verhätschelt von den jeweiligen Interessenten, die ihm gegebenenfalls, behauptete Philipp, auf allen vieren huldigen würden, womit sich bei ihm jedoch kaum etwas erreichen ließe. »Komisch, dieser Mann«, hatte er gesagt, »integer offenbar, sehr direkt, keinem Schmu zugänglich, aber geradezu scharf auf häusliche Einladungen, vielleicht, weil er gesellschaftliche Anerkennung sucht oder geehrt werden möchte, was weiß ich. Mich hat er auch schon ein paarmal gefragt, ob unser Haus tatsächlich so schön sei, wie erzählt würde, ein Wink mit dem Zaunpfahl, ich glaube, wir müssen ihn einladen. Nur wir vier, damit man sich erst mal kennenlernt. Seine Frau soll sich angeblich um Obdachlose kümmern, da hätte man gleich ein Thema.«

Es ging um den großen Schrottplatz am nördlichen Stadtrand, städtischer Grund, den wollte Philipp haben. »Für eine Wohnanlage«, sagte er, »die Pläne sind schon fertig, da kann ich den Mann doch nicht vor den Kopf stoßen«, und nun saß der Machtmensch Schwille an unserem Tisch, samt Gattin, die, statt von ihren Obdachlosen zu berichten, sich für das Weinlaubservice begeisterte.

»Meißen, altes Meißen«, rief sie mit ihrer hohen, fast kindlichen Stimme, verstand auch einiges von Porzellan, überhaupt von Antiquitäten, während ihr Mann fachkundig die getrüffelten Fasanenbrüstchen lobte und angesichts des Seeteufels in Safransoße wissen wollte, ob man die Köchin eventuell ausleihen könne bei Gelegenheit, was Frau Leimsieder, die servierte, noch schmallippiger machte. Trotzdem ganz nette Leute, fand ich, keineswegs unangenehm, und selten hatte ich mich so geirrt.

»Es sei ein Genuß gewesen«, erklärte Schwille nach dem Dessert, während wir aufstanden, um nebenan den Espresso zu trinken. »Große Klasse. Da sieht man mal, wozu es einer beim Bau bringen kann mit Verstand und Glück. Und dieser Wein!«

»Ich werde mir erlauben, Ihnen ein paar Flaschen zu schicken«, sagte Philipp irritiert.

»Und das Service!« Frau Schwille nahm eins der Schälchen in die Hand. »Ich kann mich gar nicht davon trennen. Warum bekomme ich nicht auch so etwas Schönes?«

»Weil ich nur ein kleiner Beamter bin«, entgegnete er, seltsam dies alles, nicht ganz normal. Doch dann, im Wohnzimmer, als sie die Vitrine entdeckte, stehenblieb und ihre Hand besitzergreifend auf die Glasscheibe legte, begann ich die Inszenierung zu durchschauen. Das Weinlaubservice war nur ein Vorspiel gewesen, genau wie die chinesische Vase. Jetzt wußte die Frau, was sie wollte. Eigentlich hätten wir uns den Rest des Abends sparen können, die albernen Dialoge, das ganze Theater. Aber das Programm wurde abgewickelt, Punkt für Punkt.

Zunächst ein Jubelruf: »Nymphenburg! Die Bustelli-Figuren! Alle sechzehn! Woher haben Sie die?«

»Wir haben sie geerbt«, sagte Philipp, eine Auskunft, die ihr das große Staunen ins Gesicht trieb.

»Wirklich? Ist das wahr? Unsereins träumt ein Leben lang von solchen Dingen, und andere erben sie einfach. Diese Kostbarkeiten! Heutzutage bringt keiner mehr so etwas Schönes zustande.«

»Doch«, sagte ich. »Sie werden immer noch produziert.«

»Aber Ihre sind alt! Achtzehntes Jahrhundert?«

Ich nickte, und Schwille legte den Arm um seine Frau, »sehr alt, sehr schön und jede ihre fünfzehn- bis zwanzigtausend wert«.

»Ich weiß«, unterbrach sie ihn mit ihrer Kinderstimme. »Aber darf ich sie wenigstens einmal in die Hand nehmen?«

»Sie sind so empfindlich«, rief ich erschrocken, worüber Schwille sich zu ärgern schien. »Keine Angst, meine Frau kann mit solchen Sachen umgehen. Machen Sie ihr die Freude. Welche möchtest du haben?«

Ihr Zeigefinger tippte wieder gegen die Glasscheibe, Isabella und Octavio, meine Lieblinge. Philipp, hinter seinem Espresso verschanzt, hob endlich den Kopf. Wir sahen uns an, er zuckte mit den Schultern und öffnete die Vitrine, wozu noch Zeit vergeuden.

Unsere schöne Isabella, da stand sie, die Hand in zierlicher Abwehr erhoben, o teurer Freund, hüten Sie sich vor dem Zorn meines Gemahls, und Octavio haucht einen Kuß auf seine Finger, den soll sie haben, wenigstens den. Ihr immerwährendes Tête-à-tête in Klärchens Vitrine, aber nun griffen Schwilles zu. »Alle sechzehn«, hörte ich die helle Stimme sagen, »das Leben ist ungerecht«, und er, der Machtmensch, setzte den Schlußpunkt: »Wir wissen es doch. Ich habe jeden Tag damit zu tun. Ein einziger Baugrund, zehn, zwanzig, dreißig Bewerber, wo bleibt da die Gerechtigkeit.«

Schweigen legte sich über den Raum, laut und deutlich. Wir könnten neue Figuren besorgen, bot ich noch an, müßig, Schwille reagierte nicht, wollte auch keinen Cognac mehr, keinesfalls, er brauche seinen Führerschein, und es sei ein netter Abend gewesen, vielen Dank, man sähe sich ja demnächst.

Philipp stand auf. Er holte Papier und eine Tragetasche, der Abschied von Isabella und Octavio. Die Übergabe ging fast wortlos vor sich, ein gut eingespieltes Team, die beiden, und was wohl, sagte Philipp, als sie abgezogen waren mit der Beutekunst, hätte man tun sollen. Die PHIMA sei auf das Grundstück angewiesen, gerade jetzt bei der Flaute am Bau. Der Betrieb müsse in Gang gehalten werden, die Leute brauchten Arbeit, unmöglich, sie um Lohn und Brot zu bringen wegen solcher Kleinigkeit. Da gebe es wahrhaftig ganz andere Dimensionen.

»Bei dir auch?« fragte ich, sah sein zögerndes Lächeln und wußte, was kommen würde. »Das bleibt noch im Rahmen. Glaubst du wirklich, bei diesem Geschäft könnte man seine Unschuld bewahren? Heutzutage? Natürlich, es gibt Ausnahmen. Aber eine Sendung Champagner zu Weihnachten, ein paar Dosen Kaviar, Opernkarten, das wird durchweg erwartet zwischen Flensburg und Garmisch. Oder hübsche kleine Reisen, eine Eigentumswohnung zu günstigen Konditionen, zwei, drei Arbeiter fürs Renovieren. Die Ansprüche sind variabel. Schwille ist da noch relativ kulant, ein Liebhaber von Antiquiäten, na bitte.«

»Es ist widerlich«, sagte ich. »Warum bist du nicht Architekt geblieben?«

Er nickte, »warum hat Eva den Apfel gegessen? Widerlich, klar, der ganze Kerl ist widerlich, die ganze Chose. Aber hätte ich ihm die kalte Schulter gezeigt, wäre er zur nächsten Einladung marschiert, und wir säßen draußen für immer und ewig. Und zwei Figuren, was heißt das schon, materiell gesehen, meine ich.«

»Dreißig- oder vierzigtausend sind kein Kleinkram, wenn die Sache herauskommt«, sagte ich, doch Philipp winkte ab. Bei Erbstücken sei man nicht verpflichtet, den Preis zu kennen, »und außer uns und Schwilles weiß sowieso niemand etwas davon«.

Aber er irrte sich. Auch diesmal hatte ich Marion vertraut, ganz abgesehen von Frau Leimsieder, deren Ohren nichts entgangen war von dem, was sie Erpressung nannte und eine Unverschämtheit, und solche Leute hätte man gar nicht erst einladen dürfen.

Sie solle still sein, hatte ich verlangt, und um Himmels willen alles für sich behalten, erst recht ein Grund zur Entrüstung, eine wie sie trug nichts aus dem Haus. Frau Leimsieder, die zuverlässige Mitwisserin. Ihr Schwatzhaftigkeit zu unterstellen, sei ein Sakrileg, hatte ich bei Marion gespottet, nun war auch das in Katjas Archiv gespeichert, und Zeugen müssen reden, wenn die Ermittler kommen.

Gottes Mühlen mahlen langsam, pflegte meine Mutter in einem Fall wie diesem zu verkünden. Schade, daß man sie nicht mehr fragen kann, ob Escher eigens auf die Insel Ibiza katapultiert wurde, um die Mühlen in Gang zu setzen, vier Jahre nach dem Abendessen, das ich im übrigen schon fast aus der Erinnerung gedrängt hatte. Schwilles hatte ich seitdem nie mehr gesehen, und Isabella war mit ihrem Octavio am selben Tag, der Philipp zum Besitzer des Grundstücks gemacht hatte, zu uns zurückgekehrt, frisch aus der

Manufaktur, doch beinahe identisch mit ihren Vorgängern. Die gleiche Anmut, die gleichen Posen, millimetergenau, und Isabellas grüngoldene Robe sogar ein wenig verblichen. Was fehlte, war nur der Hauch Vergangenheit, der junge Prinz, die Holzapfel-Dynastie, Klärchens Salon, und manchmal, wenn ich vor der Vitrine stand, meldete sich ein kleines, widerliches Unbehagen. Es kam und ging, keine Ahnung, ob die Mühlen mahlten. Sicher ist nur dies: Gegen Mittag, als Esther in Brendas Küche das Nicole-Interview las, klingelte bei mir das Telefon. Ein Anruf von Lydia, glaubte ich, die an diesem Freitag mit ihrem Mann nach Marokko fliegen wollte. Doch die aufgeregte Stimme gehörte Frau Schwille.

»Hallo«, rief sie, »hallo, sind Sie allein, sind Sie noch dran?« so außer sich, daß ich nur schwer verstehen konnte, wovon sie redete, von einer Journalistin nämlich, die zusammen mit einem Fotografen bei ihr aufgetaucht war, angeblich, um sich über ihr Engagement für obdachlose Frauen zu informieren. Auch sollte ein Interview gemacht werden, für ein neues Magazin namens WIR, dem es, wie sie versichert hatte, in der geplanten Serie nicht um Klatsch und Tratsch und Sensationen ginge, sondern um Menschen, deren Hilfsbereitschaft unserer Gesellschaft ein Beispiel geben könnte. Sogar von Spenden sei die Rede gewesen, aber alles nur Schwindel und Betrügerei.

»War es die Abenthin?« fragte ich.

»Um Gottes willen, nein.« Frau Schwilles Stimme überschlug sich. »Sie hieß Klessing, eine reizende Person auf den ersten Blick und dabei so ein Biest.«

»Auffallend schöne Antiquitäten bei Ihnen«, hatte sie

plötzlich mitten im Gespräch über das Elend der Welt gesagt, »Erbstücke wahrscheinlich«, und, als die Frage bejaht wurde, in gänzlich verändertem Tonfall hinzugefügt: »Die Komödienfiguren bestimmt nicht, die stammen von Philipp Matrei, die hat Ihr Mann im Gegenzug für den Schrottplatz eingesackt«, alles so unvermittelt, daß Frau Schwille in ihrem Schrecken nicht einmal merkte, wie der Fotograf, statt sie, die Wohltäterin, abzulichten, sich auf Isabella und Octavia stürzte. Nun sollte ich ihr raten, was zu tun wäre.

»Hinter Klessing steckt Katja Abenthin«, sagte ich, »benachrichtigen Sie Ihren Mann«, aber der, lamentierte sie, sei zur Kur, sie dürfe ihn nicht aufregen. Überhaupt sei alles unsere Schuld, wir hätten ihn reingeritten, worauf ich das Gespräch beendete und, weil Philipp nicht zu finden war, in Max Kerns Kanzlei anrief, auch das vergeblich. Der Herr Rechtsanwalt werde erst nächste Woche aus dem Ausland zurückerwartet, ließ man mich wissen, frühestens Mittwoch. Doch da war der Skandal längst in aller Munde, Philipp vernommen worden, das Verfahren gegen ihn eröffnet. Ein behördlicher Schnellschuß, sagte Kern, normalerweise behalte man die Ruhe bei sonst ehrenwerten Bürgern mit Vermögen und Beziehungen. Aber der Rückenwind von HIT hatte den Apparat offensichtlich aktiviert, dringender Tatverdacht, dringender Handlungsbedarf, Katja konnte zufrieden sein.

Ihr Artikel, garniert mit Fotos von Isabella und Octavio, war am Montag gedruckt worden, und möglich, daß sie den letzten Clou lieber in Reserve behalten hätte, wer gab schon gern alles auf einmal her. Mit Nicoles Dementi indessen war ihrem Knüller die Luft ausgegangen. Müller hatte abgewinkt, Max Kern bei HIT interveniert, blieb nur noch dieser Paukenschlag, ein Nachruf aufs Gewesene und Signal für die nächste Sensation.

FALL ESTHER BLEIBT UNGELÖST – NEUER MATREI-SKANDAL – BESTECHUNG!

Wie die Polizei mitteilt, befindet sich Philipp Matrei wieder auf freiem Fuß. Der Verdacht, daß er mit dem Verschwinden seiner Tochter etwas zu tun hat, ist vom Tisch. Das Schicksal von Esther bleibt ein Rätsel.

Allerdings gibt es neue Vorwürfe gegen Philipp Matrei: Bestechung! HIT verfügt über Beweise, daß er einen leitenden Beamten der Stadt, Oberbaurat S., mit kostbaren Antiquitäten beschenkt hat, um an ein wertvolles Grundstück aus städtischem Besitz zu kommen. Auf dem ehemaligen Schrottplatz nächst der Endstation U4 (Kieferngarten) steht jetzt die luxuriöse Residenz Lindenhof mit Eigentumswohnungen, von denen Normalverdiener nur träumen können.

Die Übergabe der Antiquitäten aus der Holzapfel-Erbschaft fand in der Villa der Matreis statt und kann von der früheren Haushälterin Luise L. bezeugt werden. Es handelt sich um zwei Porzellanfiguren aus dem achtzehnten Jahrhundert. Geschätzter Wert mindestens vierzigtausend, dafür muß eine Rentnerin lange stricken. Und bestimmt hat Baulöwe Matrei den lukrativen Schrottplatz im Gegenzug ganz besonders günstig erwerben können. Müssen wir, die Steuerzahler, uns diese Zustände bieten lassen? Laut Strafgesetzbuch drohen bei Bestechung bis zu fünf Jahren Gefängnis. Arbeit für den Staatsanwalt!

Ich hatte, weil Lydia ausfiel, mir frühmorgens selbst die Zeitung vom Kiosk geholt. Aus Angst vor den Reportern stahl ich mich durch die Hintertür. Es war noch dunkel, der Wind wirbelte Laub und Geäst über den Weg, unheimlich, so allein im Park. Aber Philipp, der gerade angefangen hatte, seine Firma wieder in die Hand zu nehmen, war, nachdem ich ihm von meinem Gespräch mit Frau Schwille erzählt hatte, völlig zusammengefallen. Wahrscheinlich hatte er sich die Zukunft bereits ausgerechnet.

Als ich ihm HIT brachte, saß er am Küchentisch, immer die Küche, Lydia hatte ihren Kampf, einen Rest von unserer ehemaligen Eßkultur zu retten, endgültig verloren. Er beugte sich über den Artikel, sein helles Haar war grau geworden, unbemerkt von mir. Ich streckte die Hand aus, da hob er den Kopf, »du bist schuld, du und deine elende Quatscherei mit Marion, jetzt hast du mich auch noch ins Gefängnis gequatscht«.

Ich hätte dagegenhalten können, daß das, was er Gequatsche nannte, ein Ventil für mich gewesen war und meine Schuld auch seine, unteilbar wie unser Unglück. Aber er tat mir so leid mit seinen grauen Haaren. Ein Wunder, dachte ich, lieber Gott, ein Wunder, doch falls es Wunder gab, dann anderswo, bei uns wurde aus Wasser kein Wein. Am Dienstag holte man Philipp zur Vernehmung ins Präsidium. Er gab die Vorwürfe zu, unterschrieb das Protokoll, konnte nach Hause gehen, und am Mittwoch, nachdem es in den Zeitungen gestanden hatte, beschloß die Lüttich-Bank, alle der PHIMA gewährten ungesicherten Kredite sofort fällig zu stellen.

Die Nachricht wurde uns noch am selben Tag zugeleitet, für Philipp persönlich, der den Brief ungelesen wegschob. Ich öffnete ihn, verstand kein Wort, erst allmählich schälte sich heraus, was die verklausulierten Sätze forderten: Die Rückzahlung aller von Grund- und Immobilienbesitz nicht abgedeckten Darlehen, fristlos, erbarmungslos, letzteres ein bankmäßig irrelevanter Begriff, wie mich Winfried Lüttich bei meiner Bitte um einen Aufschub belehrte, Winfried, der gute alte Freund von ehedem.

Philipp hatte ihn während des Studiums kennengelernt, im »Rialto«, wo beide am selben Tisch ihr Eis löffelten, stumm, bis dem zugeknöpften Winfried, künftigem Erbe der Lüttich-Bank, beim Zahlen fünfzig Pfennig fehlten, womit ihre Freundschaft begann. Er war im vierten Semester damals, Jura zu seinem Mißvergnügen, mit einem Vater im Nacken, der nicht einmal wissen durfte, daß sein Sohn auf der Klarinette lieber Dixieland als Mozart spielte, höchste Zeit also für einen Freund wie Philipp mit seiner draufgängerischen Phantasie und der unkonventionellen Klicke um sich herum. Er wurde lockerer, lief nicht mehr vor jeder Frau davon, widersprach sogar seinem Vater, lauter Erfolgserlebnisse, die er mit Anhänglichkeit vergalt, mit nützlichen Ratschlägen ökonomischer und juristischer Art sowie manchem Leberkäs und Wurstsalat im Biergarten. Zudem konnte er über ein Grundstück samt Bootshaus und Jolle am Starnberger See verfügen, äußerst brauchbar vor allem im Hinblick auf Philipps amouröse Unternehmungen, und legendär die Feten dort unterm Sommermond, bei denen Winfried die Mädchen mit seiner Klarinette in Zuckungen versetzte.

Das Schönste in seinem Leben, nannte er diese Phase, von der, als ich mich mit Philipp zusammentat, nur noch ein Abglanz existierte. Sein Vater war gestorben, das Grundstück am See verkauft. Nach einer hastigen Promotion hatte er die Bank übernommen, zunächst unter der Fuchtel eines testamentarisch eingesetzten Konsortiums, später in eigener Verantwortung und völlig verwandelt. »Nur noch Schlips und Kragen«, sagte Philipp, »schade, ein toller Klarinettist.« Denn auch die Klarinette gab es nicht mehr, so wenig wie die Feste am See, alles vorbei, kaum vorstellbar, daß er einmal in zerfransten Jeans den Basin Street Blues in die Starnberger Nacht gejazzt hatte.

Seine Freundschaft mit Philipp aber blieb unberührt von der Metamorphose und festigte sich eher noch, nachdem er der PHIMA zum Aufstieg verholfen hatte, mit Ratschlägen und großzügigen Krediten. Etwas zu großzügig, fand ich in meiner notorischen Schwarzseherei, was er kleingeistig nannte angesichts von Philipps Elan, Geschäftssinn und unternehmerischer Vernunft, an ihn müsse man glauben. Ich habe die Worte noch im Ohr, sogar die Melodie, nach der wir dabei tanzten, »Yesterday«, einer der Hits in jenem Sommer, dem letzten, bevor man mich in die Wüste schickte. »Nichts zu befürchten«, sagte er, »nicht bei Philipp, außerdem bin ich nicht nur sein Banker, ich bin sein Freund«, unvergessen, und so war ich, obwohl er sich seit unserer öffentlichen Demontage bedeckt gehalten hatte, mit dem Brief in der Tasche zu ihm gehastet, vorbei an dem Portier und der lamentierenden Sekretärin, direkt in sein Zimmer.

Er erhob sich, »aber Linda, ich muß doch sehr bitten«, bitten, dieses Wortgeklingel. »Ich auch«, sagte ich etwas weniger demütig als angebracht, ich müsse auch bitten, um Verzeihung für den Überfall, vor allem aber um Erbarmen und daß er uns nicht ruinieren solle, nicht auf Verdacht und aus Angst vor dem Risiko. Die PHIMA sei doch intakt, man könne weiterarbeiten, wenn die Kredite nicht zurückgefordert würden, »und bitte, Winfried, du warst sein Freund, dreißig Jahre lang, laß uns eine Chance«.

Sein Blick war so verständnislos, als hätte ich in einer fremden Sprache auf ihn eingeredet. Schweigend ging er um den Schreibtisch herum ans andere Ende des Zimmers, wies auf einen der Sessel, wartete, bis der Kaffee vor uns stand und erklärte mir dann, daß die Lüttich-Bank keineswegs auf Verdacht handele, sondern Philipp in den neuen Ländern zu leichtfertig gewesen sei und nun kurz vor dem Aus stehe wie mancher andere auch. Man habe drauflos gebaut, Bürohäuser, Läden, Wohnungen, zu viele, zu teuer, unverkäuflich. »Jetzt sitzt er auf einem Schuldenberg. Weißt du das nicht? Und daß er bei den Subunternehmern und Lieferanten in Verzug ist? Demnächst die Löhne nicht mehr bezahlen kann? Du bist Mitgesellschafterin eurer GmbH. Hat er dich nicht informiert? Dich einfach so hergeschickt?«

Ich reagierte wie auf Knopfdruck, nein, keine Ahnung. Philipp sei völlig gelähmt, und ließ, während ich Auskunft gab, meine Augen über die Picasso-Lithographie hinter dem Schreibtisch wandern, unbeteiligt, als gehe mich das Ganze nichts an. Bei schweren Verletzungen, heißt es, kommt der Schmerz erst später, das war es wohl, eine

Taubheit des Gefühls, nur allmählich begannen die Nerven zu zucken.

»Völlig gelähmt.« Lüttichs Stimme klang empört. »Nicht zu verstehen, wie er die Dinge schleifen läßt, seit Monaten schon, statt die Ärmel hochzukrempeln. Jetzt kann man nichts mehr aufhalten.«

Wenn nichts mehr nützte, wozu noch die Demut. »Was bei uns in letzter Zeit passiert ist«, sagte ich, »läßt sich nicht so leicht wegstecken. Vielleicht hätte mal jemand mit ihm reden sollen. Ein alter Freund, der ihm diese hohen Kredite gegeben hat«, was ihn erst recht aufbrachte. »Die PHIMA stand glänzend da, keinerlei Anlaß, ihm Geld zu verweigern. Niemand hat das Fiasko kommen sehen, nicht in diesem Tempo. Im Frühjahr, als es sich abzuzeichnen begann, habe ich ihn gewarnt. Wenn er damals den Betrieb verkleinert hätte, einen Teil vom Firmenbesitz abgestoßen, keine neuen Projekte angefangen, sähe es jetzt anders aus. Aber er war ja wie besessen von seinem Aufbau Ost. Er war immer besessen.«

»Du hast gut daran verdient«, sagte ich, und das, erklärte er, wäre seine Aufgabe. Er arbeite mit dem Geld der Kunden und Aktionäre, da gehe es nicht um Freundschaft, sondern um Sicherheit und Renditen, gerade bei einer Privatbank. »Philipp hat Verträge unterschrieben, da weiß man, was man tut. Er gehört zu unseren größten Schuldnern, es ist meine Pflicht, Gefahr von der Bank abzuwenden, rechtzeitig, bevor sie mit in den Strudel gerät«, und Erbarmen sei nun mal nicht relevant im Geldgeschäft, auch wenn es ihm persönlich leid täte, sehr leid.

Ich stand auf, »Philipp hat recht«.

»Womit?« fragte er.

»Daß du nur noch aus Schlips und Kragen bestehst«, sagte ich und hätte uns damit womöglich um jede Chance gebracht. Aber es gab keine mehr am Ende der letzten Oktoberwoche. Diese kurze Spanne von einem Montag zum anderen, erst das Nicole-Interview, dann Frau Schwilles Anruf und die finale Katastrophe, ein Absturz wie vor Jahren im »Wilden Kaiser«, als ich nach einem falschen Schritt den glitschigen Hang herunterrutschte, der Schlucht entgegen. Ein Felsbrocken schob sich dazwischen, das war die Rettung. Doch den Nachgeschmack der Bodenlosigkeit bin ich nie wieder losgeworden, und so wird auch dieses Gefühl hängenbleiben, die Angst, der Haß, die Rachephantasien. »Es ging doch nicht anders«, hatte die niedliche kleine Katja gestammelt, wenn wieder einmal Dinge, die andere liebten, unter ihren Händen zu Schaden kamen, meine Empirestühle etwa oder Spielzeug von Esther. Niemand wußte, was dahintersteckte. Philipp vermutete einen miesen Charakter, Lydia griff in die Psychokiste, während Marion verzweifelt von Trotzreaktionen sprach und kindlichen Macken. Katja, die Kaputtmacherin. Ob sie immer noch »es ging nicht anders« stammelt? Ich möchte sie aus mir heraustreiben und weiß nicht wie.

Der Bestechungsskandal war ihr Abgesang für uns, danach geschah alles von selbst, so unaufhaltsam wie in der Prognose, die Winfried Lüttich mir mitgegeben hatte, bevor ich seine Bank verließ: Erst die PHIMA-Pleite, dann die private. Auch alles, was Philipp und mir persönlich gehörte, unser Nymphenburger Haus, einige Wohnungen, das Friesenhaus hinter den Sylter Dünen, war mit hohen

Krediten belastet, kein Problem in guten Zeiten, aber nach dem geschäftlichen Bankrott der direkte Weg in die Zwangsvollstreckung, bis zum Offenbarungseid.

Er hatte mir die Hand gedrückt, »schlimm, ich weiß, aber einer mußte dir ja die Wahrheit sagen«, und wie in Trance war ich von der Direktionsetage in die Schalterhalle gegangen, zu der großen gläsernen Schwingtür mit dem Banklogo in Gold. Draußen auf dem Stachus war es dunkel und neblig, kein Taxi in Sicht. Ich fror, überlegte, ob ich in der Halle vom Königshof etwas trinken sollte, schwenkte dann aber nach links, Richtung U-Bahn.

Ein ungewohnter Reflex, schon lange standen öffentliche Verkehrsmittel nicht mehr in unserem Programm. Seit hundert Jahren, hätte Marion gesagt, die sich, weil meine Taxibelege steuerlich abgesetzt wurden, gern darüber mokierte, daß ich mich auf Kosten der Allgemeinheit von ebendieser fernhielt. Aber unser halbes Leben war darauf ausgerichtet, durch das Nadelöhr der Steuer zu schlüpfen. Fast alles im Haushalt, von Reparaturen bis zum Toilettenpapier, lief über die Firma, sogar Frau Leimsieder, die offiziell als Büroangestellte verbucht worden war. Ich hatte mich daran gewöhnt, per Taxi von A nach B zu kommen und fast vergessen, daß es noch andere Möglichkeiten gab. Fremdes Terrain inzwischen. Das U- und S-Bahnlabyrinth unter dem Stachus mit seinen Rolltreppen, Eingängen, Ausgängen und dem Fahrscheinautomaten, der zwar Geld wechseln konnte, aber nicht sagte, wie, war zu einem fremden Terrain geworden. Ich klammerte mich an meinen Zwanzigmarkschein, begann zu schwitzen, wollte aufgeben, da schob eine Frau ihn in die richtige Öffnung, eine Türkin, das Kopftuch tief über die Stirn gezogen. Ich lächelte dankbar und beschämt, worauf sie mir auch noch den richtigen Bahnsteig zeigte, und dann, im Zug, stieß mich irgend jemand zur Seite, so heftig, daß der alte Mann neben mir ins Taumeln geriet. Ich hielt ihn fest, »ja, so sind die heute«, sagte er, »anders als früher, aber das wissen wir ja«.

Ich wußte es nur vom Hörensagen. Aber wir alle hatten uns verändert, jeder auf seine Weise, es war an mir, mich umzugewöhnen, an das Gedränge, die harten Ellenbogen und daran, wie es in der U-Bahn roch nach einem langen Arbeitstag. Du mußt wieder auf den Teppich zurück, dachte ich, immer wieder, bis zur Endstation, als hinge die Lösung sämtlicher Probleme davon ab. Erst am Nymphenburger Kanal entwirrte sich der Knoten im Kopf. Es gab keine Lösung, es gab nur das Ende, und Philipp hatte mich in die Irre geführt, schon wieder.

Ich setzte mich auf eine Bank, wann konnte man ihm noch glauben, wann log er, wann nicht, was hast du mit deiner Tochter gemacht. Nebel lag über dem Kanal, durchzogen vom milchigen Licht der Bogenlampen. Früher waren wir oft mit Esther hiergewesen, an kalten Wintertagen, um den Eisstockschützen zuzusehen, und im Sommer wollte sie die Schwäne zu den Teichen und Wasserspielen am Nymphenburger Schloß begleiten. Esthers Märchenschloß. Seit dem Höhepunkt der Katastrophe, plötzlich fiel es mir ein, hatte ich nicht mehr an sie gedacht, von Montag bis Mittwoch, solange nicht, warum, wie konnte das passieren? Jetzt war sie wieder da, das kleine Mädchen zwischen Philipp und mir. Wohnt Dornröschen in dem Schloß, Daddy? höre ich sie fragen, und er sagt nein, Dornröschen wohnt hinter einer hohen Hecke, und dann noch einmal Esther: Jetzt nicht mehr, sie hat doch den Prinzen geheiratet.

Esther und Philipp, die helle und die dunkle Stimme und noch eine dritte, die schrie, es war meine. Ich fing an zu laufen, am Kanal entlang, über die Brücke, in unsere Straße. Die Stimmen verschwanden, und Max Kern, der mir im Garten entgegenkam, sagte, daß es Philipp besser gehe. »Er hat aus Scham geschwiegen, er braucht dich, rede mit ihm.«

Ich ging in sein Studio, wozu noch reden. »Was hast du Esther angetan?« fragte ich nur, das Falsche zur falschen Zeit, der Zug, der sie nach Hause brachte, näherte sich schon dem Münchner Hauptbahnhof. Aber gesagt war gesagt.

Esthers Rückkehr, ausgerechnet jetzt, was für ein Timing. In einem Roman würde ich es belächeln, nicht noch das, nicht so ein Klischee. Aber das Leben pfeift auf Klischees, und Esther ist gekommen, in dieser Nacht, bei Sturm und Regen, es war Herbst. Dächer wurden abgedeckt, Bäume im Park entwurzelt, selbst die große Fichte hinter unserem Haus. Sie fiel auf die Mauer, das weckte mich, und als ich das Fenster schließen wollte, hörte ich die Klingel im Flur.

Wußte ich, daß es Esther war? Immer, wenn es unvorhergesehen klingelte, begann mein Herz zu rasen, und auch diesmal ging ich mit steifen, zögernden Schritten die Treppen hinunter, wie eine Katze, die beides ist, ängstlich und erwartungsvoll. Doch in der Halle fing ich an zu laufen, vergaß die Sprechanlage, vergaß Warnungen und Gefahren, drückte auf den Öffner und sah sie durchs Tor kommen, schnell, aufrecht, den Kopf wie immer etwas zurückgelegt, selbst wenn sie sich maskiert hätte und vermummt von oben bis unten, hätte ich sie erkannt. Aber dann, als wir uns gegenüberstanden, kam sie mir wie eine andere vor, kurze schwarze Haare, das braune Gesicht, nicht meine Tochter für diesen Moment, erst im nächsten wurde sie es wieder. Ich fing an zu weinen, »wo bist du gewesen, was hat man dir getan«, sonst fiel mir nichts ein, und Esther sagte: »Verzeih mir.«

Ich zog sie ins Haus, wickelte sie in eine Decke, trocknete ihr die Haare, holte Philipp, machte Milch heiß, Milch mit Honig und einem Schuß Rum, und während sie uns stumm gegenübersaß, den Becher in den Händen, fraßen die beiden Worte sich in mir fest.

Verzeih mir, was hieß das. Man hatte sie entführt, dachte ich, sie festgehalten, gequält und geschunden, wo lag ihre Schuld. Ich wollte sie trösten, ihr helfen, ins Leben zurückzufinden. Doch dann schlug sie uns den skelettierten Bericht ihrer Flucht um die Ohren, und ich wußte, was gemeint war. »Warum?« fragte ich sie, »du hast uns zugrunde gerichtet, sag wenigstens warum«, hörte das Gerede von Druck und Zwängen und selbstbestimmtem Leben und forderte mehr als Phrasen, aber sie zuckte nur mit den Schultern, »meine Sache«, und das sollte ich verzeihen.

Philipp stieß seinen Stuhl zurück. Für eine Sekunde sah es aus, als ob er zuschlagen wollte. Dann fielen die Hände herunter.

»Also gut, deine Sache«, sagte er. »Mach, was du willst, bleib oder verschwinde wieder, es ist mir egal. Aber auf das, was ich jetzt frage, wirst du antworten. Bin ich dir jemals zu nahe getreten? Habe ich dich belästigt und mißbraucht? Sag ja oder nein, mir und deiner Mutter ins Gesicht.«

Esther war kalkweiß geworden, das blanke Entsetzen, so etwas ließ sich nicht spielen. »Nein«, rief sie, »nein, was soll das, sei still, nein, niemals.«

»Hundertprozentig?« fragte Philipp.

Sie nickte, und er sah mich an, »das wär's dann wohl«.

Ein Mädchen verschwindet, und die Welt hinter ihr fällt zusammen. Ein treffender Satz. Er stand in einem seriösen Magazin, das jetzt, da der Fall geklärt war und die Medien sich überschlugen, mehrere Seiten mit unserer Geschichte füllte, contra HIT und nicht ohne Mitgefühl für Philipp und mich, obwohl nach allgemeinem Konsens Esther als das wahre Opfer galt.

»Die Flucht von Heranwachsenden«, schrieb eine ebenfalls wichtige Zeitung, »muß immer als Hilferuf gelten, selbst dann, wenn Eltern ihr Leben dem Wohl des Kindes unterordnen. Aber abgesehen von der Unvereinbarkeit solcher Hingabe mit dem weiblichen Wunsch nach Selbstverwirklichung, ist Überbehütung keineswegs die Garantie für eine glücklich verlaufende Kindheit und den problemlosen Übergang ins Erwachsenenleben. Daß Vater und Mutter Matrei sich auch eigenen Interessen gewidmet haben, soll hier nicht kritisiert werden, vor allem nicht in Anbetracht einer presserechtlich äußerst dubiosen Berichterstattung, mit der sich, wie man hört, noch die Gerichte befassen sollen. Auch Esthers Eltern, dies sei vorausgesetzt, mögen das Beste gewollt haben. Aber die Seele eines jungen Menschen ist kompliziert, das Beste der Erwachsenen nicht immer das Beste für sie, eine wahrhaft tragische Komponente im uralten Konflikt der Generationen. Esther, deren Protest eine ganze Familie in die Katastrophe gestürzt hat, könnte uns sicher einiges zu diesem Thema sagen. Ihre Weigerung, sich vor der Öffentlichkeit zu äußern, ist jedoch verständlich nach allem, was ein verantwortungsloses Skandalblatt ihr und den Eltern zugefügt hat. Zweifellos könnte sie sich von Talkshow zu Talkshow reichen lassen oder ihre Story für eine mehrstellige Summe verkaufen. Daß die Familie Matrei solchen Angeboten die kalte Schulter zeigt, verdient Respekt.«

»Arschlöcher«, schrie Esther nach der Lektüre, die einzige Gefühlsäußerung, seitdem sie uns gegenübersaß wie ein steinerner Gast, unberührt, so schien es, von den Ereignissen. Ich wußte nicht, was in ihr vorging, niemand wußte es. Auch Kommissar Müller scheiterte an ihrem Schweigen.

Was Müller betraf, so hatte ich ihn gleich am Tag nach Esthers Rückkehr informieren wollen, aber er war mir mit seinem Anruf zuvorgekommen. »Müller«, hörte ich und schwieg perplex, bis mein immer noch nicht verflogener Ärger wieder hochkochte. Ob es sich etwa erneut um eine Vorladung im Konjunktiv handele, fragte ich, was er nicht auf Anhieb verstand, nein, wieso denn, es gehe um den Bestechungsfall, er habe es erst jetzt erfahren, auch das noch, es täte ihm leid. Müllers falsches Mitleid. »Bestechung gehört nicht in Ihr Ressort«, sagte ich, »Sie können uns vergessen, Esther ist wieder da«, worauf er seinerseits verstummte, dann nach den Fakten fragte und schon zwanzig Minuten später vor dem Haus stand, kaum zu glauben angesichts des chaotischen Verkehrs in der Innenstadt, aber wahrscheinlich hatte er sich mit Blaulicht und Sirene den Weg freigefegt.

»Lassen Sie uns endlich in Ruhe«, sagte ich zur Begrüßung, was ihn nicht daran hinderte, in die Halle und zur Treppe zu gehen, so selbstverständlich wie sonst auch, doch offenbar beflügelt von der neuen Situation.

»Sie sollen Esther nicht quälen«, sagte ich. »Wir haben alles geklärt. Oder hoffen Sie, uns noch etwas anhängen zu können?«

Er drehte sich um. »Ich habe Ihnen nie etwas anhängen wollen, das hätten Sie eigentlich merken müssen. Das Mädchen hat uns fast fünf Monate unter Dampf gehalten, da möchte ich den Fall wenigstens zum Abschluß bringen, am liebsten allein mit ihr, wenn Sie keine Einwände haben.« Nur eine Formalität, er war schon unterwegs, im Eilschritt, immer zwei Stufen auf einmal, bekam aber nicht mehr aus Esther heraus, als ich bereits wußte: den Grund für ihre Rückkehr, nicht den für die Flucht.

»Eine eiserne Jungfrau«, sagte er beinahe heiter. »Da kann man nichts machen. Na ja, Ibiza oder der Mond, das ist jetzt sowieso egal.«

»Und sonst«, fragte ich zögernd, »hat sie sonst nichts gesagt?«

Er sah mich erstaunt an. »Machen Sie sich immer noch Sorgen? Wozu, vergessen Sie es, Ihre Tochter sagt die

Wahrheit, so störrisch sie sonst ist, und irgendwas wird auch passiert sein. Etwas ganz anderes als der Dreck, den uns die Abenthin unterjubeln wollte. Aber das ist Gott sei Dank nicht mehr mein Ding. Haben Sie vielleicht einen Kaffee für mich?«

»Sie sind doch im Dienst«, sagte ich.

»Momentan nicht.« Er ging zu dem Sessel am Kamin. »Ich darf mich noch einmal hier niederlassen? So sang- und klanglos sollten wir uns eigentlich nicht trennen.« Er lachte, übermütig geradezu, eine ganz neue Nuance, genau wie die Bitte, sich setzen zu dürfen. Als Kommissar wäre ihm so etwas nie in den Kopf gekommen, tatsächlich der Beweis, daß er sich außer Dienst befand, ein Besucher mit übereinandergeschlagenen Beinen, locker, gesprächig, Müller der Mensch, momentan ungeteilt.

»Feiern Sie immer Abschied mit Ihrer Kundschaft?« fragte ich, und er schüttelte den Kopf, nein, keineswegs, ein absoluter Sonderfall. Bisher habe er immer gehofft, Beweise für die Schuld eines Verdächtigen zu finden, diesmal nicht. Im Gegenteil, diesmal wäre er lieber der Anwalt gewesen, völlig paradox, er sei ja nun mal der Bulle. »Ihre Bandscheibenmedizin ist übrigens große Klasse, ich könnte direkt Samba tanzen, und hören Sie auf, von falschem Mitleid zu reden. Schon am ersten Tag haben Sie mir leid getan, Sympathie mit Verdächtigen, absolut unzulässig, und warum starren Sie eigentlich so auf meine Beine?«

»Ihre Schuhe. Seitdem wir uns kennen, haben Sie immer dieselben Schuhe an«, sagte ich, mit einem verqueren Gefühl, etwas verpaßt zu haben. Da saß dieser Mensch, trank meinen Kaffee, kam irgendwoher, ging irgendwohin, und möglich, daß er gern Skat spielte oder Klavier, Frauen liebte, die Berge, die Oper, Bilder malte, Bücher las, Fußball guckte, ein guter Vater war, vielleicht ein guter Freund, und ich wußte gar nichts von ihm, nicht einmal seinen Vornamen, nur, daß er immer dieselben Schuhe trug.

Er hob den rechten Fuß, »total ausgetreten, aber bequem. Ich bin nun mal einer, der sich schwer trennen kann«, das Ende in etwa von diesem letzten Gespräch. Nur noch ein paar Floskeln, danach alles Gute und dergleichen. Schade, daß Sie unser Bulle waren, hätte ich beinahe gesagt, ließ es aber sein.

Die Ermittlungen gegen Philipp Matrei sind eingestellt, berichtete HIT unter der Schlagzeile ESTHER IST WIEDER DA, *die herzlose Tochter, der man eine Goldmedaille für Unverschämtheit um den Hals hängen sollte. Ihren Eltern hat sie unsägliches Leid zugefügt und auch noch den Polizeiapparat zum Narren gehalten. Auf Kosten des Steuerzahlers! Bei Philipp Matrei ist sowieso nichts mehr zu holen. Sein vor kurzem noch blühendes Unternehmen steckt in der Pleite. Zahlungsunfähig! Nun kann auch seine Tochter die Schattenseiten des Lebens kennenlernen,* und so weiter und so fort.

Esther hatte den Artikel ohne Kommentar beiseite gelegt, sich aber noch an diesem Morgen in der Schule zurückgemeldet, vermutlich eine Nun-erst-recht-Reaktion. Wortlos war sie an den versammelten Reportern vorbeigegangen, den Kopf noch höher als sonst, und dann mitten hinein in die verblüffte Klasse. Total cool, als wäre alles wie immer, hatte Holger mir erzählt, der ihr von nun an fast täglich half, das versäumte Pensum aufzuholen. Zwei Jahre noch bis zum Abitur, die wollte sie hinter sich bringen und danach an der Kunstakademie studieren, Bildhauerei, Keramik, man würde ja sehen.

»Ein Baroniestudium kannst du dir nicht leisten«, sagte ich, »wir haben kein Geld mehr für Spielereien«, doch auch die finanzielle Frage hatte sie mit ihrer neuen Coolness schon geklärt: Erstens sei sie demnächst volljährig, dürfe also selbst Entscheidungen treffen, zweitens könne sie in den Semesterferien bei Brenda auf eigene Rechnung töpfern und drittens ab achtzehn über ihre Wohnung verfügen, von der sich zwei Zimmer vermieten ließen, »oder ist die auch dahin?«

Esthers Wohnung in der Amalienstraße, ihr Eigentum mit Brief und Siegel, und die Mieten mündelsicher angelegt, niemand konnte sie ihr wegnehmen. »Bald hast du mehr als wir«, sagte ich, »der Lohn der guten Tat.«

»Sei froh, daß sie ein Ziel hat«, versuchte Lydia, deren jüngster Sohn immer noch zu Hause herumhing, meine wachsende Erbitterung zu dämpfen, mit Lebensweisheiten und Psychoklischees, furchtbar, diese Kinder, erst alles einreißen, bevor sie aufbauen, doch auch wir Eltern haben unsere Fehler, und nichts bleibt wie es ist, und mancher muß durch einen langen Tunnel kriechen, bevor er ans Licht kommt, »aber Esther kennt ihren Weg, sie schafft es, du mußt ihr verzeihen«.

Leicht gesagt, was sonst sollte ihr auch einfallen. Unsere Fehler und die Strafe, das war wie eine Maus, die kreißend einen Berg gebiert. Verzeihen, wie machte man das oben auf den Trümmern, und am Horizont die

Zwangsvollstreckung, falls sich nicht noch rechtzeitig ein Käufer finden ließ für das Haus, einen, der bereit war, den Preis zu zahlen. Die sogenannten Interessenten, die mit gierigen Augen durch die Zimmer strichen, wollten entweder ihre Neugier füttern oder aus unserer Notlage Kapital schlagen, ohne jede Scham. »Kommen Sie runter von Ihrem hohen Roß, Sie müssen sowieso verkaufen«, sagte mir einer ins Gesicht, als ich ihn vom Keller bis unters Dach geführt hatte, Demütigungen, von denen Philipp nichts zu spüren bekam. Seitdem in der PHIMA die Konkursverwalter herrschten, arbeitete er bei einem ehemaligen Studienfreund, die Rettung für uns, denn das Geld von den privaten Konten hatte längst die Bank abgeräumt. Es war nur ein Tropfen auf den heißen Stein, alles übrige steckte in den Leipziger und Erfurter Projekten, die jetzt so gnadenlos verschleudert wurden wie das Bürogebäude am Kurfürstenplatz, der Maschinenpark, die Grundstücke und Wohnungen der GmbH. Das Sylter Ferienhaus gehörte ebenfalls der Firma, auch Philipps Porsche und mein BMW. Damals war es ein Vorteil, nun gingen wir zu Fuß, und was das Verzeihen anbelangte, so konnte Philipp noch schwerer über die Schatten springen als ich. Esther schien für ihn nicht mehr vorhanden zu sein, abgeschrieben, endgültig verschwunden, und sie ignorierte ihn genauso, wenn es zu einer Begegnung kam. Aber das geschah selten. Sie saß in ihrem Zimmer, gleichgültig gegen alles, auch gegen sich selbst. Eine andere Esther, Grau in Grau, als wären die Spiegel verhängt.

Man traf sich nicht mehr bei uns, ein seltsames Haus, wie ein Aquarium, wo die Fische aneinander vorbeischwimmen, don't touch me. Philipp und ich sahen uns nur noch morgens bei einem schnellen Kaffee. Danach ging er in das Architekturbüro, das einem anderen gehörte, kam abends zurück, nahm etwas aus dem Kühlschrank, verschwand im Studio, und die Gespräche, immer zwischen Tür und Angel, kreisten um Schulden, die bezahlt werden mußten, um die Folgen, wenn es nicht gelang, um das schreckliche Wort Offenbarungseid. Ein Unwort, längst aus der neudeutschen Sprache gestrichen. Versicherung an Eides Statt, sagt man jetzt amtlicherseits, nur eine Beschönigung für das Eingeständnis vollkommener Mittellosigkeit und den Zwang, unter Androhung hoher Strafen jeden Pfennig oberhalb des Existenzminimums an die Gläubiger abzutreten, dreißig Jahre lang, Monat um Monat. Lebenslänglich also, vielleicht schon ab Februar, dem Ende der Frist, die man uns gesetzt hatte, und soweit, sagte Philipp, ließe er sich nicht erniedrigen. Arbeiten ja, egal was, aber keinesfalls unter dieser Knute, nein, er nicht, er würde andere Wege finden, von ihm aus im Dschungel von Sumatra.

»Und was passiert mit mir?« hatte ich gefragt. »Ich habe genau wie du persönliche Bürgschaften unterschrieben, auf dein Betreiben, soll ich nun auch in den Dschungel?«, worauf eine Spur seines halben Lächelns erschien, »ja, du hast recht, in diesem Boot sitzen wir tatsächlich noch zusammen«.

Ein jämmerliches Boot, schlimmer als gar keins, dachte ich, und trotzdem, irgendein Wort von ihm, und ich hätte ja gesagt, ja, laß es uns zusammen durchstehen. Aber das Wort blieb aus, und ohnehin, der Offenbarungseid konnte verhindert werden, auf groteske Weise, ein Satyrspiel, für ein lachendes und ein weinendes Auge. Obwohl das Lachen immer bei den anderen ist, den Zuschauern, nicht bei denen im Dreck.

Die Erlösung kam in letzter Minute. Das Haus war immer noch nicht verkauft, nur leergefegt von Klärchens Hinterlassenschaft und was sonst noch irgendeinen Wert besaß. Die schönen alten Schränke und Kommoden, die Vitrine mit den Bustellifiguren, die Empirestühle, das Silber, das Porzellan, auch mein Schmuck, alles zu Geld gemacht, und immer noch nicht genug. Die Zwangsversteigerung des Hauses rückte näher, unausweichlich, wie es schien, und selbst, wenn sie mehr bringen sollte als alles, was man uns bisher geboten hatte, für die Bank war es zu wenig und das Ende vorgezeichnet, ein Leben ohne Hoffnung, ohne Perspektive. Wir hatten aufgegeben, sagten nichts mehr, taten nichts mehr, hörten, wie die Zeit tickte. Die Starre vor der Vollstreckung, doch dann, bei der Lüttich-Bank legten sie schon einen Finger auf den roten Knopf, verwandelte sich Soll in Haben, ein Wunder, die wundersame Rettung vor dem Offenbarungseid.

Daß wir daran vorbeischrammten, haarscharf, war Lydia zu verdanken, meinem Schutzengel, Lydia und ihrem Mann mit seinen dollarbestückten Patienten vom Persischen Golf, aber auch Max Kern, der es fertiggebracht hatte, im Februar nochmals einen vierwöchigen Aufschub zu erreichen. Wie und womit, blieb im Dunkel. Er verweigerte jegliche Auskunft, abgesehen von der Bemerkung, daß Winfried Lüttich ein Ferkel sei, da müsse man gegenanstinken. Und was immer sich dahinter verbergen mochte, nur die verlängerte Schonfrist gab unserem Wunder seine Chance.

Eine Folge von Zufällen, aus denen es sich zusammensetzte: Zuerst dieser angebliche Interessent, der, statt das Haus zu kaufen, mir mit dem hartnäckigen Ansinnen, meine Seele zu retten, den Rest an Fassung nahm, gleich danach Lydias ebenfalls unvorhergesehener Besuch, schließlich ein kranker Mann und eine verpaßte Maschine nach Dubai.

Ich hatte die letzte Konsequenz unseres Desasters, den Offenbarungseid, Lydia bisher verschwiegen, wozu vor der Zeit nach Armut riechen. Doch nun, aufgelöst, wie ich war, schrie ich ihr unser Elend entgegen, und mitten hinein meldete sich Paul Lobsam, um ihr einen Patienten, jenen, der seinen Flug nicht erreicht hatte, fürs Abendessen anzukündigen, kalte Platte, bitte kein Schweinefleisch, er sei Moslem.

»O Gott.« Lydia nahm den Hörer vom Ohr. »Schon wieder ein Scheich.«

Ich weiß nicht, ob der Titel stimmte, vielleicht diente er in der Klinik als Sammelbegriff für alle, die aus den Emiraten auf Professor Lobsams Operationstisch strebten, mit den berühmten Koffern voller Dollars, nicht nur eine Sage, wie ich inzwischen wußte. Der Abendgast jedenfalls, Scheich oder nicht, gehörte dazu, in die erste Reihe, sonst wäre er kaum eingeladen worden, und Lydia faßte sogleich einen Entschluß: »Er muß es kaufen.«

»Was?« fragte ich.

»Euer Haus natürlich«, sagte sie. »Kein Problem, die

kaufen Häuser wie unsereins Schuhe. Paul wird es ihm schon beibringen.«

Lydia und der Scheich. Eben hatte ich noch geweint, jetzt überfiel mich ein Lachkrampf mit Husten und Atemnot, unnötigerweise, es war kein Witz. Schon bei den kalten Platten am Abend gelang es Paul Lobsam, dem gerade erst operierten Gast die Vorteile einer eigenen Villa hier in der Stadt zu vermitteln, wie nützlich es sei, wieviel angenehmer als im Hotel, wenn er während der häufigen Kontrolluntersuchungen so komfortabel wohnen könnte, mit seinen Frauen, den Kindern, der Dienerschaft, da müsse man zugreifen, und keineswegs witzig, daß er es tat. Er war ein schwer angeschlagener Mensch, Professor Lobsam seine große Hoffnung und das Domizil im Dunstkreis der Klinik wie ein Faustpfand für die künftige Genesung, nein, es gab keinen Grund, darüber zu lachen. Bei der Besichtigung am nächsten Morgen kam ich mir nicht ganz koscher vor, aber warum eigentlich. Ein gutes Angebot, unser Haus, es gefiel ihm, die Augen glänzten, und das Öl in Dubai, beruhigte mich Paul Lobsam, würde noch lange weitersprudeln. Er trieb den Preis um einiges nach oben, vereinbarte, daß die Kaufsumme sofort, der Räumungstermin hingegen erst im Juni fällig sein sollte, sorgte auch für den Notar, und genau zweiunddreißig Stunden später fand die Verbriefung statt. Philipp trug den Scheck zur Lüttich-Bank, ein Fest beinahe, dieser Tag, an dem das Nymphenburger Haus endgültig verlorenging, ein schwarzes freilich, zum Weinen.

Wir hatten uns nach der Rückkehr vom Notariat ins Wohnzimmer gesetzt, wie beim Einzug vor dreizehn Jahren. Damals brannte ein Feuer im Kamin, jetzt war er nackt und kalt, auch die Heizung gedrosselt und wir so formell, als sei jeder der Besuch des anderen.

»Das wär's dann wohl«, sagte Philipp, seine bevorzugte Redensart neuerdings, »jetzt noch der Prozeß, dann wird man weitersehen.«

Der Bestechungsskandal, den ich fast vergessen hatte. »Und wenn ich das hinter mir habe«, sagte Philipp, »kann ich mich vielleicht wieder selbständig machen, in irgendeiner Gegend, wo Matrei nicht das Synonym für Kinderschänder ist.«

»Hör auf«, sagte ich. »Es ist vorbei.«

»Hier bei uns?« Er lachte. »Hier bleibt es an mir hängen bis in alle Ewigkeit. Aber Südamerika ist weit genug entfernt, da konnten sogar die alten Nazis untertauchen. Ein guter Architekt bin ich ja immer noch, und in Sao Paulo gibt es Leute, die wissen das.« Er stand auf, ging ans Fenster und zog die Gardinen beiseite. »Falls ich nicht ein paar Jahre kriege. Oder die Geldstrafe nicht bezahlen kann.«

»Max Kern würde uns leihen, was wir dafür brauchen«, sagte ich. »Lobsams auch. Das Geld hätten wir.«

Philipp drehte sich um. »Was heißt wir? Dich geht es doch nichts mehr an.«

Das Fest war gefeiert. Aber in der Nacht kam er in mein Zimmer, zum ersten Mal seit ich weiß nicht wann, und verrückt, wie wir uns liebten, voller Sehnsucht und Wut. »Farewell, My Lovely« heißt ein Titel von Chandler. Er summte mir im Kopf, nicht loszuwerden, als ich begann, meine separate Zukunft vorzubereiten.

Das Haus gehörte nicht mehr uns, bald würden wir gehen müssen, wohin stand schon fest: Philipp in ein Apartment über dem Architekturbüro seines Chefs, und mir hatte Paul Lobsam eine seiner Steuerspar-Wohnungen zugesagt, in der Nähe vom Rosenkavalierplatz, sehr hübsch, groß genug für Esther und mich und halb geschenkt. Ich hätte sie auch umsonst bekommen, das Minus, erklärte er, würde vom Finanzamt bezahlt, aber in meinem neuen Leben wollte ich Brot und Bett möglichst bald selbst verdienen. Womit, konnte ich mir zumindest schon vorstellen, dank Max Kern, dem Fachmann für Urheberrecht, der mir einen vom schnellen Lauf der Zeit überholten Computer aus seiner Kanzlei gebracht hatte mit der Empfehlung, endlich meine Sprachkenntnisse auszubeuten. Spanisch und Französisch nahezu perfekt, das sei ein Kapital, es müsse arbeiten, und kein Problem für ihn, mir Aufträge für Übersetzungen zu beschaffen. »Ich habe jede Menge Verleger unter meinen Mandanten«, sagte er, »für Schnulzen, Pornos, Elitäres, was immer dir liegt. Fang einfach an, du kannst es«, und vielleicht hat er recht.

Wann war das? Im März? Vor hundert Jahren, um noch einmal Marion zu zitieren, eine griffige Pauschale, wenn man nicht die Tage rechnet, sondern die Dichte der Zeit. Inzwischen ist Juni, ein Jahr vergangen seit Esthers Flucht. Ich stehe im Garten, die Rosen an der Mauer blühen wie damals, und morgen abend liegt das Haus hinter mir. Von Juni zu Juni. Alles vorbei, habe ich gedacht, nun fängt es von neuem an, oben auf dem Trümmerhaufen, aber vor einem offenen Horizont.

HIT gibt es nicht mehr, weg vom Fenster, »eine wunderbare Pleite«, jubelte Max Kern voller Schadenfreude, obwohl der Verleumdungsprozeß nun mangels eines Gegners platzen mußte. Aber vielleicht war es besser so, als den Dreck nochmals aufzuwirbeln, und im übrigen stand der andere Prozeß ins Haus.

Die Anklageschrift war rechtzeitig eingetroffen, die Verhandlung für Ende des Monats anberaumt. Bestechung eines Amtsträgers, laut Gesetz mit drei bis fünf Jahren Freiheitsentzug zu bestrafen, in minder schweren Fällen bis zu zwei Jahren oder entsprechenden Tagessätzen, und darauf wollte Max Kern plädieren. Ein minder schwerer Fall, was sonst, wenn man bedenke, welche Summen allenthalben von Tasche zu Tasche wanderten bei uns im Abendland, und wie es eigentlich um diese Frau Leimsieder stehe, der Lauscherin am Schlüsselloch. »Hat sie den Erpressungsversuch mitbekommen? Und den Wortlaut in etwa behalten? Oder vergißt sie morgen, was sie heute hört?«

Nein, Frau Leimsieder nicht. Unwahrscheinlich, daß ihr Denkwürdigkeiten wie diese entfallen könnten, und das, erklärte Max Kern, sei schon die halbe Miete für den minder schweren Fall nebst Geldstrafe, zumindest bei einem vernünftigen Richter. Fünf Jahre, absurd.

Warum mußte er so etwas sagen. Die Geldstrafe war Philipps Strohhalm. Ein Scheck und dann die Freiheit, das hatte ihn über Wasser gehalten, doch nun fraß die Fünf sich in ihm fest, ungeachtet aller juristischen Logik. Fünf Jahre Gefängnis, fünf Jahre die Zelle, das Klosett in der Ecke, das Loch in der Tür, Gestank, Brutalität, der Hof, auf dem er seine Runden drehte, eine fixe Idee, bedrohlicher mit jedem Tag, der die Verhandlung näher brachte. Sie trieb ihn aus dem Studio in die Küche, und vielleicht lag es an seiner Schwäche, daß Esthers Sperre sich löste, unmerklich, ohne Anzeichen oder Übergänge. Stumm wie bisher saß sie am Tisch, Tag für Tag, bis zum Prozeß. Er fand nur wenige Tage vor unserem Umzug statt, am 25. Juni, neun Uhr dreißig im Justizgebäude.

Ich wußte nicht, ob Philipp mich bei der Verhandlung sehen wollte, und immer noch brachten mich fremde Menschen in Panik. Aber der Anfang des Skandals war eine Sache von uns beiden gewesen, warum nicht auch der Abgesang, und am Morgen, als wir in der Halle auf Max Kern warteten, kam Esther die Treppe herunter, aufrecht, den Kopf leicht nach hinten gelegt, nicht mehr Grau in Grau. Mit dem weißen Blazer und den flockigen Haaren sah sie beinahe wie früher aus.

»Was soll das?« fuhr Philipp sie an. »Ich will nicht, daß du dabei bist«, und ihre Antwort war das Erstaunlichste von allem. »Ich gehöre doch dazu«, sagte sie, folgte uns zu Max Kerns Wagen und durchquerte den Sitzungssaal ohne einen Blick für das Publikum, das sich diese Vorstellung nicht entgehen lassen wollte.

Eine Art Premiere, so schien es, und Philipp Matrei, der berüchtigte Daddy, war auch hier wieder der miese Typ. Von Anfang an nahm man es ihm übel, daß er die Bestechung zwar nicht leugnete, zu seiner Entlastung jedoch auf Schwilles Initiative bei dem Geschäft hinwies, wogegen der, seinen eigenen Prozeß noch vor sich und jetzt nur als Zeuge geladen, es beinahe schaffte, sich in den Part des verführten Opfers zu retten. Die anderen Antiquitäten aus seinem Besitz hatte er erfolgreich als Erbstücke deklariert, nun hing alles an den Bustelli-Figuren, ein Gastgeschenk angeblich, man habe es ihm aufgedrängt und er sei schwach geworden, »aber ich liebe ihre Schönheit, nicht das Geld, sonst hätte ich sie ja verkaufen können«.

»Bitte zur Sache«, unterbrach ihn der Richter, »es geht hier nicht um Ihre Person«, und der Staatsanwalt erkundigte sich, ob der Angeklagte ihm mitgeteilt habe, was das sogenannte Geschenk wert sei.

»Erst später«, sagte Schwille, »aber da hatte er mich schon in der Hand«, und keine Frage, daß Philipp noch tiefer ins Minus rutschte. Das Publikum äußerte Unwillen, als er von Lügen sprach, der Richter ermahnte ihn eindringlich, seinerseits bei der Wahrheit zu bleiben, nein, es sah nicht gut aus. Doch Max Kern nickte mir beruhigend zu, denn nun, als Zeugin der Verteidigung, erschien Frau Leimsieder. In feierlichem Schwarz, die Löckchen wie immer wohlgeordnet, trat sie vor den Richter und bat darum, vereidigt zu werden.

»Weshalb denn?« wollte er wissen, worauf sie erklärte: »Weil es sich so gehört«, zur Verblüffung aller, auch des Richters. Er vertröstete sie auf später, so es sich denn als nötig erweisen sollte, und Max Kern konnte mit der Befragung anfangen.

»Frau Leimsieder«, sagte er, »Sie waren etwa zwanzig Jahre bei der Familie Matrei als Haushälterin tätig. Hat es Ihnen dort gefallen?«

Sie nickte, »ja, sehr. Es war eine sehr gute Stellung. Ich wurde sehr geachtet.«

»Und haben Sie dort jemals irgendwelche Unregelmäßigkeiten bemerken können? Betrügereien, unehrenhafte Verhaltensweisen?«

»Niemals. Dann wäre ich auch nicht dageblieben.«

»Und aus welchem Grund sind Sie schließlich gegangen?«

Frau Leimsieder senkte den Kopf. »Wegen der Sachen, die in der Zeitung standen.«

»Die fanden Sie nicht in Ordnung?«

»Nein, das war nicht mehr ehrbar«, sagte sie zur allseitigen Erheiterung. Die vorsintflutliche Frau Leimsieder, wahrhaftig ein Fossil. Aber vielleicht waren die Leimsieders dieser Welt langlebig genug, um ihre Stunde abzuwarten.

»Was hat das alles mit dem Verfahren zu tun?« fragte der Richter ungeduldig.

»Ich möchte darlegen, daß die Zeugin keine inneren Bindungen mehr an den Angeklagten und seine Familie hat, also auch keinen Anlaß zu irgendwelchen Beschönigungen«, erläuterte Max Kern, »und um auf den betreffenden Abend zu kommen: Frau Leimsieder, bei Ihrer Vernehmung durch die Polizei haben Sie zu Protokoll gegeben, daß Sie vom Eßzimmer aus beobachten konnten, wie Herr Matrei die Figuren verpackt und dem Ehepaar Schwille ausgehändigt hat. Stimmt das?«

»Natürlich«, sagte sie pikiert. »Ich habe es doch unterschrieben.«

»Niemand bezweifelt Ihre Korrektheit.« Max Kern klang noch liebenswürdiger als bisher. »Und konnten Sie im Eßzimmer auch hören, was gesprochen wurde?«

»Ja, ganz deutlich. Aber ich habe nicht gelauscht, ich war nur da.«

»Und würden Sie uns mitteilen, was Sie gehört haben?«

Frau Leimsieder legte eine Pause ein. »Zuerst«, sagte sie dann, »war die Frau auf unser Weinlaubservice aus. ›Schatz‹, hat sie zu ihrem Mann gesagt, ›warum haben wir nicht auch so etwas Schönes‹, und er hat geantwortet, ›weil ich bloß ein kleiner Beamter bin‹. Aber später im Kaminzimmer hat sie die Vitrine mit den sechzehn Figuren gesehen, da wollte sie lieber zwei von denen haben, Isabella und Octavio, die fand sie am schönsten.«

Max Kern griff nach einem großformatigen Foto, »diese beiden?«

Frau Leimsieder warf einen Blick darauf und nickte.

»Und das«, fragte er, »hat sie ausdrücklich bekundet?«

Sie nickte wieder, »nicht gleich, nur immer ›ach, wie schön, ach, wie entzückend‹, und er hat gesagt: ›Sehr schön und sehr teuer, jede mindestens fünfzehn- oder zwanzigtausend.‹ Aber danach sind beide ganz deutlich geworden.«

»Und wie war das?«

»Sie hat Isabella und Octavio an sich gedrückt und gesagt …«

Im Saal breitete sich Gelächter aus. »Ruhe!« rief der Richter, zunächst vergeblich, doch dann konnte sie fortfahren: »›Die Figuren sind so schön‹, hat die Frau noch einmal gesagt, ›und andere Leute haben sechzehn davon und ich gar keine, es ist ungerecht‹, und er hat gesagt, ›aber das wissen wir doch, damit habe ich dauernd zu tun, für einen einzigen Baugrund gibt es zwanzig, dreißig Bewerber, wo bleibt da die Gerechtigkeit‹.«

»Und dann?« fragte Max Kern in die inzwischen vollkommene Stille hinein.

»Dann«, sagte Frau Leimsieder, »hat Herr Matrei Isabella und Octavio eingepackt, und diese Leute sind damit weggegangen, und so was nenne ich Erpressung«, eine Bemerkung, die getadelt wurde, zu Frau Leimsieders deutlichem Mißfallen.

»Warum haben Sie dies alles nicht zu Protokoll gegeben?« wollte der Richter dann noch wissen, nahm zur Kenntnis, daß niemand gefragt habe und ordnete, da nunmehr Aussage gegen Aussage stand, die Vereidigung der Zeugin an, wollte auf Schwilles Schwur jedoch verzichten.

Frau Leimsieder, unbestrittener Star der Veranstaltung. Ein begeistertes Raunen folgte ihr auf dem Weg vom Zeugenstand zu ihrem Platz hinten im Saal, und kein Zweifel, daß sie Philipp zu dem minder schweren Fall verholfen hatte. »Leimi!« rief Esther, als sie in unsere Nähe kam, und ich stand auf, um ihr zu danken. Aber Frau Leimsieder, unerschütterlich in ihrer Ehrbarkeit, ging vorbei.

Im übrigen, Bestechung blieb Bestechung. Eine Geldstrafe, befand der Richter in seiner Urteilsbegründung, könne daher nicht als ausreichend gelten, auch nicht im Hinblick auf die wachsende Korruption im Land, und was bedeuteten einige tausend Mark, verglichen mit dem Wert des in Frage stehenden Grundstücks. Es gehöre zu den Aufgaben eines Gerichts, die Grenzen zwischen Recht und Unrecht im Bewußtsein der Gesellschaft zu festigen, also sei eine Freiheitsstrafe von fünfzehn Monaten angemessen. Weil der Angeklagte sich jedoch bis dato als ein unbescholtener Bürger erwiesen habe und auch die Initiative zu der hier verhandelten Sache nicht von ihm ausgegangen sei, würde die Strafe für drei Jahre zur Bewährung ausgesetzt, mit der Auflage einer regelmäßigen Meldepflicht während dieser Frist, so daß dem Herrn Matrei die Möglichkeit bleibe, beruflich erneut Fuß zu fassen. Das Gericht nehme an, er könne dies aus eigener Kraft bewältigen und verzichte deshalb auf die Bestellung eines Bewährungshelfers.

Der Prozeß war gelaufen, Philipp frei, und mit diesem Urteil, sagte Max Kern, als er uns zurück nach Nymphenburg fuhr, solle er um Himmels willen zufrieden sein. »Fast keine Beschränkungen, die Meldepflicht reine Routinesache, nicht mal einen Bewährungshelfer auf dem Hals, und nach drei Jahren ist alles erledigt, was willst du mehr.«

Aber Philipp, der neben ihm saß und durch die Windschutzscheibe starrte, schien die Schreckensbilder vergessen zu haben, die Zelle, das Klosett in der Ecke, den Gefängnishof. Was blieb, war die Meldepflicht. Er hatte schon mit Sao Paulo verhandelt, man wollte ihn haben, nun war auch das vorbei.

»Drei Jahre sind doch nicht viel«, sagte Esther.

»Meinst du?« Philipp sah sie an. »Für dich vielleicht. Aber ich bin nicht mehr siebzehn.« Es klang todtraurig. Ich merkte, wie sie alle Farbe verlor, und zu Hause fielen die Barrieren endgültig zusammen.

Max Kern hatte uns am Tor abgesetzt. Wir standen in der Halle, jeder für sich. Esther wollte in ihr Zimmer gehen. »Wir könnten etwas aus dem Kühlschrank essen«, rief ich hinter ihr her, aber sie schien es nicht zu hören.

»The show ist over«, sagte Philipp, »vergiß deinen

Kühlschrank.« Er machte ein paar Schritte, unschlüssig, als wüßte er nicht, wohin, da drehte Esther sich um, und nie werde ich vergessen, wie ihr Gesicht zerbrach, ein schluchzendes Kind, das nach Trost verlangte. Ich holte sie in die Küche, wärmte wieder Milch für sie, Milch mit Honig, das alte Rezept, streichelte ihre Hand, wartete, und endlich, als der Becher leer war, gab sie das Geheimnis preis, den Grund für die Flucht.

Ein Geheimnis, das längst keines mehr war. Alle Welt wußte, daß ihr Vater junge, blonde Mädchen liebte, und hätte sie mit mir geredet, rechtzeitig, bevor HIT eine Story daraus machte, wäre der Funke nicht ins Pulver geflogen. Aber Esther war erst sechzehn, als sie ihrem Ebenbild begegnete, sechzehn und der Daddy ein Idol, und das Mädchen, das aussah wie sie, sagte: »Wenn er in meinem Bett liegt, meint er dich«, wie hätte sie darüber reden können, noch dazu mit mir. Doch jetzt, Ibiza hinter sich, einmal Ibiza und zurück, erzählte sie es wie eine Geschichte, »es war im Park, da kam sie und sah aus wie ich«.

Philipp griff nach ihren Schultern. »Es ist nicht wahr«, sagte er. »Sie wußte, daß ich zu euch gehöre. Sie wollte sich rächen.«

»Sie sah aus wie ich«, wiederholte Esther.

»Ja, wie du«, sagte er. »Und es hat mir gefallen. Aber ich habe immer nur die blonden Haare gemeint und die Augen und niemals dich. Und wenn du es nicht glaubst, werde ich jetzt gleich meine Koffer packen und verschwinden, dann kann ich nicht bleiben.«

Wir saßen am Küchentisch. Er spürte meinen Blick, und für eine Sekunde schloß ich die Augen, so wie früher, wenn wir uns Einverständnis signalisieren wollten. Doch, ich glaubte ihm. Aber darauf kam es nicht mehr an.

»Das ist es nun wohl«, sagte Philipp schließlich. »Verzeiht mir, ich habe es nicht gewollt, ich wünschte, ich wäre ein anderer.« Er ging zur Tür, und dann stand Esther neben ihm, die Hand auf seinem Arm, ja, so war es, so und nicht anders. Das Ende des Schreckens, Gott helfe mir, amen, hätte meine Mutter ein Ereignis wie dieses abgesegnet, und warum, frage ich, warum eigentlich müssen bei uns, bei Philipp und mir, die Gespenster im Schrank das letzte Wort behalten.

Ich stehe am Fenster, das Haus ist leer, die Wohnung am Rosenkavalierplatz eingerichtet, auf dem Schreibtisch liegen spanische Bücher. Morgen werde ich zum letzten Mal durch den Garten gehen und durchs Tor, in etwas Neues hinein, das ich so vielleicht gar nicht will. Man hat uns über glühende Kohlen getrieben, kann sein, daß jetzt alles anders werden könnte mit Philipp und mir. Ein neuer Film. Aber vielleicht ist auch das nur wieder eine Illusion. Ich möchte es wissen.

IRINA KORSCHUNOW

Glück hat seinen Preis

Roman

286 Seiten, gebunden

Ein mit Phantasie und Humor erzählter Familienroman von der Jahrhundertwende bis heute, in dem sich die vorgegebene Zuteilung von Glück und Opfer fortsetzt von Generation zu Generation und schließlich zur Befreiung von überkommenen Zwängen führt.

Der Eulenruf

Roman

304 Seiten, gebunden

Ein Haus, ein Bett, ein Herd zum Grützekochen, das ist alles, was die Menschen in Süderwinnersen, dem Dorf in der Heide, vom Leben erwarten. Aber Lene will raus aus dem Dunkel. Diese Geschichte einer Frau, die sich aus ihrem sozialen Umfeld befreit, ist zugleich die Geschichte eines Dorfes zwischen den Kriegen.

Fallschirmseide

Roman

304 Seiten, gebunden

Drei Ballen Fallschirmseide, ein Zufallsfund in den Wirren der Nachkriegszeit – das ist der Anfang vom Aufstieg zu Wohlstand und Reichtum. Aber im Windschatten des Wirtschaftswunders bleiben so manche Illusionen auf der Strecke.